괴선

괴선 1

임준욱 新무협 판타지 소설

초판 1쇄 찍은 날 § 2003년 7월 10일
초판 1쇄 펴낸 날 § 2003년 7월 20일

지은이 § 임준욱
펴낸이 § 서경석

편집장 § 문혜영
편집 § 장상수 · 유경화
마케팅 § 정필 · 강양원 · 이선구 · 김규진 · 홍현경

펴낸곳 § 도서출판 청어람
등록번호 § 제1081-1-89호
등록일자 § 1999. 5. 31
어람번호 § 제2-0228호

주소 § 경기도 부천시 원미구 심곡1동 350-1 남성B/D 3F (우) 420-011
전화 § 032-656-4452 팩스 § 032-656-4453
http://www.chungeoram.com
E-mail § eoram99@chollian.net

값 7,500원

ISBN 89-5505-735-0 04810
ISBN 89-5505-734-2 (SET)

괴선

怪仙

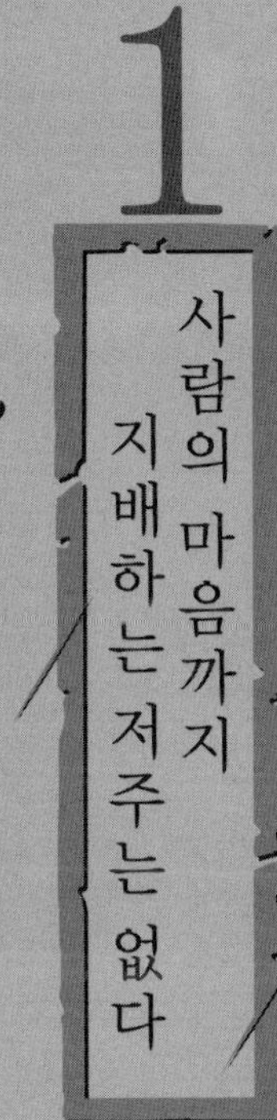

임준욱 新무협 판타지 소설

사람의 마음까지
지배하는 저주는 없다

글쓴이의 변

꿈에서 깨고 보니 어느새 어른이 되어 있습니다. 말 잘 듣던 태권브이와 철인 28호가 주인을 배신하고 사라지더니, 현해탄을 넘나들던 팬텀 전투기마저도 탑승을 거부합니다. 그들뿐만이 아니라 어릴 적에 꾸었던 꿈들이 모두 현실의 무게를 견디지 못하고 도망쳐 버렸습니다.

남은 것이 무언가 하여 살펴보니 참으로 쓸쓸합니다. 나날이 약해져만 가는 육체와 충실하지 못했던 과거에 대한 후회, 그리고 여전한 현실의 무거움뿐입니다.

그렇다면 어른이 된다는 것은 과연 꿈을 잃어간다는 것과 같은 의미일까요?

반드시 그러한 것은 아닌 것 같습니다. 판도라의 상자에 희망이 남아 있는 동안에는 사람은 누구나 꿈을 꿉니다. 젊어서는 천하제일 미모에 옵션으로 착한 마음씨까지 갖춘 반려자를 얻는 꿈, 중장년에는 로또라도 걸려 주변의 경제난을 일시에 해결하는 꿈과 자식들이 바르게 자라고 크게 되는 꿈, 노년에서 무병장수하다가 편히 죽는 꿈 등등 조금씩 현실적으로 변해갈 따름이지요. 다시 말해서 나이가 든다는 것은 환상에서 시작된 꿈에 점차 현실을 반영해 가는 과정이 아닐까 합니다.

그런데 왠지 불만이 생깁니다. 지금껏 제가 썼던 글들이 모두 무협의 틀 안에서는 비교적 현실적이어서 나이 먹는 수순을 그대로 밟고 있음에도 불구하고, '사람 사는 게 다 그렇지'라는 말로는 해갈이 되지 않습니다.

여전히 꿈꾸고 싶다!

괴선은 나이를 들었다는 사실에 대한 부정 아닌 부정에서 시작되었습니다. 소심하여 현실을 부정하는 꿈을 꾸지는 못하지만, 제 성정에 비추어보면 작지 않은 변화의 일보가 아닐까 생각합니다.

괴선은 꿈꾸지 못하는 한 아이의 성장을 그린 이야기입니다.

하나의 육체에 공존하는 열 개의 영혼.

나면서부터 아홉이나 되는 다른 사람의 영혼들에 둘러싸인 아이가 있습니다. 스스로를 지키기에도 버거운 탓에 아이는 감히 꿈을 꾸지 못합니다. 그 아이가 자라고 사랑하고 그 사랑을 통하여 마침내 꿈을 꾸며 끝내는 이루어 내니, 괴선의 주인공은 저를 대신하여 나이 드는 수순을 역행하는 셈이 되겠지요.

길들여진 상상이 아니었기에 쓰는 동안 다른 때보다는 조금 더 힘들었습니다. 모쪼록 독자들에게는 제 거친 상상이 불협화음이 아닌 조화로움으로 받아들여졌으면 좋겠습니다.

괴선은 무협 전문 사이트 고무림에서 연재되고 있는 이야기입니다. 훌륭한 연재의 장을 마련해 주신 금강님과 연재 중에 아낌없이 대가(?)를 치러주신 독자 분들께 감사드립니다. 그리고 글을 써 나가는 동안 물심양면으로 도움을 주신 청어림의 서 시장님께 감사드리고 책으로 예쁘게 꾸며주신 편집부 여러분들께도 감사드립니다.

2003년 7월

꿈꾸는 만년소년 임준욱 배상

제 1 장

곤륜(崑崙)은 소리없이 눈물 흘린다

곤륜(崑崙)은 소리없이 눈물 흘린다

산상봉첩첩(山上峰疊疊)!

사람의 발길이 닿지 않으니 이름이 있을 까닭이 없는 높은 산봉우리들. 사람들은 그 산봉우리들을 하나로 뭉뚱그려 곤륜산이라고 불렀다.

태초의 혼돈으로부터 하늘과 땅이 갈라진 곳, 신화의 시작이요 끝인 곳, 바로 그곳 대곤륜은 꽃피는 세상의 시간과는 무관하게 여전히 두꺼운 얼음 옷을 입고 있다.

여덟 명의 사내들이 금단의 땅 대곤륜의 등성이를 따라 내달리고 있었다. 이미 고드름이 되어버린 수염을 가슴까지 늘어뜨린 노도인이 선두에 서고, 털가죽으로 전신을 감싼 젊은 사내들이 뒤를 따르고 있었다.

산등성이가 마치 거북이 등껍질같이 완만하여 어렵지 않은 산행처럼 보이나, 내린 눈마다 녹지 않고 쌓여 얼음이 되는 해발 이천 장의 대곤륜 정상이니 사람이 있다는 것만으로도 신기한 일이리라.

"후욱! 후욱! 후욱!"

눈보라가 짙어지고 뜨거운 입김들이 순식간에 얼음 꽃으로 변했다가 사라져 버리니, 사내들이 얼마나 혹독한 환경에서 산행을 하고 있는지 쉽게 알 수 있었다.

그래도 사내들은 쉼없이 움직였다. 모두들 일 보에 사 장을 뛰는데, 일부러 보조를 맞추고 있는 듯했다. 그러나 그들 제각각의 능력이 다른 듯, 노도인의 발걸음은 가벼운 데 반해 뒤따르는 사내들의 발걸음은 힘겨움을 여실히 드러내고 있었다.

노도인이 점차 강해지는 눈보라를 확인하며 눈살을 찌푸렸다. 자신에게는 별다른 장애가 되지 않으나 따라오는 사내들에게는 부담이 될 것을 아는 탓이었다.

노도인이 결국 신형을 멈춰 세우고 뒤돌아섰다. 힘겹게 쫓아오던 사내들이 일제히 멈춰 노도인을 주시했다.

노도인은 창백하다 못해 시퍼렇게 얼어버린 사내들의 뺨과 부르터 하얗게 보풀이 일어난 그들의 입술을 안쓰럽게 바라보았다.

노도인은 흐릿한 미소를 지어 보이고 몸을 돌려 그가 가고 있던 방향을 손으로 가리켰다.

"조금만 더 고생들하여라. 보이느냐? 저곳이 바로 통천계(通天界)니라. 저기 저 봉우리만 돌면 그곳에 너희들의 사조께서 거하시는 통천동(通天洞)이 있느니, 일단 그곳에 들어서면 추위 걱정 하지 않고 편히 쉴 수 있을 게다."

주변의 몇몇 산봉우리들 가운데서도 유독 가까워서 쉽게 알아볼 수 있었다. 그러나 실제로는 그리 가까운 거리라고 할 수 없으리라. 바로 코앞에 있는 것처럼 느껴져도 거리를 재어보면, 그러할 것이라고 여긴 거리의 수십 배에 달하리라.

게다가 그들이 지금 밟고 있는 땅은 하늘과의 거리가 가장 가까운 고산 지대. 보통 사람들이라면 일 장(一丈) 움직이는 것이 만 리(萬里)처럼 느껴지리라. 그러나 사내들은 노도인의 격려만으로도 아연 활기를 되찾았다.

가장 뒤쪽에 서 있던 이십 대 후반의 청년이 힘찬 목소리로 말했다.

"사부님! 이 정도에 힘겨워한다면 어찌 대곤륜의 제자라 말하고 다니겠습니까? 저희들 아무렇지도 않으니 걱정 마시고 앞서시지요."

청년의 사형들로 짐작되는 나머지 사내들이 청년을 돌아보며 빙그레 미소를 지었다. 그리고 고개를 끄덕여서 청년의 말에 동감을 표하여 노도인의 안타까운 마음을 풀어주었다.

노도인이 미소를 지었다.

"너희들은 아느냐? 사십여 년 전 이 사부가 너희들의 두 사숙들과 힘께 스승님을 따라서 처음 이곳에 이르렀을 때, 그분께서 말씀하셨느니라. 바로 저곳이 태초에 하늘과 땅과 물이 갈라진 곳이라고, 바로 저곳에서 하늘과 곤륜이 갈라지고 바로 저곳에서 장강이 시작되었다고, 하늘과 통하는 곳, 그래서 통천계라 부른다고. 사실이었느니라. 처음에는 녹초가 된 탓에 느끼기 힘들었다만, 호흡에 집중하다 보니 곧 그 신묘한 영기가 전신 가득 감돌더구나. 너희들도 저곳에 이르는 순간 그 영통한 기운을 느끼게 될 것이다. 가자. 어서 가서 천지인(天地人)이 하나 됨을 느껴보자꾸나."

사내들은 노도인의 눈에서 흐릿한 설렘의 흔적을 발견하고 환한 미소를 지었다. 그들도 들은 바가 있었다.

포박자(抱朴子) 갈홍(葛洪)이 뭐라 했던가. 곤륜의 어느 봉우리에서 하늘로 사십여 리 올라가면 그곳에 바로 신령스런 태청지계(太淸之界)가 있다 하지 않았던가. 세상 그 어느 곳보다도 강한 선기가 느껴지는 곳이라 했다.

하지만 사내들은 그들의 스승을 설레게 만드는 것이 통천계의 신령스러움이 아님을 알고 있었다. 그들에게는 사조 되고 스승에게는 사부 되는 곤륜검선(崑崙劍仙) 태을 진인(太乙眞人)을 만날지도 모른다는 희망 때문이리라.

태을 진인이라는 존호(尊號)를 떠올리니 사내들도 덩달아 가슴이 벅차 올랐다.

태을 진인!

점차 세상으로부터 잊혀져 가던 곤륜의 존재를 다시 만천하에 알린 검선!

구대문파의 하나로 늘 언급되는 곤륜이었지만 실상은 달랐다. 세상이 곤륜파라고 인정한 곤륜도관의 도적(道籍)에 따르면, 곤륜의 제자는 채 일흔 명도 못 되는 형편이었다. 외형적인 세(勢)로 따지자면 곤륜파는 중원 곳곳에 산재한 중소문파만도 못하리라.

그것은 다른 어떤 이유도 아닌 지리적인 불리함 탓이었다.

천창창(天蒼蒼), 산첩첩(山疊疊), 야망망(野茫茫)!

곤륜파가 자리한 청해성(靑海省)은 농경민족인 한족(漢族)이 살아가기에는 너무나 척박한 불모의 땅이었다. 그런 까닭으로 곤륜의 북으로는 몽고족이 자리했고, 남쪽과 기타 대부분의 땅에는 장족(臧族)이 강성하며, 그들 외에도 강족(羌族), 회족(回族), 융족(戎族) 등의 이민족들이 거주민의 대부분을 차지하고 있었다.

한족이 살아갈 수 없는 땅, 그들이 외려 이방인으로 치부되는 땅, 그 의미는 도교(道敎)가 존립할 수 없는 땅이라는 말과도 일맥상통(一脈相通)했다.

몽고족과 장족 등의 육체와 정신을 수백 년 동안 지배하고 있는 그들의 신앙, 그 어느 틈새를 비집고 들어갈 것인가.

결국 곤륜파가 구대문파의 하나로 꼽히는 것은 곤륜의 힘이 강성해서 세상 곳곳에 영향력을 행사하는 까닭이 아니라, 신들의 땅 곤륜이라는 그 이름 자체가 가지는 신비감의 소산이었다. 그리고 잊혀질 만하면 한 번씩 세상에 드러나는 곤륜의 신묘한 무공으로부터 기인한 것이기도 했다.

맹룡이 아니면 강을 건너지 않는다 했다. 천외천이라 할 만한 오지 곤륜에서 나서서 세상에 그 이름을 떨친 곤륜 제자라면 그 누가 있어 강자가 아니겠는가.

잊혀질 만하면 드문드문 나온다 하였으나, 곤륜의 인적인 열세에 비하면 유달리 종사(宗師)급 인물들이 많았던 것은 세상 누구도 부인할 수 없는 사실이리라. 그래서 세상 사람들은 곤륜을 신비지문(神秘之門)이라 불렀다.

세상 무인들로부터 경외와 질시의 대상이 되었던 곤륜의 종사들, 그들 가운데서 가장 최근에 그 이름을 드날렸던 이가 바로 태을 진인이었다. 삼십여 년 전, 단 한 번 선보였던 선무(仙武)로 세상을 놀라게 했던 곤륜의 검선. 이제는 전설이 된 이름이었다.

그래서 그렇게 설레었던 것이리라. 곤륜의 자존심이랄 수 있는 그 영광된 이름을 다시금 떠올리자 곤륜 제자들은 한결같이 흥분을 드러낼 수밖에 없었다.

쿵쾅거리는 심장의 박동 소리가 귀마개를 뚫고 들려오는 것만 같았다. 제자들의 그 같은 감정을 느낀 듯 노도인이 몸을 돌려 통천계로 움직였다.

흥분한 탓에 노도인의 보폭이 넓어졌다. 그저 한 발 내딛는 것뿐임에도 불구하고 미끄러지듯이 칠여 장을 나아가고 있었다. 덩달아 제자들의 발걸음도 바빠져서 노루 떼처럼 허공을 오르내리고 있었다.

그들의 발끝에 밟히고 채인 눈들이 모여 눈보라를 일으켰다. 하늘에서 내린 눈이 바람에 시달려 눈보라 되고, 곤륜 제자들의 발에 차인 눈들마저 눈보라 되니, 천지가 눈보라에 휩싸였다.

그렇게 속력을 낸 것도 어느새 한 시진이 흘렀다. 노도인이 넓은 얼음 고원 위에 홀로 우뚝 선 빙벽 앞에서 멈추어 섰다. 제자들은 엉겁결에 하체에 무게를 실었다.

쿠쿠쿠쿠쿠쿠쿡!

중년 제자들의 발이 눈과 얼음으로 이루어진 바닥을 깨고 장딴지까지 파묻혔고, 그들보다 어린 제자들의 발은 거의 허벅지까지 파묻혔다.

깨진 얼음들이 튀어오르고 눈발이 요동을 치며 휘날리자, 제자들은 일제히 소매를 휘둘러 시야를 가리는 눈들을 멀리 날려 버렸다.

거친 숨을 가라앉힌 제자들이 노도인의 얼굴을 바라보았다.

감개무량(感慨無量)!

눈으로 만들어진 듯한 하얀 산을 바라보는 노도인의 표정을 그 말 외에 달리 무엇으로 표현하랴. 제자들은 설레는 눈빛으로 스승의 눈길이 가 있는 곳을 응시했다.

그들이 지금 밟고 서 있는 곳도 이미 곤륜산의 정상에 근접해 있는 곳이었다. 세상 사람들이 청장고원(靑臟高原)이라 부르는 곳보다 천장(千丈) 이상 높은 곳이었다. 그럼에도 불구하고 그들의 눈앞에는 천도(天刀)로 단칼에 자른 듯한 빙벽이 놓여 있었다. 실제로 재어본다면 겨우 백여 장이나 될 작은 봉우리에 불과하지만 바로 코앞에서 날 선 칼같이 곤두서 있어서 느껴지는 높이는 하늘에 닿은 듯 압도적이었다.

"아! 저기다."

한 제자가 삼십여 장 위쪽을 가리키자 제자들의 눈길이 모두 그 한 곳으로 쏠렸다. 과연 그곳만은 주변과 달라서 은빛 거울과도 같은 빙벽에 시커먼 그늘이 져 있었다.

제일 어려 보이는 청년이 수염이 하얗게 얼어붙은 중년인을 바라보며 소곤거렸다.

"대사형, 저한테는 무릴 것 같은데요."

중년인이 고개를 돌리며 빙그레 웃었다.

"그리 보이는구나. 걱정 말아라, 도와줄 테니."

중년인이 막내 사제의 미소를 보면서 다시 허공으로 고개를 쳐드는 순간, 사형제들이 일제히 헛바람을 내뱉었다.

허공에서 휘도는 눈보라를 뚫고 봉우리 위쪽에서 무언가가 떨어져 내리고 있었다. 깃털처럼 아주 천천히.

칠십여 장, 오십여 장, 삼십여 장…….

곤륜의 제자들은 점차 확대되는 물체가 사람의 형상으로 확연해지자 눈을 부릅떴다. 동시에 자신들이 서 있는 곳이 바로 태청지계와 잇닿아 있다는 통천계임을 떠올렸다.

"천선(天仙)이신가?"

모두가 생각하고 있던 것을 누군가가 입 밖으로 토해냈다.

그렇게 생각할 수밖에 없었다. 백 장이 넘는 높이에서 그토록 느린 속도로, 그토록 아무런 움직임도 없이 떨어져 내릴 수 있는 사람이 있을까.

그 인영의 외모와 행색 또한 놀라웠다. 눈보다 더 반짝이는 은발과 한 점 속기조차 드러나지 않는 홍안(紅顔)을 보고는 도저히 나이를 짐작할 수 없었다. 그가 입고 있는 옷은 학의 깃털을 뽑아 실로 자아 만든 것처럼 가볍게 보이는 홑겹의 백의로, 혹독한 추위와는 전혀 어울리지 않았다.

그의 얼굴이 확연하게 드러났다. 은은한 미소가 하도 온화하여 추위가 무엇인지도 모른다는 표정이었다.

곤륜의 제자들은 그가 천선이라고 단정을 지어버린 듯 황홀한 표정을 지었다. 오직 한 사람, 노도인만이 경계심을 품고 지속적으로 분석하고 있었다.

'백 장 단애에서 떨어져 내리는 것이라면 나로서도 못할 일은 아니다. 허나 저처럼 아무런 동작 없이 고요하게 내려온다는 것은 역부족. 스승님이시라면 가능한 일일까?'

바로 그때 은발사내가 조용히 바닥에 내려섰다. 노도인은 사내의 발을 주목했다. 새로 내린 눈이 아직 단단한 덩어리가 되지 못한 채 한 치는 쌓여 있는데도, 아무런 변화가 일지 않았다. 사내의 두 발은 그저 두 알의 눈 알갱이처럼 고요하게 내려앉았을 뿐이었다.

노도인은 경계심의 일부분을 경이감으로 바꾸면서 바로 오 장 앞에 서 있는 사내의 얼굴을 응시했다. 순간 사내의 입가에 맺혀 있던 온화한 미소가 짙어졌다.

〈운룡자(雲龍子)?〉

노도인은 눈살을 찌푸렸다. 사내는 그저 웃고 있을 따름이었다. 그러나 노도인은 분명히 들었다. 생소하지만 부드러운 음성이 아직도 머리 속에 맴돌고 있었다.

노도인은 당황하여 급히 좌측으로 곁눈질했다. 의미없는 짓이었다. 제자들이 어찌 스승의 존호를 함부로 불러대겠는가. 그때 다시 목소리가 들려왔다.

"곤륜 장문(崑崙掌門) 운룡자가 맞는가?"

이번에는 머리 속에서 들리는 말이 아니었다. 틀림없이 입을 벌려 말한 것이었다. 노도인은 은발사내의 붉은 입술을 바라보며 고개를 끄덕였다.

"그렇소. 귀인은 뉘시오?"

은발사내는 대답하지 않고 입술을 비틀었다. 선기가 느껴지던 온화한 미소가 일순간에 여인네를 유혹하는 바람둥이의 그것처럼 화사하게 돌변했다.

한줄기 서늘한 불안감이 운룡자의 등줄기를 타고 올라와 목을 뻣뻣하게 만들었디.

바로 그 순간 사내가 오른손을 내뻗으며 다시 말했다.

"태을선의 부탁으로 그대를 기다렸다. 곤륜 장문 운룡자는 천계(天界)의 명을 받으라."

제자들은 가슴 밖으로 터져 나올 것만 같은 감격과 흥분을 억누르며 곤륜이 깨지도록 무릎을 꿇었다. 그러나 운룡자는 꺼림칙한 표정을 지우지 못했다. 제자들이 고개를 숙인 가운데서도 옆으로 돌려 의아한 눈빛으로 스승을 살폈다.

그때 은발사내의 오른손에서 그의 머리칼보다 더 반짝이는 빛이 일기 시작하더니 어느새 주먹만한 구슬이 되어 오른손을 벗어났다.

'아뿔싸! 이런 방심이……'

"흩어져라!"

운룡자는 대갈을 터뜨리며 급히 오른발을 찍어 뒤로 몸을 날렸다. 그의 발끝에서 일어난 경력이 희뿌연 눈안개를 일으키며 은발사내로부터 운룡자의 신형을 가렸다.

제자들도 그 기운에 놀라 몸을 휘돌리며 좌우로 튕겼다. 제자들의 주변에 있던 눈들이 허공으로 치솟으며 그들의 신형에 휘말려 눈보라가 되었다.

허공을 떠돌면서 제자들은 뒤로 날아가는 운룡자와 그를 따라가는 하얀 구체를 확인했다.

"사부님!"

하얀 구체가 눈보라를 뚫고 운룡자의 눈에 드러났다. 운룡자는 몸을 비틀어 하얀 구체의 궤도로부터 벗어나려 했다. 그러나 그 순간순간마다 은발사내의 미약한 손놀림에 따라 하얀 구체 역시 방향을 전환했다.

운룡자는 당장 모아진 힘으로는 완전하게 펼칠 수 없다는 것을 알면서도 본능적으로 전신에 태청구벽기(太淸九壁氣)를 일으켰다. 전신 모공에서 실같이 뿜어져 나온 푸른 기운이 전면으로 모여들어 연속적으로 네 개의 벽을 쌓아 그의 전면을 가렸다.

운룡자는 동시에 오른손 검지와 중지를 모아 검결지(劍訣指)를 만들고 허공으로 손을 뻗었다.

챙!

순간 그의 등에 걸려 있던 검이 눈부신 푸른빛의 검신을 드러내며 검갑으로부터 벗어났다.

운룡자는 은발사내를 향해 오른손을 뻗음과 동시에 태청구벽기의 앞까지 다가온 백색 구체를 향해 육양수(六陽手)를 내뻗었다.

청기로 둘러싸인 검이 은발사내에게로 빛살처럼 날아가는 순간, 백색 구체와 이제 겨우 기세를 일으킨 육양수가 부딪쳐 섬광이 일고, 잇달아 태청구벽기와 부딪치면서 굉음이 산을 울렸다.

쿠쿠쿠쿠쿵!

육양수의 기세가 사라지고 태청구벽기도 연달아 깨져 버렸다. 운룡자는 그와 검을 연결해 주던 검결지를 유지하지 못하고 피를 토하며 가랑잎처럼 뒤로 날려갔다. 그 순간 막 은발사내의 가슴을 꿰뚫을 것만 같던 청검은 빛을 잃고 그의 왼손에 얌전히 내려앉았다.

"사부님!"

허공을 맴돌던 일곱 제자들 가운데 두 사람이 동시에 청룡구전(靑龍九轉)을 펼쳐 허공에서 연속적으로 회전하며 방향을 바꾸어 운룡자에게 날아갔다.

한편 나머지 다섯 제자들은 어느새 손에 검을 쥔 채 은발사내와 운룡자의 사이로 길을 막듯 내려앉았다.

쩌저저저저적!

은발사내의 장환(掌丸)과 운룡자의 육양수가 충돌하면서 발생한 굉음과 충격의 여파가 제자들이 땅에 내려서는 그 미약한 진동으로 인해 표출되기 시작했다.

제자들의 발 밑에서 길게 갈라진 얼음덩어리들이 연신 뿌지직 소리를 내며 조금씩 그 균열을 넓혀가고 있었다. 그러나 제자들은 자신들의 안전을 돌볼 여유를 가지지 못했다. 그들은 바로 고개를 뒤로 돌려 운룡자의 안위부터 살폈다.

제자들이 서 있는 자리로부터 시작된 한줄기 혈선은 십여 장 뒤에서 두 제자들의 부축을 받은 채 주저앉아 있는 운룡자의 앞까지 이어져 있었다.

"허허허! 아무런 대책도 준비하지 않고 그 같은 근거리를 허용하다니……."

운룡자는 눈을 뜨고 있는 것조차 힘든 듯 지그시 눈을 감았다.

"사부님!"

운룡자는 두 제자들의 놀란 외침에 힘겹게 눈을 떴다.

"가거라. 너희들의 상대가 아니다. 가라."

운룡자의 힘없는 눈동자에 안타까움이 드러났다.

가란다고 갈 제자들이 아님을 알고 있었다.

구대문파에 속하는 곤륜의 명성으로도 제자를 얻는 것은 힘겨운 일이었다. 세상 그 어느 도관보다 지리적 위치와 생활 환경이 척박했다.

세상과는 너무나 멀리 떨어져 있었다. 세상은 이미 한족이 중심이 되어 있었으나 곤륜은 아무런 혜택도 받을 수 없었다. 구파에 미치지 못하는 도파들마저도 먹고 살 전답을 가지고 있고 속가를 육성하고 있었지만, 곤륜에게는 부러운 일일 따름이었다. 속가가 거의 존재하지 않을 뿐더러 몇 있다 해도 그들마저 곤궁하니 체면 유지조차 힘들 정도였다.

결국 곤륜 제자들은 천하를 떠돌면서 유년을 박복하게 보내는 아이들 가운데 연(緣)이 느껴지는 아이들을 하나하나 어렵게 모을 수밖에 없었다. 집을 떠나는 것이 차라리 나은 형편의 아이들이 대부분이었고 고아도 있었다.

힘겹게 맺은 인연, 얼마나 애틋할 것인가. 제자들 하나하나가 운룡자를 사부면서 아비로 알고 살았고, 운룡자 또한 같은 심정으로 아끼고 키웠다. 그래서 운룡자는 더 더욱 피를 토하고 싶은 심정이었다. 한 사람이라도 살아서 벗어나 주기를 간절히 원했다.

그러나 제자들은 오히려 분노에 찬 눈빛을 드러내며 은발사내를 노려보았다.

운룡자는 이빨을 질끈 맞부딪쳤다. 부서져 내릴 것만 같은 육신 구석구석에서 숨어 있던 기력들을 찾아냈다.

"물러서라."

운룡자는 두 제자들을 부드럽게 밀어내고 벌떡 일어서서 오른손을 뻗었다. 순간 오른쪽에서 부축했던 제자의 등에서 검이 튀어 올라 운룡자의 손으로 빨려 들어갔다.

은발사내가 또다시 화사한 미소를 지었다.

"포기하지 않는군? 좋아."

은발사내는 전혀 서두르는 기색 없이 한 발 한 발 걸음을 옮겼다. 그 순간 길목을 막고 있던 제자들의 검에서 푸른 기운이 솟구쳐 오르더니 제각기 길이가 다른 검강지기(劍罡之氣)를 형성했다.

"비켜라!"

은발사내의 입가에 차가운 미소가 맺히는 것과 동시에 운룡자의 입에서 사자후(獅子吼)가 터져 나왔다. 그러나 제자들은 명을 따르기보다는 서로 비장한 눈빛을 교환했다.

이심전심!

그들 또한 자신들의 능력으로는 은발사내를 저지할 수 없음을 알고 있었다. 그러나 적어도 스승에게 이르기 전에 그의 기력을 크게 소모시킬 수 있을 것이라는 공통된 생각을 눈빛으로 확인했다.

그들이 일제히 앞으로 쏘아져 나아갔다. 운룡자의 눈에 다급함이 어렸다. 온전한 몸으로도 막아낸다고 장담할 수 없는 인물이니, 지금 상태로는 도저히 감당할 수 없는 존재였다. 그것을 알면서도 운룡자가 검을 떨치고 일어선 것은 먼저 죽는다면 누군가 하나쯤은 도주해 주지 않을까 하는 바람에서였다. 그러나 제자들은 오히려 기세를 드높이고 있었다.

운룡자는 자신과 은발사내, 그리고 제자들 사이의 거리를 눈대중해 보고는 절망적인 눈빛으로 은발사내를 주시했다.

은발사내는 오 장 앞까지 다가온 곤륜의 제자들을 바라보며 고개를 끄덕였다.

"가상하군."

은발사내의 입가에 기이한 미소가 그려졌다. 그가 두 손을 바닥으로 비스듬하게 뻗었다가 삽질을 하듯 드는 시늉을 해 보였다. 예리한 기운이 곤륜의 등을 파고들었다.

쿠쿠쿠쿠쿠쿠쿠쿠!

수만 년 동안 녹지 않고 부피만 늘려왔던 얼음덩어리들이 집채만한 조각들로 깨지면서 허공으로 치솟아 제자들의 앞길을 가로막았다.

콰콰콰콰콰쾅!

하얀 얼음덩어리들과 푸른 검강들이 부딪치면서 부서진 얼음 조각들이 은발사내를 향해 날아갔다.

은발사내의 전신에서 흐릿한 안개 같은 기운이 뭉클뭉클 피어올랐다. 비수가 되어 닥쳐오던 얼음 조각들은 그 기운에 부딪쳐 또다시 가루가 되어 바닥으로 떨어졌고 이내 뿌연 안개가 되어 시야를 흐렸다.

쇄에엑!

은발사내의 수도가 허공을 저었다. 두 줄기 하얀 반달 같은 기운이 뻗어 나와 안개를 뚫고 오 장의 공간을 갈랐다. 그 기운은 너무나도 쉽게 다섯 개의 푸른 기둥들을 잘라냈고 순간 아무런 소음도 없이 검강지기들이 소멸되었다.

다섯 개의 신형이 바닥에 내려섰다. 은발사내는 멍한 표정으로 서 있는 곤륜의 제자들에게 미소를 보내며 그들을 스쳐 지나갔다.

은발사내의 옷자락이 펄럭이면서 바람이 일렁였다. 그 순간 두 개의 수급이 바닥을 굴렀고 세 개의 상반신이 떨어졌다.

핏줄기가 허공으로 치솟는 순간,

"사형!"

운룡자를 부축했던 두 제자들이 울부짖었다. 그러나 운룡자는 오히려 차분한 눈빛을 드러내며 좌우로 손을 뻗었다. 부드러운 기운이 소리없이 흘러나와 두 제자들의 옆구리를 밀었다.

"누군가는 살아서 알려야 할 일. 살아 돌아가는 것이 수치는 아닐 것이다. 가랏!"

경사진 빙판 위를 주르륵 미끄러지던 두 제자들이 믿을 수 없다는 듯 운룡자를 향해 붉은 고드름 맺힌 두 눈을 부릅떴다. 그러나 그 순간 운룡자는 이미 삼 장을 넘어선 푸른 검강지기를 앞으로 내뻗으며 은발사내를 마중 나가고 있었다.

운룡자는 검과 하나되고 가슴속에서 터져 나오는 피눈물마저 기운에 보태어 은발사내의 가슴으로 뛰어들었다. 은발사내는 회피하지 않고 오히려 하얀 손을 검강지기를 향해 내뻗었다.

또다시 하얀 구체가 튀어나와 검강지기와 부딪쳤다.

퍼버버버벅!

하얀 구체는 둔탁한 소리를 내며 아귀와 같이 검강지기를 씹어 먹었다. 삼 장을 넘어섰던 푸른빛 검강지기는 결국 아귀의 식탐을 견디지 못하고 완전히 그 빛을 잃어버렸고, 아귀는 은빛 검신마저 아작아작 씹고 나서 검파를 먹고 마침내는 운룡자의 손과 팔마저 삼켜 버렸다.

힘없이 바닥으로 떨어져 내린 운룡자가 울컥 피를 토해냈다. 조각난 내장 부스러기들이 곤륜을 또다시 더럽혔다.

은발사내가 엎어져 있는 운룡자의 머리 앞에 내려섰다.

운룡자가 안간힘을 써서 고개를 들었다. 입술이 꼼지락거렸으나 한마디 말조차 새어 나오지 않았다.

은발사내가 운룡자를 향해 손을 뻗어 살짝 뒤집자 운룡자의 몸이 허공으로 들렸다가 휘돌았다. 은발사내는 하늘을 보고 있는 운룡자의 얼어붙은 얼굴을 바라보다가 처음으로 무표정한 얼굴이 되어 운룡자를 외면했다.

은발사내는 통천동의 입구를 바라보며 뒷짐을 지고서 차분히 말했다.

"그대는 좋은 길잡이였다. 내가 원한 것은 그대가 아닌 곤륜검선 태을이었건만, 그는 이미 우화등선(羽化登仙)한 것 같더군. 들어가 보니 남아 있는 것은 낡은 도복과 검 한 자루뿐이었어. 할 수 없었지. 그대라도 죽여야 계산이 맞으니까. 하지만 이제 걱정은 접어둬도 좋아. 오늘의 일을 끝으로 곤륜만은 더 이상 피를 흘리지는 않을 게야."

은발사내는 다시 운룡자의 얼굴을 직시했다. 그는 안도한 듯 눈을 감는 운룡자에게 희미한 미소를 지으며 등 뒤로 손을 뻗었다.

삼십여 장 뒤 얼음 위에 꽂혀 있던 운룡자의 검이 줄을 달아 당긴 것처럼 은발사내의 손으로 빨려 들어갔다.

“제자들이 돌아올까? 누군가가 그대의 죽음을 알려주면 좋겠지? 도 와주지.”

은발사내의 손짓에 따라 검은 운룡자의 가슴에 깊숙이 꽂혔다가 다 시 사내의 손 안으로 빨려 들어갔다. 사내는 혈루를 흘리는 검을 보지 도 않고 뒤로 던졌다. 검은 눈이라도 달린 듯 통천동 안으로 빨려 들어 갔다.

은발사내가 좌우를 둘러보았다. 운룡자에게 밀려 좌우로 날아갔던 두 사람이 붉은빛 눈으로 은발사내를 노려보며 날아오고 있었다.

“쯧! 오는군. 사제 간의 정리가 장하기는 하다만 그냥 도주함만 못 하구나. 굳이 쫓을 생각은 없었건만……. 어리석어.”

은발사내는 뒷짐을 진 채 가만히 서 있었다.

“으아아아합!”

좌우에서 동시에 기합성이 터져 나왔다. 좌측에서는 검을 든 청년이 세찬 검기를 뿌리며 오 장 앞까지 이르렀고 우측에서는 맨손의 중년인 이 세찬 손바람을 일으키며 삼 장 앞에 이르러 있었다.

은발사내는 먼지라도 털듯 좌우로 수도를 휘저었다. 그리고 미련없 이 앞으로 나아갔다.

눈보라가 휘몰아치는 곤륜산 통천계의 정상에는 이제 영육이 분리 된 여덟 구의 한 맺힌 시신들만이 남아 있었다.

하늘은 모르리라. 하늘이 자신으로부터 떨어져 나간 곤륜을 보면서 서럽게 눈물 흘리는 동안, 곤륜도 애달파 가슴으로 울고 있음을. 곤륜 이 남몰래 흘린 눈물 북으로 황하되고 남으로 장강되었음을.

제 2 장

장강은 눈물을 흘리지 않는다

장강은 눈물을 흘리지 않는다

청해의 곤륜을 시원(始原)으로 하여 금사강(金沙江)을 거쳐 청장고원을 벗어난 장강의 물줄기는 유비의 땅 사천의 천강 지역(川江地域)에 이르러서 마침내 거대한 진면목을 드러낸다.

장강의 도도한 물줄기는 사천의 남단을 활 모양으로 휘어 흐르다가 귀읍(鬼邑) 풍도(豊都)에 이르러 급격히 빨라져 격랑이 되고, 기문(夔門)에 이르러 마침내 삼협으로 다투어 빨려 들어간다.

지명와동(地鳴渦動)!

땅은 울고 물은 소용돌이치며 흐른다.

삼협을 관통하는 강물의 기세를 이름이다. 적절한 표현이리라. 금사강을 원류로 하여 사천의 고원 지대에 이르러 민강(岷江), 아롱강(雅礱江), 가룡강(嘉陵江), 오강(烏江) 등의 무수한 물줄기들을 아울러 포용한 것이 장강이니, 그 수량(水量)을 어림짐작키도 어렵다. 그 많은 물들이

좁게는 이십 장, 넓어봐야 오십 장에 불과한 협곡을 가로지르니 서로
가겠다는 아우성은 형용하기가 쉽지 않으리라.

과장하기를 좋아하는 시인묵객(詩人墨客)들은 웅휘한 구당협(瞿塘
峽), 수려한 무협(巫峽), 험준한 서릉협(西陵峽)으로 이어지는 삼협의 격
류를 보면서, '하늘과 땅이 서로 물고 뜯으니, 강물이 빙빙 돌고 울부
짖으며 거품 일어 천지를 뒤흔든다' 라고 하였다.

이야기 만들기 좋아하는 사람들은 귀성(鬼城)이 있다는 장강 연안의
풍도를 떠올리며, 귀성을 탈출한 귀신들이 환호하고 날뛰는 모양이라
고도 했다.

그러나 그 어떤 수식이 뒤따르든 간에 삼협의 진정한 구실은 사천
사람들이 고립에서 벗어나 타 지역과 왕래할 수 있는 보편적인 교통로
라는 것이다.

아! 아찔하고도 험하여라.
촉으로 가는 길 어려워라.
푸른 하늘 오르기보다 어려워라.

이백(李白)을 시선(詩仙)이라 불리게 한 촉도난(蜀道難)의 한 구절처
럼, 사천은 고원 지대로 둘러싸여 사방 어느 곳으로도 들어가기가 쉽지
않은 분지 지형이다.

안에서만 살아간다면 그보다 좋은 곳은 찾기 힘드나 외부에서 들어
가기는 지난(至難)하여 가히 천혜의 요새라 일컬어도 모자람이 없으리
라.

세상이 군웅들의 전쟁으로 피 흘려도 사천만큼은 별천지인 양 평화

로워서 유비는 힘의 열세에도 불구하고 안전할 수 있었고, 안록산(安祿山)의 난을 만난 당(唐) 현종(玄宗) 역시 촉도의 그 멀고 험한 길을 마다 않고 촉 땅으로 피신했었다.

검각산 험하고 높기도 높아

한 사람이 관문을 막으면

일만 명이 뚫지 못하리.

지키는 이 일가친족이 아니면

언제 이리 승냥이 될지 몰라.

아침에 모진 호랑이 피하고

밤새 긴 뱀 피했건만

이를 갈고 피를 빨아

사람 죽이는 것이 미친 마귀와 같도다.

금성이 아무리 좋다 하나

일찍 집으로 돌아감만 못하리라.

촉으로 가는 길 어려워라.

푸른 하늘 오르기보다 더 어려워라.

몸 추켜세워 서쪽 바라보며 길게 탄식할 따름이라.

이백이 촉도난의 뒷부분에서 묘사한 것처럼, 중원에서 사천으로 가는 육로는 검각산(劍閣山) 칠십이봉의 그 좁고 험준한 산길을 통해 검문관(劍門關)을 지나는 길이 유일하다 할 것이다. 그러나 길이라고는 하지만 어지간한 장정들이라도 쉽게 엄두를 내지 못하는 것 또한 현실이었다. 그러므로 삼협의 격류를 거슬러 올라오는 수로만이 평범한 사람들의 유일한 외부 교통로라 하는 데는 이견이 없으리라.

＊　　　＊　　　＊

한 척의 배가 힘겹게 물살을 헤치며 삼협의 시발인 구당협을 빠져나오고 있었다. 배가 계류를 탄 낙엽처럼 갈지자로 움직이며 심하게 요동을 치고 있어 심히 위태롭게 보였다.

그러나 삼협의 뱃길을 아는 사람이라면 배를 모는 사람이 삼협의 바닥 구조까지 샅샅이 꿰고 있다고 감탄하리라. 위태롭게 보여도 그 한 번 한 번의 움직임이 결국은 격류의 약한 결을 찾아 움직이는 것이기 때문이었다.

배는 삼협의 격류를 헤쳐 나가기 적합하도록 특별히 고안된 팔노등선(八櫓等船)이 아니었다. 팔노등선보다 더 길고 옆이 퉁퉁하여 길이가 칠 장에 배의 중심 폭이 이 장 반에 이르렀으며, 무려 열여덟 개의 남목(楠木)으로 된 노들이 배의 좌우에서 움직이고 있었다.

노의 움직임이 여유있는 반면, 대오리로 엮어 만든 돛은 중년 아낙의 넉넉한 둔부처럼 사천 방향으로 펑퍼짐하게 부풀어 있었다. 배가 순풍을 만났음을 확연하게 보여주는 모양이니 노수들이 지금처럼 여유를 가질 수 있으리라.

칠 장에 이르는 삼나무 돛대의 끝에는 물살을 가르는 용 문양의 붉은 깃발이 펄럭이고 있었다. 그 깃발은 배가 삼협의 교통에서 독점적인 지위를 누리고 있는 용문수로표국(龍門水路鏢局)의 용문비선(龍門飛船)임을 나타내는 것이었다.

배 안의 풍경은 한가로웠다. 열여덟 명의 가무잡잡한 피부의 노수들이 누런 천으로 하물만을 가린 채 노래를 부르며 노를 젓고 있었다.

선수 부근에서는 노수들에게 방해가 되지 않는 한도 내에서 여섯 명의 청의경장인들이 아무것도 하지 않고 늘어져 있었다.

청의의 가슴 부위에 붉게 용문이라고 수놓아져 있는데, 그들이 바로 다른 표국의 표사들이 부러워하는 용문수로표국의 표사들이었다.

하늘은 맑고 강물은 부드럽게 흘러 배를 부드럽게 흔들어주니 표사들은 편안한 얼굴로 지그시 눈을 감고 오수를 청하고 있었다. 오직 한 사람 신출내기인 듯한 동안의 표사 장오(張娛)만이 주변을 두리번거리고 있었다.

장오는 노를 저을 때마다 살짝살짝 드러나 보이는 노수(櫓手)의 하물을 바라보며 눈살을 찌푸렸다. 그러나 다른 표사들은 아무도 관심을 두지 않는 듯했다.

장오는 곧 흥미를 잃고 지그시 눈을 감은 채 노수들이 노질에 맞추어 부르는 이국 말의 뱃노래에 귀를 기울였다.

곡조는 빠르지만 왠지 구슬프고 비장하게 들렸다.

장오는 다시 눈을 뜨고 선배 표사 오량의 옆구리를 찔렀다. 별명이 마두(馬頭)인 오량(吳良)은 긴 얼굴을 찡그리며 장오를 향해 고개를 돌렸다.

장오는 오량의 귀찮다는 기색을 무시하고 노수들을 향해 턱짓을 해 보였다.

"형님, 처음 듣는 뱃노랜데요. 무슨 뜻인지 아시우?"

오량이 얼굴을 더욱 길게 늘어뜨리며 고개를 갸웃거렸다.

"응? 그러게? 이상하네. 토가족(土家族) 친구들과는 벌써 오 년을 함게 다녔는데 저 노래는 처음이야. 어째 좀 다른걸. 왠지 힘 빠지는 노래야. 힘을 돋우어야 할 텐데 왜 저런 노랠 부르지?"

모르고 있다가 물으니 더 궁금증이 생긴 듯, 오량은 직접 나서서 주변의 동료들에게 두루 물었다. 그러나 모두들 모르겠다며 고개를 갸웃거렸다.

원래 용문비선에는 용문수로표국이 표사들보다 더 중하게 여기는 사람들이 있었다. 바로 노질과 기타 배의 모든 잡일은 물론이고 조타와 돛의 조종까지 도맡아 하는 스물세 명의 토가족 사람들이었다.

토가족은 호북(湖北)과 사천의 삼협 주변 고원 지대에 몇 개의 부락을 이루며 사는 부족인데, 그 성정이 선량하고 성실하며 특히 삼협의 물길에 가장 밝은 부족이었다.

삼협의 깎아지른 절벽에 구멍을 내어 그곳에 조상의 시신을 안치하는 풍속을 지닌 그들에게 있어, 삼협은 선산(先山)과 같은 의미를 지니는 곳이었다. 그러니 그들이 삼협 구석구석을 손바닥 들여다보듯이 꿰고 있는 것은 어찌 보면 너무나 당연한 일이리라.

그들은 마치 서로의 영혼을 하나로 묶어놓은 듯 보통의 노수들이 도선수의 구령이나 물길에 밝은 고수의 북소리에 맞춰 노질의 완급을 조절하고 돛을 운용하는 데 반해, 동시에 부르는 노랫가락 하나로 완벽한 조화를 이루어냈다. 그래서 용문수로표국은 도선수의 일이라 할 수 있는 조타까지 그들에게 맡김으로써 전폭적인 신뢰를 보이고 있었다.

"수신(水神)과 풍신(風神)의 가호(加護)와 토가족 사람들의 도움이 없다면 본 표국은 껍데기에 불과하다."

용문수로표국주 수룡신검(水龍神劍) 곽자렴(郭慈廉)이 한 말이니 용문수로표국의 토가족에 대한 신뢰가 얼마나 대단한 것인가 하는 것은 더 이상 언급할 필요가 없으리라.

그런 까닭에 토가족 사람들을 내심 미개한 이족이라고 비웃는다 하여도 대놓고 멸시하는 표사들은 아무도 없었다. 오히려 대부분의 표사들은 편안하고 안정된 여정을 제공하는 친구라며 스스럼없이 대하고 있었다.

장오는 혀를 차고서 다시 난간에 기대어 지그시 눈을 감았다. 그러나 이미 호기심이 발동한 오량이 그를 편히 놓아두지 않았다. 그가 장오의 옆구리를 찌르며 훈계조로 말했다.

"막내야, 모르는 게 있으면 어떻게든 알아내야 할 것 아니냐? 젊은 놈이 그렇게 금방 포기해 버리면 쓰겠어? 갔다 와."

장오는 괜히 물었다고 생각하며 얼굴을 찌푸렸다.

밥 먹은 지 금방이라 너무나 노곤했다. 장오는 한 번은 뻗대어볼 요량으로 말했다.

"어딜 갔다 오라구요?"

오량이 난간에서 등을 떼고시 안 그래도 험악한 얼굴을 심하게 일그러뜨리며 왼손으로 오른손 주먹을 어루만졌다.

"쓰으……."

오량의 묘한 손놀림과 절정의 위협음에 굴복한 장오는 어쩔 수 없이 자리를 털고 일어났다. 배운 요령대로 기운을 모아 하체로 보내고 흔들리는 배의 움직임에 자신의 몸을 동화시켰다.

장오는 선미(船尾)로 이동하면서 토가족 사람들에게 일일이 미소를 보냈다.

'하! 신기하기도 하지. 난 우보천리(牛步千里)를 시전하고도 이렇게 힘겨운데 어찌 저리 여유있게 노를 저을까?

말이 통했다면 굳이 선미까지 갈 필요도 없이 노 젓는 비결까지 물어보았으리라. 장오는 토가족 말을 배울까 고민하면서 비틀거리며 움직였다.

쏴아아아아!

장오는 뱃전을 비켜 나가는 격류의 울부짖음을 예사롭게 들으며 선실 옆의 좁은 통로를 지나 선미로 이동했다.

장오는 선타에 손을 얹고 있는 무표정한 토가족 초로인 타노를 바라보며 미소 지었다. 그리고 손을 뻗어 선실의 외벽을 짚고 이어서 등을 기대어 신형을 안정시켰다. 그리고 타노의 옆에서 등을 진 채 삼협의 장관을 바라보고 있는 청의경장인을 꿈꾸는 듯한 눈빛으로 지켜보았다.

연신 고개를 끄덕이던 청의경장인이 호쾌한 목소리로 외쳤다.

"좋아, 아주 좋아! 수신께서는 곤히 주무시고 풍신께서는 무리없이 밀어주시는구나. 마지막 표행이 이리도 순조로우니 올해는 재수가 좋으리라."

장오는 깜짝 놀라 눈을 치떴다.

사내는 장오의 동경의 대상이었다. 표국의 피붙이도 아니면서 서른 일곱의 나이로 용문비선 일호의 책임자가 된 용문수로표국의 표두(鏢頭) 비천어검(飛天漁劍) 만자강(万自强)이 바로 그였다.

장오는 그를 보면서 십오 년 후의 자신의 모습을 꿈꾸고 있었다. 그런 그의 입에서 마지막 표행이라는 말이 튀어나왔으니 어찌 놀라지 않겠는가.

"만 표두님?"

만자강이 돌아섰다. 느슨하게 속발 튼 머리는 여유로운 가운데 단정하고, 각진 얼굴과 두툼한 입술은 사내다움이 흐르며, 날카로운 눈매에는 흐릿한 미소가 어려 있었다.

만자강이 눈가의 미소를 얼굴 전체로 퍼뜨리며 굵직한 목소리로 말했다.

"오! 장오. 여전히 어색하구나."

표사들 가운데서 체구가 유난히 작은 편인 장오가 삼 척 반이 넘는 도를 차고 다니는 모습은 언제나 웃음거리였다. 그래서 그의 걸음이 어느 한쪽으로 치우치지 않음에도 불구하고 장오는 좌향보(左向步)라는 별명을 가지고 있었다.

평소의 장오 같았으면 얼굴을 심하게 붉혔으리라. 그러나 오늘은 만자강의 장난스런 말마저도 무시하고 급히 물었다.

"만 표두님, 그게 무슨 뜻입니까? 마지막 표행이라니오?"

"하하하! 오해를 했구나. 네 녀석은 귀를 닫고 사느냐? 장마철이 되면 장강 수위가 올라가서 삼협의 물살이 감당할 수 없을 정도로 거세어진다. 그때가 되면 여기 타노마저도 삼협에 발을 담그지 않는다."

만자강이 웃음기 가득한 얼굴로 타를 잡고 있는 토가족 초로인 타노를 흘끔거렸다. 그러나 노인은 무표정한 얼굴 그대로 물길만 바라볼 따름이었다.

장오는 그때서야 안도의 한숨을 터뜨렸다.

"아! 하신(河神)의 기지개 말입니까? 벌써 때가 되었나? 그렇네요. 장마철이 다 되어가는군요. 에이! 별로 쉬고 싶지 않은데……."

만자강은 투덜거리는 장오가 귀엽다는 듯 미소를 지으며 말했다.

"하기야 네 녀석에게는 한참 재미있을 때구나. 표사 된 지가 아직

반년도 안 됐지? 하지만 난 그 기간이 좋다. 비록 상계의 일각에 발을 담고 있다만 나 또한 무인! 수련에만 전념할 수 있는 시간이 있다는 것이 얼마나 다행인지 몰라."

장오는 자신도 모르게 얼굴을 붉혔다.

어디를 가나 애송이 취급을 받고는 있다지만 그 또한 무인이라면 무인이었다. 그것도 십수 년 후에는 만자강처럼 되겠다는 포부를 지닌 무인이었다. 그럼에도 불구하고 수련보다는 무엇을 하고 시간을 보낼까 궁리하고 있었다.

"근데 무슨 일로 왔더냐?"

만자강의 물음으로 정신을 차린 장오는 타노를 힐끔 보았다가 물었다.

"저 노래 들어보셨어요? 처음 듣는 거라며 무슨 뜻인지 모두 궁금해하는데요?"

만자강이 바람을 거스르며 낮게 들려오는 노랫소리에 귀를 기울였다.

"어? 그렇군. 물소리가 하도 경쾌해서 흘려들었어. 과연 평소에 부르던 사공의 노래가 아니구나."

만자강은 뜻풀이를 기다리는 장오의 얼굴을 바라보면서 곤혹스런 표정을 지었다.

만자강은 토가족 말을 할 줄 알았다. 그러나 그것은 어디까지나 극히 기본적인 의사 소통에 필요한 몇 가지 단어와 문장을 외운 것에 불과했다.

사실 그 이상은 필요없었다. 서로의 영역이 달라 의사를 교환할 일이 별로 없었고, 또 타노가 한어를 할 줄 아는 탓이었다. 하지만 한마디 말도 섞지 못하는 다른 표사들은 만자강의 능력을 과대평가하고 있었다.

만자강은 띄엄띄엄 몇 개의 단어를 알아듣는 것으로 만족해야 했다. 결국 뜻 파악하기를 포기한 만자강은 타노에게로 고개를 돌렸다.

무표정으로 일관하던 타노가 문득 만자강을 응시했다. 만자강은 간만에 마주한 타노의 눈을 바라보는 순간 가슴이 덜컥 내려앉는 것만 같았다.

만자강은 세상에서 가장 슬픈 일이 무엇인지 생각해 본 적이 없었다. 하지만 방금 타노의 눈빛을 보면서 그가 지금 세상에서 가장 슬픈 일을 겪고 있는 것이 아닐까, 하는 생각을 떠올려야 했다.

타노는 강을 향해 고개를 돌리며 장오가 온 이후 처음으로 입을 열었다.

죽창 깎고 화살촉 만들어
가시덤불 헤치고 산을 헤매겠지.
짐승 되고 마귀 되어
피로 물든 개울을 건너야 할 거야.
그러나 나 잊지 않으리.
내가 한때 인간이었음을 잊지 않으리.

피 튀고 살점 떨어져 나가도
눈 감지 않고 찌르고 베리라.
울지 않고 웃지 않고
나 오직 한 가지만 생각하리라.

아들 되고 지아비 되고 아비 되는
인간으로 돌아갈 그 길만 생각하리라.

위대하신 나의 선조들이시여,
두려움에 떨고 슬픔에 젖어
당신의 연약한 자식들이 울부짖습니다.
죽음의 두려움을 거둬가소서.
공포에 무릎 꿇지 않게 힘을 주소서.
사랑하는 이들을 다시 보듬어 안게 하소서.

타노는 느리고 무정한 목소리로 또박또박 노랫말을 읊었다. 그리고
'전사의 노래'라는 말을 끝으로 입을 꾹 다물고 원래의 무표정한 얼굴
로 돌아갔다.

만자강은 어리둥절한 표정으로 타노를 응시했다.

평소에는 늘 말을 아끼던 타노였다. 그래서 늘 간단히 묻고 간단히
답했다. 타노가 한어에 능통할 것이라고는 생각조차 해본 적이 없었
다.

그러나 그것은 달리 생각해 보면 이해할 수 있는 문제였다. 그가 용
문비선의 노질을 처음 시작한 것이 벌써 이십 년 전의 일이었다. 의지
와 노력만으로도 충분히 할 수 있는 일이었으리라. 만자강 그 자신도,
만약 필요성을 느꼈다면 용문수로표국주 곽자렴과 같이 거의 완벽하게
토가족 말을 할 수 있다고 자신하고 있었다.

하지만 만자강은 이해할 수가 없었다. 절로 흥이 나는 사공의 노래
를 접고 느닷없이 전사의 노래를 뱃노래로 부르는 이유가 무엇이란 말

인가.

만자강은 타노의 무표정한 얼굴을 빤히 바라보았으나 그는 다시 입을 열지 않았다.

바로 그때였다. 장중하게 들려오던 전사의 노래가 갑자기 뚝 끊겼다.

"빠탐!"

만자강은 선수 쪽에서 들려오는 그 한마디 외침을 듣고 고개를 갸웃거렸다.

"빠탐? 온다는 뜻이던가?"

만자강은 의혹 어린 눈빛으로 타노를 응시했다. 하지만 타노는 만자강을 보지 않고 바로 소리를 질렀다.

"헤이가!"

헤이가. 만자강이 알기로는 가라는 뜻이어서 더 더욱 알 수 없는 노릇이었다. 용문비선이 삼협을 오가는 배 가운데 가장 큰 축에 속한다 해도, 길이 칠 장에 너비가 길어봐야 이 장이 조금 넘었다. 그 안에서 가봐야 어디를 가겠는가. 만자강은 자신이 뜻을 잘못 알고 있다고 생각했다.

바로 그때 앞쪽에서 첨벙, 하는 소리가 연이어 들려왔다.

"뭐야? 무슨 일이야? 왜 저러는 거야?"

표사들이 당황한 목소리로 외쳤다.

만자강은 굳이 살펴보지 않아도 표사들이 왜 당황하고 있는지 알 수 있었다. 이미 그의 머리 위에서 거대한 돛이 방향을 잃은 채 펄럭이고 있었고 배는 요동을 치고 있었다.

만자강은 본능적으로 고개를 돌렸다. 구당협의 입구를 향해 수십 개의 사람 머리들이 오르내리고 있었다.

만자강은 타노를 찾았다. 타노는 있어야 할 곳에 있지 않았다.

"미안하오."

만자강은 그 슬픈 목소리를 향해 고개를 돌렸다.

타노는 선미의 난간에 등을 기댄 채 슬프기 그지없는 눈빛으로 만자강을 바라보고 있었다.

만자강은 선타의 반대쪽에 서서 타를 움켜쥐고 타노에게 외쳤다.

"왜?"

"배은망덕(背恩忘德)이라는 말을 아오. 그러나 선택의 여지가 없구려. 하! 그간 용문수로표국 덕에 우리 일족들이 풍요롭게 살 수 있었는데 이렇게 인연을 끊어야 하다니……. 미안하오. 목숨 값은 목숨으로 치르는 법. 이 늙은이는 살고자 하지 않을 것이오. 그러나 저 아이들은 악착같이 살려고 할 것이오. 살아날 수만 있다면 언젠가는 그들의 목숨으로 당신들의 핏값을 갚을 것이오."

"타노오! 무슨 뜻이오?"

만자강의 외침은 공허했다. 타노는 대답 대신 지그시 눈을 감고서 뒤로 넘어졌다.

첨벙!

지금껏 어안이 벙벙하여 정신을 차리지 못하던 장오가 급히 선미의 난간으로 달려가 타노를 살폈다. 그러나 보이는 것은 배로 인하여 갈라졌던 물살들이 다시 한데 뭉쳐 생기는 소용돌이와 거품뿐이었다.

"장오! 돛을 잡으라 이르고 무슨 일이 있는지 확인햇!"

"예? 옛!"

만자강은 뒤뚱거리며 선수 쪽으로 달려가는 장오를 바라보며 입술을 깨물었다.

"제기랄! 삼협을 다 빠져나왔거늘! 용문수로표국의 코앞까지 왔는데 이런 일이……."

선체가 부서질 듯 흔들렸다. 만자강은 고개를 들어 돛을 살폈다. 드디어 바람을 맞이하는 정방향으로 돛이 세워졌다. 단 한 번도 돛을 잡아본 적이 없는 표사들이었지만 수년간 본 것이 있으니 어렵지 않게 돛의 위치를 잡아낸 것 같았다.

하지만 문제는 이제부터였다. 순풍에 돛을 달았다 해도 삼협의 격류 앞에서는 전진이 불가능했다. 오히려 제자리에 머무는 것만으로도 버거우리라.

배가 앞으로 나아가는 추진력은 순전히 노에서 얻어지는 것이었다. 기껏해야 미숙한 솜씨로 서너 개의 노밖에 저을 수 없는 상황이니 이제 배는 삼협의 입구에서 옴짝달싹 못할 상황에 빠진 것이었다.

만약 바람의 방향이 바뀌기라도 하면 순식간에 격류에 휩쓸려 암초에 받히기나, 뒤집히거나, 소용돌이 속으로 빨려 들어가리라.

만자강은 쉽게 결정을 내리지 못했다. 지금 그가 할 수 있는 일이라고는 현 지점에서 기다리는 것과 배를 돌려 다시 삼협을 내려가는 것뿐이었다. 그렇지만 기다리는 것도, 배를 돌리는 것도 현실적으로 모두 불가능했다.

바람이 머리를 돌리는 것만으로도 기다린다는 의미는 상실될 것이었다. 배를 돌린다는 것은 더 더욱 힘들어서 단순히 타를 트는 것만으로 가능한 일이 아니었다. 격류의 틈새를 넘나드는 절묘한 조타술과 함께 그에 호응하는 숙련된 돛의 운용이 동시에 이루어져야 했다. 함부로 행하다가는 배의 넓은 옆구리가 격류에 휩싸여 방향을 트는 순간 전복되기 십상이었다.

만자강은 제삼의 선택을 했다.

"조금씩! 조금씩! 강변으로 붙인다! 닻을 내리고 기다린다!"

좌초되더라도 최소한 표물의 안전을 확보하고 표사들의 목숨까지 구할 수 있는, 만자강이 생각해 낼 수 있는 최선의 방책이었다.

만자강은 좌우를 둘러보고 더 가까워 보이는 왼쪽 벼랑으로 시선을 고정시켰다.

깎아지른 듯한 절벽.

조금 전만 해도 절경이라 감탄했던 곳이었으나 이제 다가가야 한다고 생각하니 막 내리쳐질 것만 같은 거대한 천도(天刀)를 보는 것 같아 소름이 돋았다.

만자강은 크게 심호흡하고 지그시 눈을 감으며 가끔씩 들었던 타노의 말들을 떠올렸다.

물결을 느껴야 한다고 했다. 물의 흐름과 하나가 되어야 한다고 했다. 그러면 때가 느껴진다고 했고 손이 절로 움직인다고 했다.

그랬다. 즉시 이루어진 것은 아니었지만 마음을 가라앉히고 진심으로 느끼려 하니, 물소리도 없고 표사들의 당황한 목소리도 없었다. 오직 너울거림에 동화되어 가는 만자강 그 자신뿐이었다.

만자강은 선타를 잡은 손에 불현듯 힘이 들어감을 느꼈다.

"표두우!"

장오의 경악에 찬 울부짖음이 만자강의 청정경(淸淨境)을 깨버렸다.

만자강은 선타를 비틀려던 힘을 빼고 눈을 떴다. 선실 옆 좁은 통로를 막 벗어난 장오가 사색이 되어 만자강과 시선을 마주쳤다가 손을 뻗어 선수를 가리켰다.

"수, 수적이……."

만자강은 당황했다. 삼협에 수적 같은 것이 있을 턱이 없었다. 누가 있어 삼협의 격류 앞에서 당당할 것인가.

용문수로표국은 삼협을 통하는 사천의 물류(物流)를 거의 독점하고 있다 할 정도로 많은 표물을 운송하고 있었다. 그럼에도 불구하고 겨우 여섯 명의 표사들이 표선을 호위하는 이유는 그들의 운송로가 삼협에서 가까운 남포현에서부터 삼협의 끝이라 할 수 있는 호북성 의창까지 수적질을 하기가 거의 불가능한 호호탕탕한 격류 팔백여 리의 구간인 탓이었다.

하지만 장오의 눈빛은 진실을 말하고 있었다. 재차 확인할 필요도 없었다. 배의 양쪽 옆구리에서 무엇인가 부딪치는 소리가 연이어 들리면서 선체가 급격하게 휘청거렸다.

투투투투투투퉁……!

갑판에 우박이 떨어지는 듯한 소리가 잇달아 들리면서 선체가 좌우로 쉬지 않고 흔들렸다.

만자강은 갈등했다. 수적인지는 알 수 없었지만 틀림없이 많은 수의 인원들이 배에 승선했다. 과연 어떻게 해야 할지 결단을 내릴 수가 없었다. 선타를 아무것도 모르는 장오에게 맡기고 가보아야 할지, 아니면 먼저 배를 안전한 곳으로 이끌어놓아야 할지 망설여졌다.

바로 그 순간,

채채챙!

도검 뽑는 소리가 들리면서 욕설이 이어졌다.

만자강은 아득한 심정이 되어 눈을 감았다.

차라리 쌀 천 섬, 비단 천 필이나 옥 노리개 천 개라면 이렇게 암담하지는 않으리라. 용문수로표국의 재력이라면 손실로 인한 충격을 충분히 흡수할 수 있으리라.

하지만 지금 만자강이 운송하고 있는 것 중에는 돈으로 되갚아줄 수 있는 성질의 물건이 아닌 것도 있었다.

'아직 바람이 바뀔 조짐은 보이지 않는다. 나는 선부가 아니라 표두! 표물의 안전이 우선이다.'

만자강은 결심을 굳히고 눈을 부릅떴다. 그는 장오에게 급히 말했다.

"선타를 잡아라. 당황하지 말고 흐름에 맞추어 이 상태를 유지하도록 노력해 봐. 만약 위기가 닥치거든 그때는 생사(生死)를 하신께 맡기도록."

장오는 뭐라 대답할 수가 없었다. 생사를 하신에게 맡긴다 함은 격류 속에 몸을 던지라는 뜻이리라. 하지만 동료들을 놓아두고 홀로 살겠다고 물속으로 뛰어들 수는 없다고 생각했다.

장오는 자신의 대견한 생각을 입 밖으로 내뱉으려 했다. 그러나 만자강은 장오가 선타를 인계받기도 전에 등에서 검을 뽑아 들고 선실 위로 몸을 솟구쳤다.

장오는 급하게 휘돌아가려는 선타를 보고 엉겁결에 움켜쥐었다. 겨우 선타를 안정시킨 장오는 문득 어미의 얼굴을 떠올리며 청의경장의 앞섶을 내려다보았다. 촘촘한 바느질 자국이 보였다.

"이따위 것에 의지할 이 장오가 아니야."

장오는 입술을 깨물면서 상의 앞섶을 외면했다. 그러나 선타를 잡고 있는 손은 끊임없이 떨리고 있었다.

장오는 경련이 이는 듯한 손을 부릅뜬 눈으로 바라보았다. 그는 어금니를 악물고 상체로 선타를 눌러 지탱한 채 오른손을 왼쪽 허리로 돌려 도파를 힘껏 움켜쥐었다.

　용문수로표국 표사가 표물에 주의를 기울이며 바짝 긴장할 때는 의창에서 짐을 실은 후부터 서릉협의 초입에 들어서거나 서릉협에 들어서서 의창에 짐을 내리기 전까지, 삼십여 리의 짧은 거리 안에서 뿐이었다.
　용문수로표국의 표사 칠 년차인 마두 오량은 오늘 같은 일이 있으리라고는 꿈에서도 생각해 본 적이 없었다. 남과 병장기를 부딪칠 일은 장난칠 때뿐이라고만 생각하고 살았었다.
　요즘은 쓸데없는 뱃살을 빼기 위해 다시 연무라도 시작해 볼까 생각 중이었는데, 지금 오량은 죽음을 떠올리고 있었다.
　바로 조금 전 팔노등선 두 척이 격류를 타고 빠른 속도로 다가왔다. 어피(魚皮) 같은 몸에 밀착되는 요상한 흑의를 입은 사내들이 세 발가락으로 된 갈고리로 비선의 옆구리를 찍어 배를 갖다 붙였다.
　막을 새도 없었다. 표사 다섯이 좌우에서 쉬지 않고 솟구쳐 오르는 스물이 넘는 인원들을 어찌 막을 것인가.
　표사 다섯 가운데 둘은 여전히 돛 끝에 달린 화장(火杖)을 한 손으로 움켜쥔 채 품속에 오른손을 넣고 있었고, 오량을 포함한 나머지 세 사람은 그들을 보호하려는 기색으로 도파를 움켜쥐었다.
　기묘한 흑의를 입은 사내들은, 삼지창과 같은 기이한 무기를 등에 꽂은 채, 양손 중지에 한 자가 채 못 되는 아미자(峨眉刺)를 꽂아 빙글빙글 휘돌리며 표사들을 압박할 뿐 공격을 가하지는 않았다.
　오량은 그들의 얼굴에서 비웃음을 느끼면서 이빨을 악다물었다. 그래도 무서웠다. 두 다리가 후들거리고 있다는 것을 스스로 느낄 정도로 무서웠다.

‘무기를 버리면 살려줄까? 그래, 놈들이 원하는 것은 표물이지 목숨이 아니야. 우리 뒤에 누가 있는데? 대청성(大靑城)이 버티고 있어. 감히 목숨까지야……’

살고 싶다는 욕구가 표사의 당연한 의무감을 압도해 가고 있었다. 바로 그때 어피의에 버금가는 검은 안색의 사내가 어깨에 희한하게 생긴 검을 걸친 채 느긋하게 배 위로 올라섰다.

이제 서른이나 된 듯한 그 사내가 갑판의 대치 국면을 흘끔 바라보고는 심드렁한 어조로 말했다.

“누구 기다려? 얼른 죽여 버리지 않고 뭐 하는데?”

툭 던져 버린 그 한마디에 한 가닥 삶의 희망을 떠올리던 오량은 질끈 눈을 감았다. 그리고 도파를 쥐고 있던 손에 힘을 가했다.

채채챙!

두 동료들이 따라서 병장기를 뽑는 순간 화장을 잡고 있던 두 표사들 역시 품속에서 손을 빼냈다.

“도적놈의 새끼들!”

쉐에엑!

용문수로표국의 표사들이 주로 애용하는 광한표(光扞鏢) 열 자루가 좌우로 빛살같이 날아갔다. 순간 오량과 다른 두 표사들도 앞으로 튀어 나갔다.

어피의의 사내들은 전혀 당황한 기색을 보이지 않았다. 중지에서 느릿하게 돌던 아미자를 맹렬하게 휘돌리며 손을 앞으로 내뻗을 따름이었다.

파르르르륵, 휘도는 아미자는 너무나 빨라 아미자가 아니라 원형의
작은 방패를 내미는 것 같았다.

티티티티팅!

열 자루의 광한표가 좌우로 퉁겼다가 속절없이 바닥으로 떨어지는
순간 오량 등은 암담한 심정이 되어버렸고, 순간 도에 실렸던 날카로운
벽력개산(霹靂蓋山)의 기세도 사라져 버렸다.

어피의의 사내들은 너무나 쉽게 오량 등의 도검을 피해내고 휘돌리
던 아미자를 세워 내질렀다.

수십 줄기 예리한 기운들이 사방에서 닥쳐오자 오량은 팔비도룡(八
臂屠龍)의 수법으로 도와 함께 선풍처럼 휘돌며 갑판의 중심으로 이동
했다.

동료들의 처지도 오량과 다름이 없는 듯했다. 모두가 갑판의 중심으
로 모여들었다. 심지어는 돛대를 지탱하던 두 사람마저 화장을 놓아버
린 채 오량과 어깨를 나란히 했다.

다섯 사람이 삭은 원을 그리려는 순간, 훼르르르륵, 소리와 함께 사
방에서 작은 돌풍들이 휘몰아쳤다. 오량 등은 그것의 정체도 미처 확
인하지 못한 채 미친 듯이 병기를 휘둘렀다.

치치치치치칭!

"크으으윽!"

다섯 사람이 사력을 다해 펼친 도풍검풍(刀風劍風)도 사방에서 휘몰
아치는 아미자의 폭풍을 모두 감당해 내지는 못했다. 오량이 왼쪽 어
깨에 아미자를 깊숙이 장식한 것을 필두로, 모두들 한두 개의 아미자를
몸 어디엔가 꽂은 채 비명을 토해냈다.

표사 두 명이 넘어지면서 배도 비명을 질렀다. 역류 속에서도 떠밀

리지 않고 견뎌낼 수 있게 해주던 풍신의 힘을 잃는 순간, 배는 뒤집어질 듯이 휘청거리며 뒤로 밀리는 기색을 드러냈다.

선수의 난간에 느긋하게 기대어 서 있던 검은 얼굴의 사내가 주저앉을 뻔한 육신을 바로잡으며 짜증이 치민 목소리로 소리쳤다.

"후유! 놀라라. 야, 이 자식들아! 뒤집어질 때까지 기다릴래? 돛부터 잡아. 무섭잖아!"

어피인 두 사람이 흉흉한 기색을 거두고 돛으로 다가가 표사들이 놓았던 화장을 어렵게 움켜쥐었다.

검은 얼굴의 사내가 다시 소리쳤다.

"야! 빨리 끝내. 뭐야? 다섯 놈밖에 안 되는데 왜 그렇게 빌빌거리고 있어?"

사내는 찡그린 얼굴로 배 전체를 훑으며 중얼거렸다.

"뭐야? 비천언가 뭔가 하는 놈이 표두라더니만, 도대체 어디 있는 거야? 아! 그렇지. 조타 중이겠구만."

바로 그 순간 아미자 대신에 삼지창 같은 수차(水叉)를 꺼내 든 어피인들이 오량 등에게로 쇄도했다. 요동 치는 배 위인데도 불구하고 어피인들은 발바닥에 빨판이라도 달린 듯 안정된 자세를 잃지 않고 미끄러지듯이 전진했다.

오량은 눈을 질끈 감았다. 남은 이들은 자신을 포함하여 셋. 상대는 티끌만한 상처조차 없는 스물하나의 괴인들이었다. 이미 죽음은 확정되어 있었다.

어피인 너머 흘끔 강물을 바라본 오량은 힘겹게 기를 모으며 하늘을 향해 애원했다. 살려달라고. 그러나 보이는 것은 무자비한 수차의 흐릿한 경기뿐이었다.

오량은 전신을 난자할 것 같은 기운을 향해 사력을 다해 도를 휘둘렀다.

가가가가강!

힘겹게 돋운 기운이 허무하게 가로막혔음을 깨닫는 순간 오량은 모든 것을 포기했다. 이제 좌우에서 몰려드는 기운에 산적이 되기만을 기다리는 처량한 신세가 되어버린 것이었다.

그때였다. 전신을 갈가리 찢어놓을 것만 같던 기운들이 그의 머리카락들을 곤두서게 만들면서 방향을 바꾸어 허공을 향해 솟구쳐 올랐다.

"크아아아!"

비명 소리에 눈을 치뜬 오량은 어피인들이 분분히 물러서고 있는 광경을 목격했다. 그들 가운데 몇몇은 피를 뿌리며 배의 난간에 부딪쳤다. 어찌 된 일인지 알 수가 없었다.

"우아! 멋지군. 정말 화려해! 암향표(暗香飄)에 칠십이파검(七十二波劍)인가?"

이제는 익숙한 흑면사내의 목소리가 들리는 순간, 누군가가 오량과 흑면사내 사이에 떨어져 내렸다.

오량은 본능적으로 도를 내뻗으려 했다. 그때 반가운 목소리가 들렸다.

"괜찮은가?"

"표두!"

오늘따라 만자강의 등이 왜 이렇게 넓어 보인단 말인가. 평소에도 오량은 만자강을 성실함의 표본이요 무인의 귀감이라 여기고 있었다. 그러나 그 어느 때보다 더 만자강이 크게 보이는 것은 지금의 절망과 공포 속에서 오직 그만이 자신의 생사여탈권을 쥐고 있기 때문이리라.

만자강은 야속하게도 그의 검 한 자루에 목숨을 내걸고 있는 오량과
두 표사들에게 일별도 주지 않고 단 한 마디 말만 내뱉었다.

"견디게!"

오량 등은 만자강이 볼 수 없음에도 불구하고 힘차게 고개를 끄덕였
다.

견디면 산다!

믿고 있었다. 평소 거리낌없이 술자리를 같이하고 음담까지 주고받
을 정도로 가까운 사이지만, 또 일면으로는 자신들과는 차원이 다른 인
물이 바로 만자강이었다.

오량은 이제 만자강이 복수의 검을 떨쳐, 동료들을 죽이고 자신들에
게 상처 입힌 수적들을 갈가리 찢어발기리라고 믿어 의심치 않았다.

그러나 오량 등의 의심없는 믿음과는 달리 만자강은 암담했다. 암향
표에 몸을 싣고 선실을 뛰어넘어 청성칠십이파검 가운데서도 가장 익
히기 어렵다는 검파난첩(劍波難疊)의 절초를 십성 전개했다. 그것은 허
를 찌르는 공격이어서 반 수 이상의 수적들을 무력화시킬 수 있으리라
고 확신하고 있었다.

그러나 결과는 달랐다. 오량 등이 살아남은 것은 다행이었지만, 어
피인들은 기습을 당해놓고도 단번에 검파난첩의 기운을 느끼고 공격을
수비로 전환해 내었다. 결과적으로 단 두 명의 어피인들만이 다시 일
어서지 못했고 나머지는 별다른 피해도 없이 검파난첩을 받아넘긴 것
이었다.

만자강은 선수의 난간에서 벗어나 어깨에 걸치고 있던 검을 늘어뜨
리는 흑면사내를 주시했다.

암향표에 칠십이파검을 알아보면서도 놀라기는커녕 입가에 천진난

만한 미소를 띠며 박수를 보내는 인물. 바로 그가 수적들의 우두머리일 것이 틀림없었다.

그가 이빨을 드러내며 싱긋 웃었다. 웃는 가운데서도 점차 매서워지는 그의 눈매를 다시 확인한 만자강은 표두의 임무를 못다 할지도 모른다는 불안감에 빠져들었다.

바로 그 순간, 잠시 물러섰던 어피인들이 서서히 다가서고 있었다. 만자강의 검에서도 푸른 아지랑이 같은 기운이 피어올라 검신을 휘감기 시작했다.

"니들 뭐야? 저 양반은 내 손님이야, 내 손님. 니들 건 그 뒤에 있잖아, 자식들아. 물러서."

흑면사내가 눈살을 찌푸리며 어피인들을 훑어보자 어피인들은 일제히 배의 난간 쪽으로 물러섰다.

흑면사내는 만자강의 검신에서 감도는 기운을 살펴보고 다시 미소를 지었다. 그는 흔들리는 갑판을 평지 걷듯이 뚜벅뚜벅 걸어 만자강과의 거리를 일 상으로 좁혔다. 그리고 곧장 검을 들어 만자강을 향해 뻗었다. 순간 누그러졌던 만자강의 검에서 시퍼런 청기가 다시 꿈틀거렸다.

"아차! 이런 멍청이!"

사내는 흑색 가죽 검갑이 검을 감싸고 있음을 확인하고 훌쩍 뒤로 물러섰다. 그는 만자강을 향해 환한 미소를 보이고서 가장 가까이에 있는 어피인을 향해 검을 뻗었다.

특별히 다른 행동을 하지 않았음에도 겨누는 것만으로 검갑이 앞으로 부드럽게 튀어 나갔다. 어피인이 검갑을 받아 들자 흑면사내는 다시 만자강에게 검을 뻗으며 두 발짝 앞으로 걸었다.

만자강은 눈살을 찌푸렸다. 기이하기는 해도 검갑이 감싸고 있는 상태에서는 분명히 검이라 할 수 있었다. 그러나 검신이 드러난 순간 사내의 검은 이미 검이 아니었다.

세상의 빛을 모두 흡수한 듯한 무광택의 흑색 검신에는 검인(劍刃)이 없었다. 또 예리한 검첨이 달려 있어야 할 곳 역시 손가락 하나는 들어갈 것 같은 검은 구멍이 뚫려 있었다.

만자강의 눈길이 자신의 검첨에 닿아 있음을 본 흑면사내는 다시 한 번 환한 미소를 지어 보이며 말했다.

"자! 이제 한번 해볼까? 내 기대를 충족시킬 수 있으면 좋겠군."

흑면사내가 갑자기 무기를 강으로 내뻗었다. 순간 하신이 수전(水箭)이라도 뿜은 듯 누런 강물 한줄기가 튀어 올라 흑면사내의 병기 구멍과 맞닿았다.

만자강은 눈을 부릅뜰 수밖에 없었다. 상대가 펼쳐 보이는 신기한 광경 탓이 아니었다. 그 안에 숨어 있는 상대의 경지가 예사롭지 않았던 탓이었다.

장강의 물줄기를 순식간에 끌어들이는 능숙한 접인공(接引功)에 채찍과 같은 가느다란 물줄기의 형상을 그대로 유지할 수 있는 이물성형(以物成形)의 공력이 겸비되어야 가능한 경지였다.

만자강이 당혹감에 휩싸여 있을 때,

쉐엑!

귀청이 서늘해지는 소리와 함께 흑면사내의 병기 끝에 매달린 수편(水鞭)이 강물과 단절되면서 만자강을 후려쳤다.

만자강은 아차 하는 그 순간 오른발로 오량을 선실 쪽으로 밀어내며 그 탄력으로 허공으로 치솟았다. 근 삼 장에 달하는 물줄기가 성난 수룡이 되어 만자강의 발바닥을 스치고 지나갔다.

흑면사내는 허공을 휘도는 만자강을 바라보며 싱긋 미소를 짓고서 병기를 미약하게 흔들었다. 한 치 안에서 오가는 작은 움직임이었다. 그러나 병기의 끝에 달려 꿈틀대는 물줄기는 천지 사방을 난자했다.

만자강은 갑판에 발 디딜 틈도 없이 허공에서 정신없이 휘돌고 또 돌았다. 선풍처럼 휘돌아 상대의 정신을 빼놓고 소리없이 접근하여 상대를 죽음 앞까지 내몬다는 청성의 신기 암향표가 한낱 물줄기를 피하는 데 쓰이고 있었다.

방금 어깨를 스치고 지나갔던 물줄기가 다시 만자강의 허리를 물겠다고 달려들었다. 만자강은 발로 허공을 후려차서 물줄기와의 거리를 유지했다. 동시에 검을 내뻗어 심천무파(深川無波)의 쾌속한 초식으로 물줄기를 후려쳤다.

물줄기에 버금가는 굵은 청기가 물줄기와 맞부딪쳤다.

팡!

청기가 사라지고 물줄기가 산산이 부서져 사방으로 흩어졌다. 햇볕이 쨍쨍한 가운데 부슬비가 내리는 신기한 현상을 보면서도 만자강은 입술을 질끈 깨물었다.

비 내린 끝에 작은 무지개가 아롱졌다. 그 너머 웃음 짓고 있는 흑면사내의 얼굴을 뚫어지게 바라보며 만자강은 처음으로 바닥에 내려섰다.

안색이 창백했다. 제자리에서 손목만 놀리는 상대 앞에서 공력 손실이 극심한 암향표를 쉬지 않고 펼치면서 광대 짓을 했으니 숨 가쁘지 않는다면 거짓말이리라. 그렇지 않다면 병장기를 늘어뜨린 채 무방비 상태로 미소를 짓고 있는 흑면사내를 웃고 있게 내버려 두지는 않았으리라.

그러나 만자강에게는 흐트러진 호흡을 가다듬는 것이 우선이었다.

만자강의 낯빛이 서서히 돌아오면서 그의 검도 다시 사나운 기색을 되찾아가고 있었다. 그 순간 흑면사내가 다시 병기를 강으로 내뻗으면서 동시에 왼손을 물방울이 맺힌 갑판을 향해 뻗었다. 갑판의 물방울들이 조금씩 움직이더니 이내 사내를 향해 달리기 시작했고 곧 이어 허공으로 치솟았다.

흑면사내의 병기는 또다시 긴 물줄기를 달고 있었고 그의 왼손 앞에는 물방울들이 모여 주먹만한 구체(球體)를 이루고 있었다.

"계수마공(癸水魔功)?"

만자강은 머리 속에서 떠돌던 수많은 단어들 가운데 유독 계수마공이라는 단어만을 끄집어내어 입 밖으로 토해냈다. 순간 흑면사내가 환한 미소를 지으며 말했다.

"나는 신공(神功)이라 부르는데. 어쨌든 알아봐 주니 고마워. 끝까지 몰라줬다면 울 뻔했어."

만자강은 눈을 감을 수밖에 없는 현실 앞에서 감정을 추스르기 위해 최선을 다했다.

마공이라고 부를 수밖에 없으리라. 정도의 공력이 오행기(五行氣)를 두루 다독이고 조화시켜 성취를 이루는 반면에 유독 오행의 한 기운만을 취하여 극대화시키는 무공들이 있다고 들었다. 바로 오행마공(五行魔功)이 그것이었다.

정공이든 마공이든 간에 그 성취는 익히는 사람의 자질에 따라 다르겠지만, 비슷한 자질에 비슷한 수련 기간이라면 같은 대성의 경지가 아닌 바에야 한 가지 기운만을 파는 마공 쪽이 우월하리라.

계수마공은 오행기 중에서도 특히 수의 기운을 극대화시킨 무공인
데, 오늘 만자강은 수의 기운이 천지를 감싸는 장강의 격류 앞에서 계
수마공의 주인을 만나게 된 것이었다.

만자강은 전신을 옥죄어드는 암담함을 찢고 바로 흑면사내에게로
쇄도했다.

금리도천파(金鯉渡穿波)의 신법으로 빠르게 흑면사내의 앞까지 이른
만자강은 검을 잇달아 다섯 번이나 내뻗는 해파압천지(海波壓天地)의
수법을 펼쳤다. 푸른빛 검파가 파도처럼 겹겹이 쌓이면서 흑면사내를
향해 뻗어 나갔다.

흑면사내는 그 가공할 공세 앞에서도 미소를 잃지 않았다. 그는 오
히려 노는 듯 수편을 장강에 그대로 담가두고 오직 왼손만을 연달아
휘돌렸다.

일류 요리사의 손끝에서 밀가루 반죽 한 덩이가 순식간에 원반이 되
듯, 흑면사내의 왼손 앞에서 움찔대던 물덩어리가 회오리 문양이 새겨
진 투명한 방패가 되어 사내의 전면에 펼쳐졌다.

첫 검파가 흑면사내를 내리눌렀다.

팡!

검파와 물로 이루어진 방패가 부딪치는 순간 요란한 소리가 나며 물
줄기가 흩어졌다. 흑면사내는 조금씩 뒷걸음질치면서 손을 오므렸다
펴고 휘돌리기를 연속적으로 반복했다.

파파팡!

흑면사내의 움찔대는 손놀림에 따라 흩어진 물방울들은 바닥에 떨
어지기도 전에 다시 뭉치고 넓게 펼쳐져 연이은 검파를 무리없이 막아
나갔다.

네 번째 검파마저 수막을 뚫지 못하는 순간 만자강은 금리도천파를 거두고 급히 두 발로 갑판을 찍어 물러설 준비를 했다.

그때 흑면사내의 오른손이 움직였다. 병기 끝에 매달린 수편이 둥그렇게 반원을 그리며 만자강의 등판을 찍었다. 그러나 공격할 때 이미 방어를 염두에 두고 있던 만자강은 두 발을 즉시 교차하였다가 바로 하여 뒤로 휘돌면서 검을 내쳤다.

천류직하(川流直下)!

검첨에서 피어난 예리한 기운이 투명한 뱀의 머리를 쪼개어 버렸다. 다시 물줄기가 흩어지는 순간 만자강의 등 뒤에서는 해파압천지의 마지막 기운마저 무너지는 소리가 들려왔다.

그때 그의 발 아래 흩어져 있던 물방울들이 다시 흑면사내를 향해 또르르 구르기 시작했다. 만자강은 숨 한 번 쉬지 못한 채 몸을 휘돌려 사내로부터 멀어졌다.

다시 일 장 반에 이르는 거리를 확보하고 사내를 바라본 만자강은 상대의 병장기 끝에 매달린 물기둥이 현저하게 짧아진 것을 확인했다.

하지만 그뿐이었다. 사내의 얼굴에는 여전히 미소가 가득했고, 만자강은 온천지에 물뿐인 장강의 한가운데 있었다.

흑면사내는 만자강의 눈빛을 관통하는 암울한 기운을 읽고서 싱긋 미소 지었다. 사내는 왼손 앞에서 여전히 꿈틀대는 물덩어리를 손을 휘저어 둥그렇게 펼쳤다.

조금 전과는 달리 지름 한 자 정도의 작은 원반을 만든 흑면사내는 웃는 가운데서도 매서운 눈빛으로 만자강을 바라보며 다섯 손가락을 계속해서 튕겼다.

순간 원반에서 수십 개의 물방울들이 분리되어 빛살처럼 만자강을 향해 뻗어 나갔다.

만자강은 이빨을 악다물고 검을 휘둘러 칠십이파검의 구명절초 가운데 하나인 파랑성벽(波浪成壁)을 펼쳤다. 수십 줄기 검기들이 만자강의 전면에 펼쳐지자 만자강의 신형이 마치 바다 속에 있는 듯 보였다.

투투투투투투툭!

기와 지붕에 우박 떨어지는 듯한 소리가 나면서 파랑성벽에 물방울들이 부딪쳐 수십 개의 포말들을 이루며 부서져 갔다. 그와 함께 만자강의 얼굴도 일그러지고 그의 신형 역시 조금씩 뒤로 밀려 나갔다.

순간 흑면사내는 왼손을 오므려 넝마처럼 구멍이 숭숭 뚫린 수막을 한데 모았다. 그리고 다시 만자강을 향해 내뻗었다. 지금까지와는 다른 주먹만한 물덩어리가 약해진 파랑성벽을 두드렸다.

팡!

하얀 포말이 터졌다가 물안개 되었다가 바닥으로 떨어지는 그 순간 만자강의 신형도 실 끊어진 연이 되어 뒤로 날아갔다. 쿵, 소리와 함께 만자강이 돛대 하단부에 부딪쳤다가 주르륵 바닥으로 미끄러졌다.

만자강의 입에서 한줄기 핏물이 흘러내렸다. 만자강은 절망 속에서 마지막 기운을 뽑아내어 힘겹게 일어서려 했다. 그러나 그 순간 흑면사내는 이미 만자강을 향해 병기를 내뻗고 있었다.

"으아아아합!"

만자강은 기합이라고는 할 수 없는 괴성을 내지르며 흑면사내를 향해 달렸다.

"흠! 투지라고 해줘야 하나?"

흑면사내는 차갑게 말하고서 내뻗은 병기를 연이어 흔들었다. 순간 병기의 구멍에서부터 유리처럼 투명하고 실처럼 얇은 한 자가량의 수

전이 연달아 발사되었다.

파파파파파팟!

만자강의 가슴과 어깨와 두 다리를 파고든 투명한 수전이 그의 배후에서 붉게 변하여 튀어나왔다가 힘을 잃고 갑판으로 떨어져 핏물로 화한 순간, 만자강도 무릎을 꿇으며 털썩 주저앉았다.

피가 폭포처럼 흘러내리는 입을 쩍 벌린 채, 만자강은 흐리멍덩한 눈빛으로 흑면사내를 바라보았다. 사내가 빙긋 미소를 지었다.

"싱겁잖아. 역시 옥로현진공(玉露玄眞功)이 없는 속가의 칠십이파검으로는 무리였지?"

사내의 말이 끝나는 순간 만자강의 신형도 앞으로 무너져 내렸다.

"표두우!"

조마조마한 심정을 부여잡고 돛대의 앞쪽에 모여 만자강의 분투를 바라보던 오량과 두 표사들이 울음 섞인 목소리로 절규했다.

만자강이 죽었기 때문만은 아니었다. 그의 죽음으로 인하여 자신들의 죽음까지 결정된 때문이었다.

그들의 절망감을 알고 있다는 듯, 흑면사내는 혀를 차 보인 후에 그들을 외면하고 선실과 난간 사이의 좁은 통로로 발길을 옮기며 지나가듯 말했다.

"너무 놀았어. 빨리 치우고 돌아가자."

흑면사내가 좁은 통로로 사라지는 순간 어피인들이 오량 등을 향해 움직이기 시작했다. 흑면사내가 미처 통로를 다 지나치기도 전에 욕설이 터지고 세 마디 비명이 연속적으로 들렸다.

통로를 완전히 빠져나와 선미의 좁은 갑판에 첫 발을 디딘 흑면사내는 선타를 잡은 채로 완전히 얼어붙은 장오를 바라보며 천진난만한 미소를 지었다.

"수고하네. 피곤할 텐데 그거 이제 내가 맡을까?"

막역지우(莫逆之友)라도 흑면사내처럼 친근한 어조로 말하지 못하리라. 그러나 장오는 오히려 심장이 오그라드는 것만 같았다.

흑면사내가 두 발짝 앞까지 다가섰다.

장오는 그가 무엇을 해야 하는지 분명히 알고 있었다. 지금 당장 오른손을 뻗어 도파를 잡고 도를 뽑아야 했다. 그러나 그의 육신은 의지를 배반했다. 통나무처럼 뻣뻣한 몸으로 겨우 할 수 있는 일이라는 것이 선타를 놓고 배의 후미 난간 쪽으로 주춤주춤 물러나는 것뿐이었다.

흑면사내는 싱긋 웃으며 장오가 조금 전까지 서 있던 곳에 이르러 등을 보이면서 선타를 잡았다.

그때 첨벙이는 소리가 연속하여 여섯 번이나 들렸다. 그리고 타다닥 소리가 들렸다. 장오는 자신도 모르게 좌우로 눈길을 돌렸다. 아무도 타지 않은 팔보등선 두 척이 격류를 타고 구당협의 입구로 흘러 내려가고 있었다.

"동료들이 다 떠난 모양인데, 거기 계속 있을래?"

또다시 친근한 목소리가 들려왔다. 장오는 쉽게 말뜻을 이해하지 못했다. 그러나 곧 사내가 한 말의 진의를 깨달았다.

여섯 번의 첨벙이는 소리. 모두가 떠난 것이었다. 영혼만 남겨둔 채로, 그의 우상 만자강마저도 떠나 버렸다.

장오는 자신이 무엇을 해야 하는지 혼란스러웠다.

'나보고 도대체 어떻게 하라고? 꼼짝도 못하겠는데. 이놈의 손은 왜 이 모양인 거야? 좀 움직여 봐!'

장오는 내심으로 울먹이면서 힘겹게 왼손을 움직여 오른손을 꼬집었다. 하지만 꼬집는 왼손에 힘이 들어가지 않았고 오른손은 의지와는 상관없이 부들부들 떨릴 뿐 움직여 주지는 않았다.

그때 다시 친근한 목소리가 들려왔다.

"운을 한번 시험해 보지 그래? 혹시 알아? 동료들과는 다른 처지가 될지."

그 말이 끝나는 순간 어피인 한 명이 나타났다. 그는 장오를 없는 사람인 듯 무시하고 흑면사내에게 말했다.

"준비 끝냈습니다."

흑면사내가 조금 흥분된 어조로 말했다.

"좋아. 돌아간다."

그때서야 어피인이 장오를 바라본 후에 손에 감추어 들고 있던 아미자를 꺼내 보였다. 그리고 허락을 구하는 듯 다시 흑면사내를 응시했다.

흑면사내는 어피인을 향해 오른손을 들어 보이고 다시 친근한 어조로 말했다.

"자네도 빨리 결정해. 배를 돌린 후에는 귀찮아도 손을 써야 하니까."

장오는 구당협으로 빨려 들어가는 격류를 바라보았다. 그리고 배의 앞머리에서 갈라진 물살들이 배의 후위에서 다시 합쳐지는 선미 너머의 격류를 내려다보았다.

수십 줄기 물살들이 하나로 뒤엉키면서 부글거리고 움푹 파이고 때로 치솟아, 닥치는 대로 먹어치우는 마귀의 입을 보는 것만 같았다.

휘리리리릭!

장오의 눈에 어피인의 차갑게 번들거리는 눈빛과 살기를 물씬 풍기며 휘도는 아미자가 동시에 잡혔다.

장오는 주르륵 눈물을 흘렸다. 다른 선택을 할 수 없는 자신이 너무나 부끄러웠다.

장오의 입에서 주르륵 피가 흘렀다. 그는 부들부들 떨리는 오른손을 들어 상의 가슴 어림의 바느질 자리를 움켜쥐고 눈을 감으며 상체를 난간 너머로 젖혔다.

첨벙!

흑면사내가 물소리를 듣고서 싱긋 웃으며 중얼거렸다.

"쯧쯧쯔, 아직 세상 단맛도 다 못 본 어린 녀석이던데……. 이 격류 속에서 살아날 수 있을까?"

장오는 오로지 본능적인 움직임에 몸을 맡겨 겨우 수면으로 떠올랐다. 그러나 채 한 모금의 숨조차 돌리지 못하고 다시 격류에 휘말렸다. 물질은 남에게 뒤지지 않는다고 자부하는 장오였지만, 삼협의 격류 앞에서는 무기력할 따름이었다.

피부가 찢이저 조각조각 떨어져 나가는 것만 같았다. 입을 벌려 다시 한 모금만 공기를 마시고 싶었다. 그러나 격류는 거대한 뱀처럼 그의 전신을 친친 감아 옥죄며 점차 더 깊은 강 속으로 끌어내렸다.

'제기랄! 이렇게, 이걸로 끝인 거야? 어차피 죽을 목숨인 것, 마지막은 사내답게 장식해야 했는데…….'

격류의 주둥이가 숨통을 깨물어 버린 듯 호흡이 가빠왔고 가슴이 터질 것만 같았다.

장오의 입에서 한줄기 물거품이 터져 나왔다. 정신이 몽롱해지면서 물거품 속에서 주름진 얼굴이 떠올랐다.

'엄마!'

용문수로표국의 표사가 되어 처음으로 표사복을 입고 집으로 돌아간 그날의 일이었다. 속만 썩이더니 이제야 제 밥벌이는 할 모양이라며 장하다고 어깨를 두드리는 아비와는 달리, 그의 어미는 한동안 심각한 표정으로 앉아 있다가 결국 집 밖으로 뛰어나갔다.

잔칫상은커녕 저녁밥조차 거르게 되어 장오와 그의 아비가 어미를 놓고 툴툴대고 있을 때, 마침내 어미가 돌아왔다. 배고프니 밥 달라는 부자의 간절한 요청을 일언반구도 없이 무시해 버린 그녀는 붉은 글 같은 것이 써진 노란 종이를 유지에 꼭꼭 싸더니 장오의 표사복 앞섶에 넣어 정성스럽게 바느질했다.

무엇이냐 물었더니 하백의 가호(加護)를 얻은 피수부(避水符)라고 했다. 장오가 쓸데없는 짓을 한다고 눈살을 찌푸리자 그의 어미는 거금 세 냥을 들인 것이니 반드시 영험이 있으리라 말했다.

점차 또렷해지는 모친의 영상과는 반대로 물속에서 절로 일그러지는 장오의 얼굴에 이상한 미소가 그려졌다.

'거봐, 엄마! 세 냥, 눈뜨고 사기당했잖아.'

장오는 몽롱해지는 정신을 애써 붙잡으려고 노력하지 않았다.

제3장

무인의 칼은 울고 싶다

무인의 칼은 울고 싶다

남포현(南浦縣)은 사천의 남동쪽 장강 변에 위치한 포구다. 이곳을 기점으로 하여 동으로 점차 물살이 거세져 기문에 이르고 거기서부터 바로 삼협이 시작된다.

결국 바깥으로 나가려는 사천의 물산(物産)들은 남포현에 모여 배를 기다려야만 하고, 바깥에서 안으로 들어온 물산들 역시 남포현에 와서야 한숨 돌린 후에 사천 곳곳으로 퍼져 나길 수 있다. 그래서 예로부터 사천 사람들은 남포현을 사천의 동쪽 문이란 뜻으로 천동문호(川東門戶)라 칭했다.

천동문호라는 표현에 어울리게 남포현에는 작지 않은 표국이 다섯이나 있으며, 사천의 타 지역에서 몰려드는 표대(鏢隊)들도 심심치 않게 눈에 뜨인다. 그러니 그와 관련한 상인, 하역부, 잡부들이 바글거렸고 다루, 객잔, 창루에서 일하는 사람들 역시 많을 수밖에 없다.

거기에 그들 전체를 관리하고 통제하면서 연명해 가는 관원들까지 포함하면 현에 불과한 남포지만 번잡함은 사천의 성도(省都)인 성도(成都) 못지않은 것이 당연하리라.

사람들로 차고 넘치는 남포현의 중앙대로 천중로(天中路)를 따라 포구 쪽으로 가다 보면 상인, 표사, 잡부들이 왁자하게 떠드는 다루와 술집들이 줄을 잇고 그 뒤쪽으로 간간이 호쾌한 웃음소리와 간드러진 교성이 들려오다가 갑자기 뚝 끊긴다. 그리고 나타나는 것이 규모는 크나 외향에 별다른 신경을 쓰지 않은 다섯 채의 큰 집들이다.

그다지 화려하지는 않으나 유독 대문만큼은 크다는 공통점을 갖고 있는 그 집들은 드러나지 않는 또 다른 공통점을 지니고 있었다. 그것은 바로 그 집들의 주인들과 드나드는 대부분의 사람들이 동종의 업에 종사하고 있다는 것이다. 바로 표국이었다. 그래서 사람들은 그곳을 천중로의 일부라 생각지 않고 그곳만 따로 떼어 집표로(集鏢路)라고 불렀다.

오늘은 이상한 날이었다. 용문수로표국을 중심으로 표국이 넷이나 있으니, 상인들과 표대들은 물론 하역부나 일자리를 찾는 사람들까지 가세하여 늘 번잡한 곳이 집표로였다. 그러나 오늘은 늘 드나드는 사람들의 수도 확연하게 줄었지만, 그나마 오가는 사람들의 얼굴마저 급하고 무거웠다.

특히나 천중로를 가로막듯이 서 있는 남포현 제일의 표국 용문수로표국의 대문 앞은 기둥을 대신한 두 마리 청룡들만이 외로움을 드러낼 뿐 지나가는 이 하나 없어, 후덥지근한 날씨에도 불구하고 을씨년스럽게 느껴졌다.

활짝 열린 대문 안으로 들어서도 마찬가지였다. 늘 표물로 가득 차 있던 넓은 청석 마당은 수레 하나 없어 썰렁하고, 종복으로 보이는 사람들도 넓은 마당을 놓아두고 죄지은 사람마냥 고개를 숙인 채 담벼락을 따라 걷고 있었다.

대문을 들어서면 바로 보이는 제룡당(制龍堂) 앞에는 청의무복 차림의 중, 장년인들과 표사복 차림의 사내들 일곱이 오직 대문만을 바라보며 묵묵히 서 있고, 제룡당의 대청에는 검은색 화복 단삼 차림의 초로인이 오락가락하다가 가끔씩 대문을 바라볼 뿐 아무도 말하지 않았다.

초로인은 다시 한 번 대문을 바라보고는 고개를 가로젓고서 다시 대청을 오가기 시작했다. 뒷짐을 진 채 다람쥐 쳇바퀴 돌듯 오락가락하다가 그마저도 초조함을 달래주지 않는다는 듯 오른손 주먹으로 왼손바닥을 계속해서 후려쳤다.

그때 대청 아래쪽에서 초조한 눈빛으로 대문을 바라보고 있던 청의무복 중년인이 초로인을 올려다보며 말했다.

"국주님! 저기."

초로인, 용문수로표국주 곽자렴은 황급히 대문을 향해 고개를 돌렸다. 그러나 곽자렴은 곧 두 눈을 질끈 감았다.

"허! 가장 늦게 오기를 바랐던 이들이 먼저 오는군. 되는 일이 없어."

곽자렴은 대청을 내려서며 말했다.

"내당에 손님 오셨다 이르고 재물당주(財物堂主)에게 대기하라 이르게."

표사 한 사람이 급히 제룡당의 우측으로 달려가는 동안, 곽자렴은 청의무복 중, 장년인 셋을 이끌고 대문을 향해 걸었다.

활짝 열린 대문으로 세 필의 준마(駿馬)들이 들어서고 있었다. 이십

대 후반이나 삼십 대 초반으로 보이는 청견무복 차림의 준수한 사내가 가운데서 앞서고 흑의무복 차림의 중년인 두 사람이 그의 뒤쪽 좌우에서 보조를 맞추며 따라오고 있었다.

그들은 마중 나오는 곽자렴 등을 확인하고 말에서 훌쩍 뛰어내렸다. 제룡당 앞에 뒤처져 있던 표사 세 사람이 급히 달려가 말고삐를 넘겨받자 사내와 두 중년인들은 고맙다는 말도 없이 곽자렴 등에게로 다가갔다.

장유유서(長幼有序)라는 말은 아무런 의미가 없었다. 곽자렴 등이 먼저 포권을 취하며 말했다.

"어서 오시오, 운 대공자(雲大公子)."

사내가 포권을 취하며 말했다.

"오랜만에 뵙습니다, 국주님."

곽자렴은 눈을 감고 싶었다. 예의에 어긋남은 없으나 말속에 성의(誠意)가 느껴지지 않았다. 오히려 칼바람이 스치는 듯한 한기가 느껴졌다.

아무리 사내가 사천의 동북 지역을 대표하는 천북제일무가(川北第一武家) 운가의 대공자라지만 곽자렴 또한 작으나마 일문의 수장, 평소라면 있을 수 없는 노릇이었다.

그러나 지금 곽자렴의 입장은 그것을 따질 형편이 아니었다. 오히려 운가의 대공자 운녹산(雲綠山)이 숙이라면 땅에 이마를 댈 수밖에 없으리라.

곽자렴은 준수한 사내 운녹산의 얼굴에서 감도는 한기를 외면하며 몸을 비틀어 제룡당으로 손을 뻗었다.

"들어가십시다."

운녹산은 곽자렴에게 고개를 까닥이고서 앞서 걸었다. 곽자렴은 할 수 없이 그의 뒤를 따라야만 했다.

뒤에서 보고 있던 청의무복의 중, 장년인 셋이 거의 동시에 주먹을 불끈 쥐었다. 순간 운녹산과 동행한 두 중년인들이 그들을 차갑게 노려보다가 말없이 운녹산의 뒤를 따랐다.

표국의 외양에서 느껴지는 을씨년스러움과는 달리 제룡당 접객방의 분위기는 단아하고 고풍스러웠다. 방 구석구석에 자리 잡은 가구며 분재며 그림이며 글씨 하나하나까지 어느 하나 예사로운 것이 없었다. 그럼에도 불구하고 운녹산은 그 어디에도 눈을 두려 하지 않고 그저 싸늘한 기운만 흘릴 따름이었다.

그의 맞은편에 앉은 곽자렴은 등에서 흘러내리는 땀방울을 느끼며 혹시 얼굴에서도 식은땀이 흐르지 않을까 걱정하지 않을 수 없었다.

"어찌 된 것입니까, 국주님?"

운녹산이 서늘한 눈빛으로 곽자렴을 직시하며 물었다. 곽자렴은 차마 한성처럼 차갑게 반짝이는 그의 눈을 마주 응시할 수 없었다. 평소라면 그놈 참 잘생겼다며 구석구석 뜯어볼 만도 했지만, 지금의 곽자렴은 당황하여 품속을 뒤질 뿐이었다.

한참을 꼼지락대다가 겨우 손수건을 찾아낸 곽자렴이 땀으로 번들거리는 이마를 훔치며 말했다.

"아직은 귀 가의 표물을 실은 용문비선 일호가 사라졌다는 것 말고는 아는 것이 없소이다. 허나……."

"성의가 없으시군요."

운녹산이 여전한 눈빛처럼 차가운 목소리로 곽자렴의 말을 끊었다.

"성의가 없다?"

곽자렴은 운녹산의 말을 되풀이하며 지그시 눈을 감았다. 남에게,

그것도 새파랗게 젊은 후배에게 들어야 할 말이 아니었다.

곽자렴은 자수성가한 사람이었다. 사천 물산의 흐름을 유심히 살피다가 삼협운송이 곧 성공의 열쇠임을 깨달아 지난 삼십 년간을 쉬지 않고 일했다.

표국과 관계된 것이라면 말 못하는 용문비선의 돛대마저도 그의 손에서 윤이 날 정도로 정성을 다했다. 그 결과로 오늘날의 용문수로표국이 사천 이대표국의 하나로 손꼽히고 있었다.

성의없다.

숨을 거두는 그날까지 결코 들을 일이 없는 말이어야 했다. 그럼에도 불구하고 항변할 수 없는 입장이 되어버린 곽자렴의 심정은 참담하기 그지없었다.

운녹산이 곽자렴의 참담한 가슴에 비수를 꽂듯이 차갑게 말했다.

"그 물건이 무엇인지는 아실 터. 이미 본 가에 도착했어야 하지 않습니까? 그런데도 모르신다? 성의없다는 제 말이 지나치지는 않은 것 같습니다만."

곽자렴은 한숨을 내쉬는 것 말고는 달리 대응할 방도가 없었다. 차라리 천금을 들여 보상해 줄 수만 있다면, 자신의 눈앞에 앉아서 건방 떠는 젊은 놈에게 호통을 쳐보리라. 그러나 불행하게도 운가로부터 의뢰를 받은 물건은 돈으로 환산할 수 없는 것이었다.

철검 이백 자루!

병기에 대해서 웬만큼 아는 사람이라면 고개를 갸웃거릴 일이었다. 신병(神兵)이라 소문난 절검(絶劍)이 아닌 이상, 상질의 검이라 하더라도 그 거래 가격이 삼백 냥을 넘는다면 제 값 이상의 가격을 치르는 것이리라.

그렇다면 산술적으로 운가의 표물 가격을 최고로 잡아준다 하여도 은자 육만 냥에 불과했고, 위약금으로 세 배를 지불한다 하여도 이십만 냥을 넘지 않는다. 그 정도라면 용문수로표국이 충격을 받아도 휘청거릴 정도는 아니었다.

하지만 그 철검의 값어치는 그렇게 단순히 평가될 수 있는 것이 아니었다. 철검 이백 자루는 확실히 시중에 나도는 보통의 검과는 달랐다.

탁탑참요검(托塔斬妖劍)이라 했다.

왜 이백 자루나 되는 검을 새로이 만들게 되었는지는 알 도리가 없다. 그러나 요괴를 퇴치하는 천장(天將) 탁탑천왕(托塔天王)의 신병 참요검의 이름을 빈 검명(劍名)으로 미루어 짐작컨대, 일반의 용도와는 다른 주술적인 힘이 깃들어 있으리라.

곽자렴도 표물을 맡기 전부터 이미 사천의 사대거두 가운데 한 사람이며 천북제일무가 운가의 가주인 무극신검(無極神劍) 운검정(雲劍正)이 그 검에 얼마나 큰 공을 들였는지 들어 알고 있었다.

운검정이 직접 상질의 철을 구했고, 보통 사람이라면 얼굴 한 번 보기도 힘들다는 무당파의 재전장로(齋殿長老) 보천자(補天子)가 모든 제례(祭禮)를 도맡았으며, 단지 검을 만들기 위하여 검각현과 제작지(製作地)로 정한 호북성 홍호현(洪湖縣)에 탁탑천왕을 모시는 사당을 열었고, 그것을 위해 투입된 자금만도 물경 이십만 냥에 이른다는 소문이 떠돌았다.

하지만 정작 중요한 사실은 철검 제작을 위해 투입된 시간이었다.

오 년!

누구도 무시할 수 없는 사천 사대세력의 하나인 천북제일무가의 가주가 장장 오 년이라는 긴 시간을 기다린 끝에 나온 결과물이 탁탑참 요검이었다.

그런 물건을 잃어버렸으니 곽자렴으로서는 용문수로표국을 내어놓으라 해도 고개를 끄덕일 수밖에 없는 상황이었다.

곽자렴은 일언반구도 하지 못한 채 흥건하게 젖은 손수건을 다시 이마로 가져갔다. 그리고 눈길을 비틀어 꽉 닫힌 방문을 초조하게 바라보았다.

그때 문밖에서 숨넘어갈 듯한 외침이 들려왔다.

"국주님! 왔습니다! 왔어요!"

곽자렴은 자리를 박차고 일어섰다. 그는 방 안에 운녹산과 말없는 두 중년인이 있다는 것마저도 잊고서 방문으로 달려갔다.

곽자렴이 막 문을 여는 순간 두 사람이 방문 앞으로 다가섰다.

곽자렴은 털북숭이 사내의 어깨 너머로 언뜻 엿보이는 왜소한 청년의 얼굴을 확인하고서 화들짝 놀라며 외쳤다.

"장오? 너 장오가 아니냐?"

직접 말을 해놓고도 믿지 못하겠다는 듯 곽자렴은 다시 한 번 청년을 살폈다. 찍히고 긁힌 상처가 채 아물지도 않은 창백한 얼굴, 공허하게 느껴지는 힘없는 두 눈, 부러진 듯 부목을 댄 왼팔, 다리가 불편한 듯 오른쪽으로 꾸부정한 자세만 보자면 청년은 곽자렴이 아는 사람이 아니었다.

그러나 아무리 변했다 해도 좌향보 장오, 표사들의 막내둥이요, 스스로도 해보겠다고 노력하는 면모가 돋보여 기껍게 살피고 있던 그 장오가 틀림없었다.

털북숭이 중년인이 말없이 곽자렴과 장오의 사이에서 비켜섰다.

　장오는 놀람과 기쁨이 동시에 감도는 곽자렴의 얼굴을 마주 대하자마자 억눌러 두었던 참괴함이 터져 올라 자신도 모르게 무릎을 꿇었다.

　"국주님! 으허허허헝! 이놈만 살아 돌아왔습니다. 으허허허헝!"

　곽자렴은 영문을 모르겠다는 얼굴로 눈물 홍건한 장오를 바라보다가 그에게 다가갔다. 그리고 장오의 어깨를 붙잡아 일으켜 세우며 말했다.

　"일어나라. 이렇게 울지만 말고 무슨 일이 있었는지 말해다오."

　도대체 몇 번이나 정리했는지 모른다. 곽자렴을 만나게 되면 논리정연하게 설명하기 위해, 떠올리기도 괴로운 그날의 일들을 수백 수천 번이나 더듬어 혹시라도 빠진 부분이 없는지 점검했었다. 그때마다 자신의 비겁함마저 떠올라 몇 번이나 울고 또 울었는지 모른다.

　그런데도 막상 곽자렴의 얼굴을 대하자마자 정리해 두었던 말들은 하나도 떠오르지 않고, 오로지 혼자 살아왔다는 자괴감과 표사답지도 무인답지도 못했던 비겁함만이 떠올라 한마디도 뱉어내지 못하고 있었다.

　내막을 모르는 곽자렴은 장오의 울음이 쉽게 멈출 것 같지 않아 답답하기 그지없었다. 그때 그의 등 뒤에서 운녹산의 목소리가 들려왔다.

　"재회의 기쁨은 뒤에 나누어도 될 것 같습니다만."

　얼굴을 보지 않아도 어떠한 표정을 하고 있는지 확연히 알 수 있는 싸늘한 음성이었다.

　곽자렴은 눈을 감고 고개를 흔든 후에 털북숭이 사내에게로 시선을 주었다.

　털북숭이 사내가 고개를 끄덕이며 말했다.

"다 죽어가는 걸 파동(巴東)에 사는 어부가 구했다고 합니다. 자세한 내막은 오는 중에 다 들었습니다."

곽자렴이 고개를 끄덕이며 말했다.

"그러냐? 그럼 네가 먼저 들어오너라."

곽자렴은 울음을 그치지 못하고 바닥에 이마를 대고 있는 장오의 어깨를 두어 번 두드린 후에 방 안으로 들어갔다. 털북숭이 사내 곽동량(郭棟亮)이 그 뒤를 따랐다.

곽동량은 그가 조사하고 뒤에 장오로부터 들은 사건의 전말까지 보태어 차분하게 보고했다.

곽자렴은 만자강과 표사들이 모두 죽었다는 말을 듣는 순간부터 사색이 되어 눈을 감았다. 그러나 몇 번의 심호흡으로 마음을 진정시키고 곽동량에게 물었다.

"허면 토가족 사람들은?"

곽동량은 고개를 저었다.

"우리 일을 해주는 토가족 사람들은 물론이거니와 삼협 근동에 흔히 보이는 토가족 사람들마저 종적이 묘연합니다. 아마도 모두 부락으로 들어간 것 같습니다."

곽자렴이 난감한 눈빛을 드러내며 다시 물었다.

"용문비선은? 용문비선은 우리 표국만이 가지고 있는 배다. 삼협을 오가는 사람들이라면 그것을 모르는 사람이 없을진대 아무런 흔적도 못 찾았단 말이더냐?"

곽동량은 곽자렴의 기대를 짓밟으며 또다시 고개를 저었다.

"서릉협에서 보았다는 사람은 몇이 있으나 거기서야 의심할 필요가 없지 않습니까? 의창을 넘는 것은 야밤을 이용했겠지요."

곽자렴은 다시 눈을 감으며 한숨을 내쉬었다.

"후! 장오 또한 선타를 잡고 있어 옷차림 외에는 제대로 본 것이 없고, 배는 흔적도 없이 사라졌으니, 결국 알아낸 것이라고는 어피 같은 괴상한 흑의를 입은 수적들에게 당했고 토가족이 미리 알고서도 방조했다는 정도뿐인가?"

곽동량이 덧붙였다.

"불가피한 협박에 의한 것 아닐까요? 장오의 말에 따르면 그날따라 평소에 늘 부르던 사공의 노래 대신에 비장함이 느껴지는 전사의 노래라는 것을 불렀답니다. 게다가 살 수 있다면 복수를 하겠다는 말도 했다 하니, 부족 전체가 커다란 위협에 직면해서 그럴 수밖에 없었다는 느낌이 듭니다."

곽자렴이 눈을 뜨고 운녹산을 직시했다. 이제 사건의 전말은 대충 알았지만 무엇을 어찌해야 할지는 오직 운가의 결정에 따를 수밖에 없는 입장이었다.

운녹산은 곽자렴의 시선을 느끼면서도 그를 마주 보지 않았다. 그로서도 수적에 의한 표물의 강탈은 생각지 못한 것이었다. 그는 배가 전복되거나 좌초되어 표물이 모두 삼협의 격류 속에 빠졌다고 지레짐작했었다. 그래서 예상과 다른 결과를 듣고 나서 쉽게 결정을 내리지 못하고 있었다.

그가 홀로 중얼거렸다.

"삼협에 수적이라? 단순히 표물을 노린 것인가? 아니면 본 가의 물건임을 알고 노린 것인가?"

고심 끝에 운녹산이 고개를 들고 조금은 한기가 풀린 목소리로 물었다.

"토가족? 부족의 위치는 아십니까?"

곽자렴이 조심스럽게 대답했다.

"수삼 년에 한 번은 방문하오. 어차피 산길이라 그쪽의 안내를 받지 않는다면 고생 좀 할 것이나 더듬다 보면 찾아갈 수는 있을 것이오."

운녹산이 자리에서 일어서며 말했다.

"이레면 본 가의 사람들과 함께 돌아올 수 있을 겁니다. 그때 출발하도록 하지요."

곽자렴이 깜짝 놀라며 튕기듯 일어섰다.

"대공자! 토가족을 찾아가려면 삼협을 지나야 하오. 곧 장마가 시작될 터인데……."

운녹산이 예의 차가움을 되찾아 쏘아붙였다.

"좌초가 아니라 노략질당했다고 지금 책임을 회피코자 하시는 겝니까? 표국이 하는 일이 운송만은 아닐 텐데요?"

곽자렴이 눈살을 찌푸리며 말을 받았다.

"노부가 걱정하는 것은 이 늙은 목숨이 아니오. 잘못하면 귀 가의 인명 피해가 막심할 수도 있기 때문에 만류코자 하는 것이오. 허나 소가주가 한사코 그리하겠다면 죄진 이 늙은이는 그저 따를 수밖에."

운녹산은 딱딱해진 곽자렴의 어투에도 아랑곳하지 않고 형식적으로 포권을 취했다.

"그럼 이레 후에 뵙겠습니다."

운녹산은 곽자렴의 포권지례는 보지도 않고 찬바람이 돌도록 돌아서서 방을 벗어났다.

곽자렴은 운녹산이 완전히 시야에서 사라지자 문 앞에서 아직도 흐느끼고 있는 장오를 흘끔 바라보고서 긴 한숨을 내쉬었다.

　　　　*　　　　　*　　　　　*

　진(秦)나라는 결국 천하를 제압했다. 그러나 오직 한 곳 첩첩 산줄기 속에 자리 잡은 천혜의 땅 촉(蜀)나라만은 어찌할 수 없었다.

　진나라는 고심 끝에 한 가지 꾀를 내었다. 진나라에는 금우(金牛)가 있어 하루에도 몇 차례씩 금 똥[金糞]을 눈다는 소문을 퍼뜨린 것이었다.

　소문을 들은 촉나라는 금우를 빼앗기 위해 빼어난 장사 다섯 명을 보내어 촉에서 섬서 땅으로 나가는 검각산에 잔도(棧道)를 놓았다.

　그렇게 길을 만들어 진나라로 나아가려는 그때, 진나라가 먼저 그 길을 이용해 촉나라를 점령했다. 후에 사람들은 다섯 장사가 놓은 검각산 잔도를 일러 금우고도(金牛古道)라 불렀다.

　금우고도는 사천과 섬서(陝西)를 직접 잇는 유일한 길이어서 후에 제갈공명(諸葛孔明)이 출사표(出師表)를 내고 위나라를 칠 때도 험난한 금우고도를 여섯 번이나 오가야만 했다.

　사천성 성도에서 섬서로 가려 하면 우선 면양현(綿陽縣)으로 길을 잡아 칠곡산(七曲山)에 이르러야 한다. 거기서부터 시작되는 검각산 칠십 이봉의 굽이굽이 험준하기 그지없는 협곡로를 지나 검각현(劍閣縣)에 이르면, 곧 섬서성으로 이어지는 금우고도를 볼 수 있다.

　사천과 섬서를 잇는 관문 검각현.

　영웅호걸들이 저마다 왕이라 자칭한 난세에는 사천을 지키는 천혜의 요새였지만, 천하가 하나의 황제를 받드는 당금에 이르러서는 그 전

략적 중요성이 퇴색될 수밖에 없으리라.

그러나 당금에 이르러서도 검각현은 한 가문으로 인하여 영웅호걸들의 땅임을 천하로부터 인정받고 있다. 바로 천북제일무가 운가(雲家)가 그곳에 자리 잡고 있는 까닭이었다.

운가의 역사는 송나라 때로 거슬러 올라간다.

천하가 하나의 황제를 떠받들게 되자 힘없고 배경없는 소수의 군인들만이 검문관에 남아 형식적인 치안을 담당하게 되었다. 그러나 외적의 침략이 없다고 도적의 노략질마저 끊어진 것은 아니었으니, 백성들은 산줄기를 따라 근동을 노략질하는 도적들의 등쌀에 몸살을 앓을 수밖에 없었다.

소수의 군인들만으로는 도적들을 막아낼 수 없는 일이었으니, 죽음을 두려워한 주둔 병사들은 오히려 도적과 결탁하여 노략질을 방관하고 더 나아가서는 동참하여 도적들의 세를 불리는 데 일조하기에 이르렀다.

바로 그때 분연히 일어선 사람이 있었으니 그가 바로 운가의 시조 운벽진(雲璧眞)이었다.

운벽진은 원래 당 현종이 안록산의 난을 피해 사천으로 몽진(蒙塵)할 때 군관으로 따라와 결국에는 검각현에 안주한 운씨의 후예였다.

그는 가전의 무예를 익히고, 검각산의 기묘한 기세를 타고 들어온 기인(奇人)으로부터 다시 다섯 가지 무법(武法)을 얻어 그것을 가전무공과 조화시킨 숨은 고인이었다.

그가 검을 떨쳐 검각산 일대를 휘어잡고 있던 도적들을 단숨에 소탕하니, 사람들은 그를 벽력검협(霹靂劍俠)이라 칭하고 추앙하기에 이르렀다.

그로부터 시작된 운가는 이제 사백여 년 십오 대를 거쳐 당금 사천의 사대세력 가운데 하나인 천북제일무가가 된 것이다.

심소발인(心笑勃仁) 검명휘협(劍鳴輝俠).

'마음이 웃으면 인이 드러나고, 검이 울면 협이 빛난다'는 편액의 글씨는 그 여백이 조금 박한 듯하나 한 획 한 획마다 무인의 힘찬 기세가 느껴졌다. 그 아래 검가(劍架)에는 고풍스런 물소 가죽 검갑에 포효하는 맹호와 성난 청룡이 얽혀 태극의 문양을 이룬 검파가 멋들어진 사 척 장검이 얹혀 있었다.

그 외 장식물이라고 할 만한 것은 검각산 칠십이봉을 담은 산수화 한 장이 걸려 있을 뿐이지만, 구석구석 놓여 있는 꼭 필요한 가구들은 담백하고도 단순한 멋이 느껴졌다.

그 방 중앙의 대탁에 지금 두 사람이 마주 앉아 있었다. 편액을 등진 초로인은 온화한 가운데서도 위엄이 느껴지는 얼굴로 묵묵히 앉아 있고, 그 맞은편에는 이제 막 남포현으로부터 돌아온 운녹산이 있었다.

곽자렴에게는 그토록 차갑게 굴던 운녹산이 조심스럽고도 공손한 태도로 말하고 있는데, 그것은 맞은편에 앉은 초로인이 바로 운녹산의 아비이자 사천 사대거두 가운데 한 사람인 운가의 가주 운검정이기 때문이었다.

묵묵히 운녹산의 이야기를 듣고만 있던 운검정이 입을 열었다.

"무리다. 너도 알다시피 곧 우기가 닥치면 삼협의 격류는 인간의 접근을 불허할 것이다. 탁탑참요검에 들인 공이 작다 할 수는 없겠다만 그것을 위해 가문의 아이들을 위험지경에 빠뜨릴 수는 없어. 검각산도 아직은 특별한 조짐을 보이지 않으니 차라리 우기가 끝나기를 기다렸다가 곽자렴에게 직접 회수해 오라 하는 게 나으리라."

운녹산이 두 눈에 안타까운 심정을 그대로 드러내며 대답했다.

"아버님, 기다린다 해도 곽 국주에게는 그럴 능력이 없습니다. 사천이대표국이라 하지만, 그것은 곽 국주가 좋은 안목을 가지고 적절한 길목을 차지한 탓이지, 그 세(勢)가 이대표국에 걸맞아 그런 것은 아니질 않습니까? 아버님께서도 만자강에 대해서는 들으셨지요? 젊은 나이에 이미 곽 국주에 필적하는 무공을 지녔다 했습니다. 그런 그가 표물을 지켜내지 못했는데, 곽 국주에게 무슨 능력이 있겠습니까? 게다가 상황으로 보아서는 협상조차 이루어지지 않을 것입니다. 협상을 하겠다는 놈들이면 사람을 죽이지는 않겠지요. 시간이 길어지면 쫓기도 힘들어집니다."

운검정은 운녹산의 초조한 눈빛을 외면하고 지그시 눈을 감았다. 사실 운검정에게는 반드시 탁탑참요검이 필요했다.

육 년 전부터 검각현 근동에서는 요상한 일들이 가끔씩 발생했다. 사람들이 사라지고 피 빨린 시신들이 발견되었다. 놀란 사람들이 요괴가 설치고 다닌다면서 검각현의 지주 운검정에게 퇴치를 부탁해 왔다.

운검정과 운가 사람들은 짐승의 짓이거니 생각하며 처음에는 대수롭지 않게 받아들였다. 그러나 그 뒤로 사람들이 아예 갈가리 찢긴 시신 조각들이나 뼈들을 증거로 들고 찾아오니 결국 조사에 나설 수밖에 없었다.

이상한 일이었다. 자주 일어나지는 않았지만 한두 곳에서 일어나는 일도 아니었다. 사람들이 사라지는 것은 호환(虎患)이라고 여길 수 있겠으나, 목만 떨어져 나간 시신이 발견되고 갈기갈기 찢긴 채로 발견되

는 시신은 제법 많았으며, 가끔은 비쩍 말라붙어 목내이(木乃伊)처럼
보이는 시신들도 발견되었다.

운검정은 가문의 사람들로 하여금 사건이 자주 일어나는 곳을 조사
하게 하는 한편 밤마다 순찰 돌도록 명했다. 그 일로 투입된 인원만도
모두 삼백여 명. 검각현의 지주이며 천북제일무가라는 가문의 명예가
걸린 이상 노소를 불문하고 참가시켰다.

그러나 두 달에 걸친 조사와 순찰에도 불구하고 요괴의 종적은 발견
되지 않았다. 다만 계속적인 순찰로 뜻하지 않은 곳에서 발생한 사건
하나 외의 다른 사건은 종적을 감춰 버려서 겨우 체면 유지를 했을 뿐
이었다.

가문의 사람들을 한없이 내돌릴 수는 없는지라 운검정의 마음은 초
조해질 수밖에 없었다. 그는 결국 평소에 친분이 깊던 무당의 장로 보
천자를 초빙해서 검각산 일대를 살펴보게 했다.

야심한 밤에만 연 사흘 검각산 칠십이봉 일대를 둘러본 보천자는 운
검정이 듣기를 원치 않았던 대답을 확신하여 꺼냈다.

"검각산에 요기가 감돕니다. 가주께서도 역사를 아시다시피 검각산
은 인간의 피에 젖은 산이올시다. 그 살을 뜯은 짐승들과 그 피를 마신
나무들은 요기가 흐르지요. 거기다가 원혼들마저 한 수 거든다면 요물
이 나는 것은 당연한 일입니다. 큰 산에는 신령(神靈)이 맺히고 작은 산
에는 사기(邪氣)가 맺히며, 영산(靈山)은 빼어나고 요산(妖山)은 날카롭
다 했는데, 검각산은 사귀요마(邪鬼妖魔)가 살기에 참으로 적절하지 않
습니까? 빈도가 보기에는 오히려 요괴의 발현이 늦은 감이 있군요."

그때 운검정은 크게 깨달은 바가 있어 가조 운벽진의 유시를 떠올
렸다.

내가 홀로 검을 익혀 부족함을 깨달을 즈음에 우연히 검각산을 돌아다니며 제를 행하는 선인을 만나 금련오엽진결(金蓮五葉眞訣)과 다섯 가지 오묘한 무법을 얻고 한 가지 부탁을 받았다.

선인께서 이르시기를, '검각산의 기세를 보아하니 후에 크게 요기가 성하여 인명을 해칠 것이라. 노도가 산을 돌아다니며 억울한 원혼을 달래기는 했으나 이는 미봉책(彌縫策)에 불과하여 언젠가는 다시 요괴들이 출몰하여 사람들을 상하게 할 것이라. 너의 자질이 돋보이니 노도가 전해준 무법을 갈고닦고 전하여 후손으로 하여금 불쌍한 사람들이 편히 살아갈 수 있도록 보탬이 되어라' 하셨다.

그러니 후손들은 본 가의 근간이 어디에서 왔는지 헤아리고 백성들을 불쌍히 여겨 선인께서 말씀하신 요사한 기운이 엿보이거든 그것을 퇴치하고 민생을 안정시키는 데 최선을 다하라.

시조의 유시를 되새긴 운검정은 보천자에게 방도를 물었다. 보천자는 당장 해결할 방도가 없다 했다. 요기라 하나 아직 요물로서 도통한 것이 아니니 자신이나 운가 사람들처럼 기세가 강한 인물을 느끼는 순간 우선 몸을 숨겨서 쉽게 그 종적을 찾을 수 없다 했다.

우선 할 수 있는 일은 요괴를 물리치는 천장인 탁탑천왕의 신당을 지어 요괴가 함부로 사람을 해치지 못하도록 제를 올리고, 산 구석구석에 도력이 깃든 검을 묻어 요괴의 도통을 방해하며, 나아가서는 그 검력에 상처 입고 드러나는 요괴들을 퇴치해야 한다고 했다.

운검정은 시조의 유시와 선인의 부탁에 따라 아낌없이 금전을 썼고 오 년을 기다렸다. 탁탑참요검의 제작에는 그런 비사가 숨겨져 있었던 것이다.

그런데 지금 그것을 잃었다. 금전적인 손실이야 용문수로표국에 떠넘길 수 있는 일이었지만, 언제 억눌러 두었던 요기가 성할지도 모르는 상황에서 다시 오 년의 세월을 기다릴 수는 없는 일이었다.

운검정은 첫째 아들이자 소가주로서의 자질을 검증 중인 운녹산의 초조하면서도 자신감 넘치는 얼굴을 빤히 바라보았다.

한참이나 긴 시간을 바라보는지라 운녹산은 입술이 바짝 말라 버리는 것을 느꼈지만 그렇다고 아비의 눈길을 피하지는 않았다.

'초조하고 답답했던 게야. 무인이 무인답게 살 수 없는 한가한 시절이라 역량을 발휘해 볼 기회가 좀처럼 찾아오지 않았으니 당연한 일이지.'

운검정의 무심한 얼굴을 보면서 초조함을 더해가던 차에 마침내 시작된 운검정의 말은 운녹산의 마른 입술에 수분을 공급하기에 충분한 것이었다.

"좋다. 네 뜻대로 하여라. 소가주의 자리가 핏줄만으로 인정받고 또 그 권위를 세울 수 있는 자리는 아니지. 시조께서 내리신 유시를 받드는 데 일조할 수 있다면 너의 앞날도 순탄하리라. 그래, 누구와 함께 가겠느냐?"

운녹산이 운검정의 시선을 느끼며 잠시 생각에 잠겼다. 그리고 고개를 들어 말했다.

"금의대(金義隊)면 되겠습니다."

무심하던 운검정의 얼굴이 살짝 찌푸려졌다. 운검정의 마지막 질문은 형식적인 것이었다. 애초부터 그리할 것이라고 기대하고 있던 답변이 있었던 것이다. 그러나 운녹산은 기대와는 다른 요구를 했다.

원래 운가의 젊은이들은 그 성정과 자질에 따라 오행의 성질에 맞춘 어느 한곳의 무대에 소속된다. 목인(木仁), 화예(火禮), 토신(土信), 금의, 그리고 수지대(水智隊)로 구분되는 오행무대가 그것이었다.

오행무대 가운데 운녹산이 언급한 금의대는 그 성정이 굽힐 줄 모르는 고집불통들로 이루어져 있어, 한 번 마음먹으면 반드시 해내는 강골들이 많았다.

그들은 운가의 오성귀원도법(五星歸元道法) 가운데서도 특히 패도적인 성격이 짙은 백호참마검법(白虎斬魔劍法)에 뛰어난 자질을 지녔다. 그러니 운녹산이 목인대의 대주를 지낸 적이 없다면 그들을 선택한 것은 크게 문제될 것이 없으리라.

운검정은 얼굴을 찌푸린 채로 다시 물었다.

"네가 잘 모르는 곳에 가서 일을 보아야 하니, 차라리 잘 아는 목인대나 수지대 아이들이 낫지 않겠느냐? 곧 우기가 닥치니 그것이 천시(天時)와 지리(地理)에 대응하는 적절한 방도인 듯한데. 그도 아니면 각 대에서 몇 명씩 차출하여 필요한 때에 필요한 아이들의 도움을 받든지."

운녹산이 차분하게 대답했다.

"그 생각을 아니 해본 것은 아닙니다만, 실전 경험이 별로 없는 아이들입니다. 힘든 시점에서 각 대별로 의견이 흩어져 우왕좌왕하느니 차라리 일사불란하게 움직이는 것이 낫다 생각하며, 실력이 미지수인 도적들을 상대하는 데에도 금의대 아이들의 단호한 성정과 실력이 적합하다고 판단했습니다."

나름대로 일리가 있는 의견이었다. 그러나 드러내 놓고 말하지는 않았지만 운검정의 걱정은 다른 것에 있었다.

운검정은 잠시 생각한 끝에 결국 고개를 끄덕였다.

"네게 일임하기로 한 이상 네가 뜻한 대로 행하여라."

운녹산이 허락에 감사하는 뜻으로 고개를 숙이자 운검정이 다시 말했다.

"내일 바로 출발할 테지?"

"하루라도 빠를수록 좋지 않겠습니까?"

"그래, 나가서 준비하여라."

운녹산이 허리를 접어 절하고 방문을 열었다.

"녹산!"

운녹산이 돌아섰다. 운검정이 눈에 따듯한 기운을 담아 지금껏 하지 못하고 참았던 말을 토해냈다.

"금의대가 왜 금의대인지 상기해 보거라. 때로 건방져 보이고 고집불통 같은 성정을 지녔다 하나 한번 맹세한 의리는 죽음 앞에서도 꿋꿋하게 지켜 나갈 아이들이다. 너는 장차 이 아비의 뒤를 이어야 할 사람. 이번 길을 좋은 기회로 여기고 그 아이들과 흉금을 털어놓고 보듬어보아라. 마음을 넓게 쓰면 물불을 가리지 않는 평생의 동반자를 얻을 수 있을 것이다."

가만히 듣고 있던 운녹산이 고개를 숙이며 간단히 답했다.

"노력하겠습니다."

운검정은 변함없는 아들의 얼굴을 보다가 마지못해 고개를 끄덕였다. 잠시 후 운녹산이 방을 나가자 운검정은 마침내 한숨을 터뜨렸다.

"자신감도 좋고 단호함도 좋아. 하지만 어둡고 차갑다. 책임자란 완벽한 인간보다는 조금 모자란 듯하여 주위 사람들이 채워서 완벽해질 수 있다고 느껴지는 인간이 좋은데……. 내가 너무 몰아붙였던가? 그랬어. 현산, 경산과는 다르게 키웠어. 하아! 이번 일이 약이 될 수 있으

면 그보다 좋은 일이 없을 텐데. 후우우! 하필이면 녹산과 현산(玄山)이
라! 별일도 아닌데 왜 이리 불안하단 말인가? 과연 그들을 함께 보내는
것이 잘하는 일인가?"

운검정은 굳게 닫힌 방문을 불안한 눈빛으로 바라보았다.

"믿어야겠지. 진즉에 소가주 자리를 내어주어야 했을 것을 괜히 미
뤘어. 자질이 충분한 아이거늘 이상하게 현산이 걸려 미뤘더니, 쓸데
없이 심란해지는구나. 쯧쯧!"

한편 조심스런 태도로 방문을 나선 운녹산은 홀로 되자마자 어깨를
쭉 펴며 절도있게 걸었다.

운녹산은 마루를 내려서서 닫힌 방문을 돌아보며 중얼거렸다.

"아버님, 소자도 믿고 싶습니다. 하지만 말입니다, 경산(庚山)이야 아
버님 말씀대로 포용할 수만 있다면 그만한 아이도 없습니다만, 현산은
속에 감춘 것이 많은 녀석입니다. 그것을 아시고 경산, 현산이라 이름
지으신 것이 아닙니까? 저는 현산 그 아이가 부담스럽습니다. 맹목적으
로 현산을 따르는 경산도 그렇습니다. 그래서 금의대를 택한 것입니다.
소자의 미래를 확실히 해두기 위해서는 반드시 시험이 필요하니까요."

운녹산은 차갑게 웃으며 고개를 돌렸다.

"홍! 어미가 다르다는 이유로 동생들을 믿지 못한다면, 난 내 자식에
게 그런 형제를 갖게 하지 않겠다."

운경산은 오른손을 등 뒤로 돌려 엄지를 세웠다. 그리고 등 한가운
데를 긁적이기 시작했다.

"어이 씨, 꼭 긁기 힘든 데만 가렵더라."

운경산은 긁은 자리가 상처날 정도로 새빨갛게 되어서야 긁기를 멈

쳤다. 그리고 침상 끝에 나뒹구는 백의무복을 걸쳐 입고 동경 앞으로 다가가 오른손으로 턱을 붙잡고 얼굴을 이리저리 비틀었다.

"허어! 그놈 참 잘생겼다. 누구시더라? 그렇지! 천북제일무가의 절세미남 운경산이 아니시던가. 크크크!"

동경에 비치는 사내다운 얼굴을 보며 흐뭇한 미소를 지은 운경산은 앞섶을 모두 여미고 탁자를 지나 검가로 다가갔다. 어지러운 방 안의 모습과는 달리 검가에 얹혀진 사 척 검은 한 치의 비틀림도 없었다.

검신의 중앙을 쥐는 운경산의 태도는 경건하기 그지없어 조금 전의 장난스런 태도와는 사뭇 달랐다. 그러나 곧 이어진 말에는 이미 진지함이 사라지고 없었다.

"정말 이유를 모르겠단 말이야. 왜 검만 잡으려 하면 등이 가려워지는 거야?"

"그거야 네 녀석이 씻지를 않기 때문이지."

등 뒤에서 낮고 굵은 목소리가 들려왔다. 그럼에도 불구하고 운경산은 경건한 태도로 검을 등에 멘 후에야 천천히 돌아섰다. 그의 입가에 흐릿한 미소가 어렸다.

"왔수?"

문가에 기대어 서 있는 백의무복 사내는 운경산과 비슷한 분위기를 풍겼다. 굳이 다른 점을 찾으라면 키가 한 치 정도 작은 데다가 사나이다운 운경산에 비해 선이 조금 가늘다는 느낌 정도였다.

그러나 크게 다른 점도 한 가지 있었다. 운경산이 대충 던져 두었던 옷을 그대로 걸친 데 반해, 문가의 사내는 한 줄 구겨진 곳 없는 반듯한 차림이라는 것이었다.

그가 바로 운경산의 형이며 금의대주의 자리를 맡고 있는 운현산이었다.

운현산의 얼굴에 흐릿한 미소가 감돌았다.

운경산이 문으로 다가가며 물었다.

"근데 무슨 일이오? 막 자려던 참인데?"

운현산은 뚜벅뚜벅 걸음을 옮겨 마당으로 내려서면서 하늘을 올려다보았다. 구름이 많이 끼었는지 달은커녕 희미한 별 하나 보이지 않는 깜깜한 밤이었다.

"음! 하늘을 봐서는 모르겠군. 그래도 잘 시간은 아닌 것 같은데?"

운현산은 운경산의 대답을 기대하지 않고 앞서 걸었다. 운경산이 껑충 뛰어 운현산과 보조를 맞추며 말했다.

"홀로 잘 시간은 아니오만 같이 잘 사람이 없는 외기러기니 어쩌겠소? 꿈에서는 나타날까, 내 각시여! 더도 말고 형수만큼만 되어라."

"네 이놈!"

짐짓 꾸짖는 듯한 어조였으나 운현산은 입가에서 미소를 지우지는 못했다. 그러나 내심 한구석으로는 미안하고 안쓰러웠다.

운경산의 나이도 이미 서른이 넘었는데 아직도 미혼인 것은 온전히 운현산의 탓이었다. 넘보던 경지에 닿을 수 있을 것 같은 느낌 탓에 혼인을 마다하고 폐관에 들어 그 자신이 서른을 넘겨 일가를 이뤘으니, 운경산은 꼼짝없이 기다릴 수밖에 없었던 것이다.

운현산은 운경산도 모르는 사이에 어른들끼리 혼담이 오가고 있다는 것을 알고 있었기에 미안함을 털어버리고 애써 웃으며 다시 말했다.

"더도 말고 라니? 그 이상이 이 세상에 존재할 수 있을 것 같으냐? 네 형수가 이번에 네 신붓감을 찾겠다고 고향에 간다 하는데 극구 말려야겠구나."

운경산이 웃으며 말했다.

"흥! 말리시구랴. 아니, 제발 말려주시오. 형은 모르시우? 여자는 말이오, 자기가 아는 사람한테는 절대 자기보다 예쁜 여자를 소개시키지 않는다 하더이다."

운현산은 자기보다 예쁜 여자를 어디서 구하냐던 아내 봉운정(鳳雲精)의 말을 떠올리며 쿡쿡댔다. 그때 운경산이 사뭇 진지한 표정으로 운현산의 옆구리를 찔렀다.

"근데 무슨 일이냐구요? 전에 없이 한밤중에 모이라 하니 궁금해 죽겠소."

운현산이 씁쓸한 미소를 지으며 대답했다.

"대공자, 아니, 형님의 명을 전해야 돼. 장강 이남으로 가게 될 모양이야."

운경산이 눈살을 찌푸렸다.

"빙혼귀(氷魂鬼)가?"

운현산이 정색을 하며 낮게 꾸짖었다.

"놈! 말조심하여라."

"큼! 알겠소. 근데 장강 이남? 무슨 일로?"

운현산이 운경산의 눈을 직시하며 말했다.

"탁탑참요검, 도적들에게 빼앗겼나 보더라. 그걸 찾으러 가는 게야."

운경산이 눈에서 불을 토하며 외쳤다.

"어떤 개자식들이 감히 본 가의 물건에 손을 댄단 말이오? 흥! 그놈들 정말 재수없구나. 제대로 걸렸어."

운경산의 입에서 으드득 소리가 들렸다.

이야기하는 동안에 두 사람은 이미 넓은 청석 마당을 지나고 몇 개의 대문을 지나 세가의 서쪽에 위치한 전각의 담 앞에 이르렀다.

담을 따라 걷다가 대문을 들어서니 전체적으로 흰빛이 감도는 대리석 연무장이 보이고 그 뒤로 크지 않은 전각이 보였다. 연무장에 삼삼오오 앉아서 이야기하고 있던 백의청년들이 운현산과 운경산에게 아는 체하자 그들도 청년들에게 웃어 보였다.

운현산이 전각의 첫 번째 계단에 올라서서 돌아서니 청년들은 어느새 그 앞에 삼 열 횡대로 도열하여 운현산을 주시하고 있었다.

운현산이 전체를 훑었다. 각 열마다 열 명씩이니 모두 서른 명이었다. 운현산이 이번에는 각각의 눈들과 마주치며 상태를 살폈다.

"아픈 사람 없나?"

없다는 대답이 동시에 터져 나왔다. 운현산은 싱긋 미소를 지으며 다시 말했다.

"갑작스럽긴 하다만 내일 우리 금의대는 대공자를 수행하여 장강으로 가게 될 것이다."

운현산이 말을 끊었음에도 아무도 이유를 묻지 않았다. 다만 눈빛을 흥분으로 물들였을 따름이었다.

운현산이 다시 말했다.

"가주께서 수년간 공을 들이신 탁탑참요검이 장강에서 수적의 손에 들어갔다. 아직 수적들의 정체는 밝혀진 바 없으니 긴 여정이 될 것이다. 곧 우기가 닥친다는 것과 장강 이남 지역이 고원과 밀림으로 이루어진 곳임을 잊지 말고, 천시와 지리에 맞춰 적절히 준비하도록."

예라는 대답이 우렁차게 터져 나왔다.

운현산은 만족스런 미소를 입가에 머금고 다시 말했다.

"너희들도 알다시피 본 가의 오행무대 가운데서는 우리 금의대가 처음으로 세상에 나아가게 되었다. 다시 말해서 우리 금의대가 본 가를 대표하게 된 것이다. 가문의 어르신들께서 우리에게 기대하시는 바 클 것이고, 세상 사람들도 우리를 주시하게 될 것이다. 실망시키지 말자."

말을 끝내고 운현산이 계단에서 내려서자 금의대원들은 만면에 환한 웃음을 머금고 옆 사람을 마주 보며 오른손을 내뻗었다. 순간 그들의 손에서 칼날 같은 기운이 뿜어져 나오면서 연속적으로 경쾌한 소리가 터졌다.

파파파파파파파팡!

서른 명의 금의대원들이 하나같이 휘청거렸다. 그때 운경산이 계단으로 올라서며 말했다.

"으이그! 무식한 놈들! 써먹을 데 없다고 동료들을 후려 치냐? 자식들아! 엿 같은 새끼들이 감히 본 가의 물건에 손댔다! 어떻게 해야 되겠나?"

파파파파파파파팡!

"죽여야지!"

한 목소리가 터져 나왔다. 운경산이 활짝 웃으며 다시 말했다.

"그렇지? 확실하게 본보기를 보여주자. 다시는 본 가를 건드리는 놈들이 없도록. 해산!"

파파파파파파파팡!

또다시 서로의 손바닥을 노리고 벽공장(劈空掌)을 날린 금의대원들이 서로의 어깨를 부딪치며 흥분된 마음을 진정시키고 삼삼오오 무리 지어 흩어졌다.

운현산은 은은한 미소를 드리우면서 그들을 바라보다가 어두운 어조로 중얼거렸다.

"두렵소, 형님. 무슨 뜻이오? 제발 우리의 능력만 높이 샀기를 바라오."

"뭐라구요?"

묵직한 미소로 동료들을 환송한 운경산이 운현산의 중얼거림을 언뜻 들은 듯 의아하다는 눈빛으로 물었다. 운현산은 순식간에 얼굴에서 어두운 기색을 지워 버리고 활짝 웃었다.

"난 아버님이 너를 두고 중석(重石)이라 부르는 이유를 모르겠다, 이 이중인격자야."

"엉? 내가 왜 이중인격자요?"

운경산이 눈을 뚱그렇게 뜨자 운현산은 웃음을 실실 흘리며 걷기 시작했다.

"그럼 아니냐? 모르는 사람들은 네놈이 과묵하고 무서운 놈이라 생각하지. 네놈이 동료들과 하는 짓거리를 본다면 놀라 까무러치고 말 거야."

운경산은 묘한 웃음만 흘릴 뿐 부정하지 않고 대신 운현산의 어깨에 팔을 얹어 힘주었다.

그그그그그그그!

육중한 대문이 열리는 소리를 들으며 운녹산은 운검정과 가문의 어른들에게 고개를 숙여 보이고 애마 비영(飛影)에 올라탔다. 그것을 신호로 운현산과 금의대 또한 일사불란하게 말에 올랐다.

운녹산은 운가의 본전 격인 숭의전(崇義殿) 앞에 배웅 나온 본 가 사람들을 훑어봤다.

중앙에 운검정이 보이고, 그 좌우로 세가의 어른들이 있으며, 그들의 좌측에 운검정의 부인이자 운가의 대부인인 경의상(卿義尙)과 둘째 부인 상취월(桑翠月)이 나란히 서 있었다. 그 옆으로는 운녹산의 아내 목추경(穆秋瓊)이 왼손으로 일고여덟 살 정도로 보이는 소동의 고사리손을 잡고, 오른손으로 다섯 살가량 된 아이의 볼을 쓰다듬고 있었다. 그리고 그녀의 옆에 또 한 사람의 여인이 어린아이를 안고 있었다.

사람들을 훑어가던 운녹산의 시선이 목추경에게서 멈췄다. 그녀가 아름답다는 것은 누구도 부인하지 못하리라. 그러나 하얀 얼굴에 붉고 가는 입술은 어쩐지 고고함이 지나쳐 차갑게 느껴졌다.

운녹산의 시선이 살짝 비틀렸다. 또 다른 여인, 그에게는 제수(弟嫂)가 되는 봉운정이었다.

아름다움을 따지자면 목추경을 따라가기는 힘들리라. 그러나 그녀에게는 목추경에게 없는 무엇인가가 있었다. 동그랗다가 꼬리가 살짝 쳐진 눈매는 포근함이 느껴지고 꾹 닫힌 입가에서 흐르는 엷은 미소는 너그러움이 묻어 나왔다.

목추경보다는 오히려 그녀가 운녹산의 어머니이자 가문의 살림을 도맡고 있는 경의상과 그 기질이 닮아 보였다.

운녹산은 이내 시선을 자신의 아이들과 아내 목추경에게로 돌렸다. 그의 입가에 흐릿한 미소가 어렸다. 순간 목추경의 왼손을 붙잡고 있던 아이가 활짝 웃으며 손을 흔들었다. 그러나 목추경의 얼굴에는 아무런 변화가 없었다.

운녹산은 목추경의 무표정한 얼굴을 바라보며 씁쓸한 미소를 짓고서 좌측으로 말머리를 틀었다. 음양쌍도(陰陽雙刀)가 따라 움직이고 그 뒤로 운현산의 금의대도 대문을 향해 말머리를 틀었다.

막 문을 나선 순간 운녹산이 문득 고개를 들어 먹장구름 가득한 하늘로 시선을 돌렸다. 운녹산은 얼굴을 살짝 찌푸리면서 왼손을 들어 볼에 묻은 물기를 닦았다.

운녹산은 앞을 본 그대로 운현산에게 말했다.

"금의대주, 검각산을 벗어나기까지는 속도를 내야 할 것 같군."

아무런 감정도 담기지 않은 건조한 말투였다. 운현산은 낯빛을 흐리며 대답했다.

"앞서시지요, 대공자. 보조를 맞추겠습니다."

운녹산이 말 옆구리를 찍었다.

후두두두두두둑!

운녹산과 음양쌍도가 앞으로 튀어 나가자 운현산이 손을 들어 앞으로 내뻗었다. 순간 서른두 마리의 말들이 일제히 비명을 지르며 운녹산의 속도에 보조를 맞추었다.

운현산은 멀어졌다가 다시 가까워진 운녹산의 뒷모습을 바라보며 입술을 깨물었다.

'굳이 금의대주라 부르실 필요가 있소이까? 그냥 현산이라 부르시면 아니 되오? 어찌 목소리에 한 올 감정조차 담아내지 않으시오? 형님이라 불러보려 해도 할 수 없지 않습니까?

운현산의 복잡한 심경처럼 그의 시선에 와 닿는 운녹산의 등은 점점 더 차갑고 멀게만 느껴졌다.

제 4 장

수룡이 노하고 울부짖어도

수룡이 노하고 울부짖어도

쏴아아아아아!

후두두두두둑!

빗줄기가 굵어지면서 지붕을 두드리는 빗방울 소리가 경망스런 소고(小鼓) 소리처럼 느껴졌다.

곽자렴은 제룡당의 대청에 나와 하늘을 올려다보았다. 그는 미간에 굵은 세로 주름을 잡은 채 뒷짐을 지고 대청을 빙빙 돌기 시작했다.

그때 표국 대문을 통하여 유지우산을 쓴 털북숭이 곽동량이 빠른 걸음으로 다가왔다.

"아버님!"

곽자렴은 곽동량이 우산도 걷기 전에 채근하듯 물었다.

"어찌 되었느냐? 선부(船夫)들은 모두 구했어?"

대청으로 올라선 곽동량이 고개를 끄덕였다.

"사람은 많은데 겁난다고 아무도 나설 생각을 않으니, 속이 타 죽을 뻔했습니다. 두당 스무 냥을 지급한다는 조건을 걸고서야 겨우 선부들을 구했습니다."

한 달 동안 허리가 부러질 정도로 노질을 한다 해도 세 냥 벌기가 힘든 세상이었다. 후하다는 용문수로표국의 신참 표사가 받는 월삯이 네 냥이었다.

사람을 태우고 강물을 따라 흘러가 한참을 놀다가 빈배로 올라오는 그 한 번의 운항으로 스무 냥을 얻을 수 있다면 재신(財神)을 만난 것이리라.

한 번 운항하기 위해서 지불해야 하는 대가치고는 너무나 출혈이 컸으나, 용문수로표국의 발이라 할 수 있는 토가족 사람들이 없는 이상 어쩔 수 없는 일이었다.

곽자렴도 전혀 아까울 게 없다는 어조로 말했다.

"목숨을 걸어야 하는 일이야. 백 냥을 준다 해도 아깝지 않지. 헌데 천북표국(川北鏢局)에는 들러보았느냐? 준비할 것이 많을 텐데."

곽동량은 품속을 뒤적이며 대답했다.

"나가면서 들렀었지요. 막 전서를 받았다 해서 물어보니 전에 왔던 세 사람과 금의대 전원이 온다더군요. 모두 서른다섯 명입니다."

순간 곽자렴이 끙, 하는 소리와 함께 미간을 모았다.

"금의대라 함은 젊은 아이들로만 구성되었다는……."

곽동량이 고개를 끄덕이며 말을 이었다.

"예, 운가의 오행무대 가운데 하나입니다. 소자가 알기로는 천북을 벗어나는 것이 이번이 처음이라고……."

곽동량도 걱정된다는 듯 말꼬리를 흐렸다. 곽자렴이 한숨을 내쉬며 말했다.

"후우! 패기는 만만할 것이나 경험은 일천하겠구나. 그 패기가 지나치지 않았으면 좋으련만……. 그건 그렇고 나갈 때 알아봤다면 준비물은 어찌 되었느냐?"

곽동량이 품속에서 꺼낸 종이를 펼치며 대답했다.

"묘도(苗刀) 사십 자루, 한자 수통 쉰 개, 웅황(雄黃)과 백반(白礬), 유지 바른 녹의(綠衣) 각 오십 벌, 그리고 우육포(牛肉脯)와 돈육포(豚肉脯) 기타 건량 열흘치 등, 말씀하신 대로 빠짐없이 주문했습니다만, 급하게 모으는 바람에 돈을 너무 많이 썼습니다."

곽자렴이 고개를 내저었다.

"돈 걱정은 말라니까. 어차피 돈으로 환산할 수 없는 물건을 잃었어. 표국을 내어달라 해도 아무 말 못하고 주어야 할 판이야. 이미 신용을 잃었는데 그까짓 돈이 문제일까? 표물을 찾을 수만 있다면 내 목숨도 내어줄 수 있다. 잊지 말아라. 저들이 아무리 까탈스럽게 굴어도 우리는 묵묵히 최선을 다하는 모습을 보여야 하느니라. 어떻게든 표물을 찾아야 최소한의 면목을 세울 수 있는 게 우리 입장이야."

"명심하겠습니다, 아버님!"

곽동량이 머리를 숙이자 곽자렴이 한숨을 쉬며 고개를 끄덕였다.

"운가는 오늘 밤이나 늦어도 내일 아침에는 도착할 것이다. 네 고생이 말이 아니다만 이왕 일이 이렇게 되었으니 배를 한 번 더 점검해 보아라."

곽동량이 고개를 끄덕이고서 대청을 내려섰다.

곽자렴은 곽동량이 대문을 빠져나가는 것을 물끄러미 바라보다가 무정한 하늘로 얼굴을 들었다.

"하! 내일은 비가 좀 그쳐 주었으면 좋겠는데……."

곽자렴은 문득 고개를 돌려 대청 뒤쪽에 뚫린 문으로 내가를 바라보았다.

"부인이 준비를 제대로 하고 있나 모르겠군. 정성을 다하여도 모자란데……. 하기야 최선을 다하고 있으리라. 표국의 장래는 물론 우리 부자의 목숨까지 걸려 있다 했으니 어찌 소홀할쏜가?"

곽자렴은 다시 뒷짐을 지고 대청을 빙글빙글 돌았다.

폭우와 어둠을 틈타서 남포현에 스며든 서른다섯의 인마는 조용히 천북표국으로 들어섰다. 잠깐 동안 호들갑스런 음성이 들린 후 지친 말 울음소리가 잦아들었다.

세 시진 후, 여명의 신은 세상 밝히기를 거부했으나 다행스럽게도 폭우는 세우(細雨)로 바뀌어 잠 못 이룬 몇몇 사람들의 갑갑한 심정을 조금이나마 다독였다.

천북표국의 빈방을 모두 차지했던 방문객들이 잠에서 깨어나면서 표국도 소란스러운 새벽을 맞이했다.

희한한 광경이 연출되었다. 표국 내가의 우물 앞에 삼십여 명의 건장한 사내들이 고차 한 장만 걸친 채 한 줄로 늘어서 있었다.

"이런 제기랄! 어제도 비로 목욕했고 오늘도 그럴 텐데 목욕은 왜 하라는 거야?"

쫙!

"아야야! 혀엉! 무슨 짓이오?"

운경산이 시뻘건 손바닥 자국이 난 왼쪽 어깨를 잡고 운현산을 노려보았다. 운현산은 한 바가지의 물을 퍼서 운경산의 어깨에 쏟아 부으며 말했다.

"하신께 제(祭)를 올리기 위함이라 하지 않느냐? 잡스러운 말과 생각을 지금 이 시점에서 모두 씻어내어도 효험이 있을까 말까 한데, 웬 말이 그리 많으냐?"

운경산이 짐짓 고리눈을 치뜨는 운현산을 외면하며 중얼거렸다.

"도적놈들 잡으러 가는데 제는……."

운현산이 다시 손을 들자 운경산이 펄쩍 뛰어 물러섰다. 운현산이 준엄하게 말했다.

"산에 가면 산 사람의 법도를 따르고 강에 가면 강 사람의 법도를 따르는 법이다. 만약 네가 이곳 법도를 외면한다면 그것은 아버님의 뜻과도 배치되는 것이야. 네 말대로라면 도적놈들이 훔쳐 간 탁탑참요검 또한 평범한 철검에 불과하지 않겠느냐?"

그 순간 벌거벗은 채 늘어서 있던 사내들이 연달아 소리쳤다.

"어이, 부대주! 산에서야 무서운 것 만나면 도망치면 되지만 삼협은 달라. 물귀신 돼서 마누라 찾기는 싫다구."

"경산 형! 하라면 하지 웬 말이 그리 많소? 난 어릴 때 물에 빠져 죽을 뻔한 적이 있다구요. 얼마나 무서운데. 잔말 말고 몸도 씻고 마음도 씻고 욕념도 씻어버리고 오로지 무사 안전만 빌란 말이오."

운경산은 자신을 비난하는 금의대원들에게 졌다는 듯 두 손을 들어 보이고 경건한 태도로 물을 끼얹기 시작했다.

차례차례 씻고 나서 금의대의 원래 복장인 백의무복 대신 용문수로표국이 준비한 흑의면복을 걸친 사람들은 식사를 걸러야 한다는 말에도 아무런 토를 달지 않고 천북표국을 나섰다.

용문수로표국에서 보낸 사람을 따라 포구 근처에 이른 운가의 사람들은 축축하게 비가 내리는 와중에도 예상외로 많은 사람들이 모여 있음을 보고 놀랐다.

장정들뿐만이 아니었다. 세우(細雨)라 하나 지속적으로 내리고 있음에도 불구하고, 아녀자들도 있고 노인들도 있었으며 심지어 어린아이들도 다수 있어 그 수가 이백이 넘는 듯했다. 곧 시작될 용신제(龍神祭) 때문이었다.

운녹산을 필두로 금의대가 앞으로 나아가자 사람들이 좌우로 비켜서서 길을 열었다. 사람들의 끝에 돌로 만든 사당이 있고 그 앞으로 곽자렴과 몇 사람의 장정들이 있었는데, 그들의 시선이 하나같이 운녹산 등을 바라보고 있는 것으로 보아 그들이 오기만을 기다렸던 것 같았다.

운녹산 등이 앞으로 나아가자 곽자렴 등이 맞이했다. 상견례를 마치자 곽자렴이 운녹산에게 말했다.

"귀찮고 번거로운 일이오만 반드시 필요하니 양해해 주시구려."

운녹산은 의외로 선선히 고개를 끄덕여 보였다.

"하신제는 처음이나 본 가에서도 때로 제례를 행하니, 국주께서는 저희들을 괘념치 말고 뜻한 바를 행하시지요. 다만 하신에 대한 예에는 어두우니 그저 보고 따르기만 하겠습니다."

곽자렴은 내심 안도의 한숨을 내쉬었다. 미리 연락을 해두기는 했지만 그래도 운녹산이 용신제에 대한 부정적 태도를 보이면 어쩌나 하고 크게 걱정하고 있었다. 만약 그러한 사태가 일어난다면 겨우 구해놓은 선부들이 부정 탔다며 승선을 거부하는 사태가 일어날지도 모를 일이었다.

'하! 어느 쪽이 진짜인가? 그날과는 사람이 달라. 오늘만 같다면 동행하는 데 있어 큰 갈등을 빚지는 않으리라.'

곽자렴은 운녹산을 향해 크게 고개를 끄덕여 보인 다음 용신당을 향해 몸을 돌렸다.

"그럼 부탁하오이다."

곽자렴이 포권을 취하며 정중하게 말하자 석조 사당의 처마 밑에서 비를 피하고 있던 화의도복 차림의 네 도사들이 고개를 끄덕였다. 그것을 신호로 주위에 있던 장정들이 달려들어 석조 사당의 문을 열었다.

사당이라고 해보아야 제단이 놓인 자리를 빼면 사람 대여섯 들어가기도 비좁아 제를 행하는 동안 사람들은 꼼짝없이 비를 맞아야 할 판이었다.

활짝 열린 대문 좌우에는 장강유하주(長江有河主) 삼협재용신(三峽在龍神)이란 대련(對聯)이 음각으로 새겨져 있고, 누각처럼 만들어진 사당 안의 삼층 제단 주변에는 형형색색 색등(色燈)이 서른여섯 개나 둘러쳐져 있었다. 또 제단과 사당의 사이에는 길이 아홉 치의 장등(長燈)이 설치되어 있었고, 그 앞에는 정성스럽게 마련한 태가 역력한 제물(祭物)들이 수북하게 쌓여 있었다.

허술한 보관을 쓴 늙은 도사가 제단을 향해 허리를 접으며 향을 살렸다. 노도사가 품속에서 옥간(玉簡)을 써내사 나머지 세 명의 숭년 도사들이 각각 번(幡)과 선(扇), 그리고 학우(鶴羽)를 꺼내 들고 늙은 도사를 따라 제단을 돌기 시작했다.

"원시천존(元始天尊)께서 평안히 위무(慰撫)하시어 장강용왕신(長江龍王神)께 고하나니, 강에 계신 용왕신과 좌우사직(左右社稷) 신령들께서는 망령되이 놀라지 마시고, 정도(正道)로 돌아오셔서 안과 밖을 깨끗하게 하시며, 신령님들의 가호를 비는 이 사람들이 무사히 다녀오게 하시기를 간절히 비오나니, 율령대로 급히 행하소서."

도사들이 쉬지 않고 제단을 돌면서 제문을 음송하는 동안, 곽자렴을 필두로 하여 금의대는 물론 배에 승선하여야 하는 사람들은 하나도 빠짐없이 사당 안에 들어가 향을 사르고 절하기를 반복했다.

그들의 뒤로 아들의 안전을 비는 노부모와 남편의 무사를 비는 아낙네들, 그리고 아비의 생환을 비는 아이들까지 하나도 빠짐없이 예를 행하자, 어느덧 시간이 두 시진이나 흘렀다.

처음에는 못마땅한 기색을 드러내던 몇몇 금의대원들도 있었지만, 시간이 지날수록 오히려 사람들의 간절함을 느끼며 스스로도 진심으로 빌기 시작했다. 특히 맛있게 보이는 제물이 가득 쌓여 있음에도 불구하고 잠깐의 한눈조차 허용하지 않는 아이들을 바라본 금의대는 자신들의 짧은 여정이 결코 단순한 뱃놀이가 될 수 없음을 확연하게 깨달았다.

비록 두 시진 반도 못 되는 약식이었지만 어쨌든 용신제가 끝났다. 곽자렴이 도사들의 노고를 치하하는 동안, 용문수로표국에서 나온 아낙네들이 제물을 나누고 따로 준비한 용염면(龍髥麵)을 내어서 제의(祭儀)에 참석한 사람들에게 일일이 권했다.

금의대 역시 과일과 용염면을 받았는데, 이미 옷은 비에 젖고 그때까지 요기도 하지 못한 터라 그 누구도 사양치 않고 용신당 주변의 돌담과 바닥에 털썩 주저앉아 그것을 먹으려 했다.

운경산은 다른 사람에 비해 더 많은 양의 용염면을 받아와 운현산의 옆에 털썩 주저앉았다. 그리고 말없이 젓가락을 들어 면을 휘저었다. 그러다가 문득 고개를 들어 하늘을 올려다보았다.

"어?"

운현산이 막 면을 입에 넣으려다가 운경산에게 고개를 돌렸다.

“왜?”

“이게 우연이오, 필연이오? 비가 그쳤소.”

운현산은 하늘을 보는 대신 아무런 파문도 일지 않는 자신의 국수 국물을 내려다보았다. 어차피 옷은 흠뻑 젖어 있고 비는 오는지도 못 느낄 정도의 세우였는지라 따로 의식하지도 못했었다. 그렇지만 제가 끝난 순간 비가 그친 것은 참으로 공교로운 일이었다.

운현산은 운경산의 얼굴을 마주 보며 빙그레 미소를 지었다.

“이왕이면 필연이라 해두자. 그래야 적어도 물에 빠져 죽을 염려는 하지 않지.”

“그럽시다.”

운경산은 흔쾌히 대답하고 주변을 둘러보았다. 어른 아이 할 것 없이 비가 그친 것을 길조(吉兆)라 여기며 환한 미소를 짓고 있었다.

씹지도 못할 정도로 볼이 부풀어 오른 한 아이와 시선을 마주한 운경산은 천진하게 웃으며 용염면을 입에 우겨 넣어 볼을 불룩하게 만들어 보였다.

늄의대는 천북표국으로 돌아가 용문수로표국에서 준비한 개인의 행낭에서 다시 녹의를 꺼내 갈아입고 포구로 나왔다.

넓은 선착장에는 칠 장이 조금 넘는 듯한 배 두 척이 가볍게 앞뒤로 흔들리고 있었고, 함께 제를 지냈던 선부들이 양 어깨에 두 개씩 모두 네 개의 긴 노를 얹어 배에 올라타고 있었다.

“경산 형, 노가 원래 저런 건가요? 오른쪽과 왼쪽 것이 다르네.”

이제 갓 스물이 넘은 듯한 앳된 얼굴의 운추산이 묻자, 사람들이 일제히 노에 관심을 두고 보기 시작했다. 물속에서 물을 밀어내는 부위의 넓이가 달랐다. 오른쪽 노가 현저하게 넓어 보였다.

운경산이 굵은 팔로 운추산의 목을 휘감아 조이며 말했다.

"어휴! 자식! 쓸데없이 눈썰미도 좋아요. 네 녀석이 모르는 건 나한
테 묻지 마. 알았어?"

운추산이 컥컥대는 소리를 내며 힘겹게 고개를 끄덕였다. 그때 그들
의 앞으로 곽자렴과 운녹산이 다가왔다. 운현산이 주위를 환기시키자
순식간에 대오가 정렬되었다.

운녹산이 곽자렴에게 말했다.

"말씀하시지요."

곽자렴이 운녹산에게 고개를 끄덕여 보이고 금의대를 대충 훑어본
후에 말문을 열었다.

"그나마 비가 그쳐 다행이오만 어제와 그제 이틀 동안 내린 폭우로
강물은 평소보다 많이 불어 있소. 지금 여기서야 별 위험을 느낄 수 없
겠지만, 일단 기문에 들어서는 순간 배가 심하게 요동 치기 시작할 것
이오. 그러나 별말이 없는 이상 동요하지 마시오. 목적지는 무협과 서
릉협 사이의 운망계(雲望溪). 물길로 대략 오백 리 조금 못 될 것이고,
빠른 물살을 고려해도 두 시진 이상 걸릴 것이오. 이 늙은이가 당부하
고자 하는 것은 단 한 가지, 배 안에서는 신분을 불문하고 뱃사람의 지
시에 따라 달라는 것뿐이오."

곽자렴이 할 말은 다했다는 듯 운녹산에게 고개를 끄덕여 보였다.

운녹산이 금의대를 두루 살피며 말했다.

"알아들었을 테니 국주께서 하신 말씀을 되풀이하지 않겠다. 보다시
피 배가 두 척이다. 금의대주와 금의대의 반은 나를 따라 선도선(先導
船)에, 나머지 반은 후위선(後位船)에 탄다. 바람이 동풍이라 지체없이

출발한다 하시니 서두르도록!"

곽자렴과 운녹산이 돌아서서 선착장으로 향하자 음양쌍도가 그 뒤를 따랐고, 운현산이 금의대원 열셋을 이끌고 뒤따랐다. 그들이 모두 선두의 용문비선에 승선하자 운경산도 나머지 대원들을 이끌고 뒤에 있는 용문비선에 올랐다.

눈에 보이는 것과 몸으로 느끼는 것에는 엄청난 격차가 있었다. 배의 흔들림이 중심을 흐트러뜨릴 정도였다.

운경산과 금의대원들은 본능적으로 하체를 무겁게 하여 겨우 중심을 잡았다. 그들은 놀란 심정을 얼굴에 과장되게 드러내며 서로에게 한숨을 토했다.

"후아! 보통이 아니네. 경산 형, 대단하지 않아요?"

운추산이 배 위를 아무렇지도 않게 움직이는 노수들을 턱짓으로 가리켰다. 운경산을 비롯한 나머지 사람들 모두가 동의한다는 듯 노수들의 움직임을 살폈다.

고리에 노를 거는 이도 있었고 밧줄을 푸는 이도 있었으며 자신의 허리에 묶인 줄을 난간에 묶는 이도 있었다.

운추산은 조심스럽게 이동하며 노수들을 신기한 듯 바라보았다.

"이런 젠장할! 십 년 과부, 성난 좆 본 듯한 기세로세. 아차 하면 용궁행이로다."

장년 노수의 중얼거림을 들은 운추산은 킥킥 웃으면서 자신도 모르게 그 노수의 시선을 따라갔다. 그의 눈에는 고요하기만 한 강물이었다. 왜 배가 흔들리고 있는지 알 도리가 없을 정도로 잔잔했다.

"별거 없어 보이는데요?"

운추산의 지나가는 듯한 물음에 장년 노수가 운추산을 흘끔 바라보고는 고개를 흔들었다.

"강물이란 놈은 깊을수록 고요하고 힘찰수록 파도가 없는 법이오. 저리 사람 불안하게 고요한 것 보면 삼협에서는 우리도 속 뒤집어지고 하늘이 노랗게 보일 게요. 삼협은 처음이신가?"

운추산이 고개를 끄덕이자 장년 노수는 안됐다는 눈빛을 드리우며 혀를 차 보였다.

바로 그때 앞에서 누군가의 외침이 들렸다.

"뭐라 하셨소? 우리보고 화물칸으로 내려가라고?"

운추산은 급히 고개를 돌렸다. 곽동량과 금의대에서 가장 성질 급한 운명산이 한 자 거리를 두고 마주 보고 있었는데, 운명산의 심사가 많이 뒤틀린 것 같았다. 살펴보니 선실 앞쪽에 나무판자가 들려 있고 어둠 속으로 계단이 나 있었다.

곽동량이 굳은 얼굴로 말했다.

"어찌할 수 없소이다. 갑판 위로 무게가 몰리게 되면 배가 쉽게 뒤집어지오. 평소라면 짐을 가득 실으니 그럴 일은 없소만 지금은 어찌겠소? 앞쪽 배도 마찬가지일 것이오."

운명산이 얼굴을 일그러뜨리며 말했다.

"배가 뒤집어지면 그땐 우리만 용궁행이겠군."

곽동량이 차분한 얼굴로 말을 받았다.

"여기서는 그럴 일이 없을 것이나 삼협이라면 좌초나 전복의 가능성을 부인할 수 없소이다. 그러나 삼협에서라면 위나 아래를 따로 구별할 필요가 없소. 다 함께……."

그때 운경산이 단호한 목소리로 소리쳤다.

"뭐 해? 아까 무슨 말 들었어? 다들 시키는 대로 해!"

금의대원들이 싫은 기색을 여과없이 드러내며 하나씩 갑판 아래로 내려가기 시작했다. 그때 장년 노수가 운추산에게 소곤거렸다.

"젊은이, 어둡고 축축해서 좀 갑갑하긴 할 테지만 거기가 오히려 덜 흔들릴 거요."

운추산은 장년 노수의 말을 위로 삼아 갑판 아래로 내려갔다. 갑작스레 어둠의 세계로 들어선지라 눈뜬장님의 신세나 마찬가지였다.

"어이쿠!"

놀란 외침과 함께 크게 넘어지는 소리가 들렸다.

막 바닥에 내려선 운추산이 피식 웃음을 흘렸다. 어린아이도 아니고 십수 년 동안 무공으로 단련된 사람들이 어둡다고 균형을 잃는다는 것이 우스웠던 것이었다.

운추산은 그러나 곧 자신의 판단이 틀렸음을 확인했다. 조심스럽게 발을 들어 바닥을 더듬어보니, 밧줄 몇 개 널려 있는 갑판과는 달리 배의 골조가 그대로 드러나 있고 군데군데 용도를 알 수 없는 물건들이 산재해 있었다.

운추산은 일단 어둠에 적응하고 나서 말동무를 찾아보기로 하고 마지막 계단에 주저앉았다. 비로 그때 위에서 밝은 불빛이 내려왔다.

"어이! 여기 불."

운경산이었다. 운추산은 반갑게 호롱불 두 개를 받아 들면서 말했다.

"경산 형이 이렇게 반갑기는 처음이네."

운추산은 호롱불 두 개 가운데 하나를 옆으로 건넸다. 호롱불이 어둠을 스쳐 지나가며 금의대원들의 얼굴을 희미하게 밝혔다. 조금 더 시간이 지나면서 금의대원들은 두 개의 호롱불에 의지하여 대충 서로의 얼굴을 분간할 수 있게 되었다.

운경산이 대원들을 둘러보며 큰 소리로 말했다.

"배가 크게 흔들릴 수도 있어! 불조심들 하라구! 잘못하면 물고기들이 화식(火食)이라며 좋아할 게야."

조금 전 곽동량과 시비가 붙었던 운명산이 소리 질렀다.

"부정 탄다, 이 자식아! 빨리 꺼져 버려! 화식이라니……."

운경산이 웃음 지으며 말했다.

"어허! 이 자식이라니? 일개 대원이 부대주에게 못하는 말이 없다. 쩩! 근데 설익으려나?"

운명산이 어이없다는 듯 고개를 저으며 중얼거렸다.

"똥 기저귀 갈아가며 얼러 키운 게 엊그제 같은데, 머리 커졌다고. 쯧쯧쯧. 저리 가르친 바 없거늘 저런 버르장머리는 누구한테 배웠을까? 아하! 누구를 탓하랴. 내가 잘못 훈도한 탓이거늘."

"어? 뭐야?"

웃음을 터뜨리려던 운경산이 흔들리는 몸뚱이를 가누기 위해 다급히 계단을 잡았다. 배가 선착장을 벗어난 것이었다. 운경산은 급히 계단을 되짚어 올라서며 말했다.

"난 맡은 바 책임이 있으니 어쩔 수 없으나, 형제들은 푹 쉬라구. 크크크!"

운경산이 갑판 위로 올라간 후 한동안 침묵이 감돌았다. 배가 강의 중심으로 들어가면서 보이지 않는 물결들을 넘는 와중에 심하게 울렁거리는 탓이었다.

"어이 씨!"

"어! 어!"

당황한 목소리가 터져 나왔다. 두 발바닥과 엉덩이만으로 앉아 있던 금의대원들이 두 손을 선저(船底)에 대고 급기야는 등마저 바닥에 붙이기 시작했다.

처음에는 자신만 당황하여 허둥대는 줄 알았던 금의대원들이 일제히 서로의 상태를 살피며 절로 붉어졌던 얼굴에 어색한 미소를 지었다.

운명산은 계단을 노려보며 중얼거렸다.

"못된 자식! 푹 쉬라고?"

그러나 운명산은 운경산의 상태가 자신들보다 더욱 처절하다는 것을 전혀 모르고 있었다.

금의대와 떨어져 곽동량이 선타를 잡고 있는 선미의 왼쪽 난간에 기대어 섰던 운경산은 죽을 맛이었다.

배가 선착장에 대어져 있을 때는 절로 흘러나오는 웃음을 억지로 참았다. 배의 흔들림이 묘하게 기분이 좋았고 동료들과는 달리 눈앞이 탁 트여 곧 장관을 볼 수 있다는 기대감마저도 갖고 있었다.

그러나 운경산은 배가 떠나자마자 두 손의 자유를 잃고 말았다. 난간이 뿌드득 비명을 질러댈 정도로 꽉 움켜쥔 것도 모자라 입에서 절로 '악!' 소리가 터져 나오려 했다.

정선하고 있을 때에는 그저 물이 흘러간다는 생각뿐이었는데, 일단 배가 움직이자 물이 곧 수백 갈래 물결늘의 집합체임을 깨달은 것이었다.

곽동량의 뒷자리는 경관 좋은 곳을 오가는 배를 탄 사람이라면 누구라도 서 있고픈 자리일 것이다. 비록 작은 선실에 가려 선수 쪽 갑판을 비롯한 배의 전모는 보이지 않았지만 대신에 선수의 앞쪽 전경은 물론 후면까지 한눈에 들어오기 때문이었다.

그런데 지금 운경산은 원래라면 절대 볼 수 없는 선수 바로 앞쪽의 강물을 볼 수 있었다. 배가 한 물결 올라설 때마다 전경은 사라지고 눈앞에 하늘이 나타났으며, 그 물결 내려설 때마다 누런 강물이 코앞까지 다가오는 것만 같았다.

부동심 운운할 때가 아니었다. 난간을 놓는 즉시 몸이 날아가 황톳물로 빨려들 것만 같았다. 속은 메스꺼웠고 머리는 빙글빙글 돌았다. 평소에 겁이라는 것을 모른다고 자타가 공인했던 자신이 공포심을 느낄 거라고는 생각도 못했다.

운경산은 입술을 깨물고 두 다리에 기운을 북돋아 꼿꼿하게 섰다. 조금씩 조금씩 움직였다. 그리고 아예 선미의 높은 부분을 내려서서 선실 앞에 이르렀다. 뒷모습으로 보던 곽동량의 얼굴이 정면에서 올려다 보였다.

곽동량은 침착했다. 두 다리는 무쇠처럼 굳건하고 두 눈은 차분하게 전면을 응시하고 있었다.

곽동량은 따갑게 느껴지는 시선을 향해 눈동자를 움직였다. 운경산은 부끄러웠다. 금의대의 망신을 자신이 시키고 있다는 자괴감에 시선을 외면하려 했다.

그 순간 곽동량이 다시 전면으로 시선을 옮기면서 말했다.

"처음이시오?"

고개만 끄덕이려던 운경산은 곽동량이 자신을 바라보고 있지 않다는 사실을 깨닫고 말했다.

"그렇소."

곽동량이 고개를 끄덕였다.

"대단한 담력이구려. 이 정도의 흔들림이라면 자주 배를 타던 사람들도 바닥에 엎드리고 만다오."

"놀리시는 게요, 곽 대협? 당신은 꼿꼿하게 서 있지 않소?"

곽동량은 선타를 좌측으로 조금 비틀고는 고개를 저었다.

"난 그저 익숙할 따름이오. 내 나이 다섯에 배를 탔고, 여덟에 처음 타를 잡았소. 비록 오랫동안 선타를 놓기는 했지만 그 후로도 셀 수 없을 만큼 이 강을 오갔다오. 산악에서 자란 운 부대주도 몇 번만 오가다 보면 이 정도는 곧 익숙해질 것이오."

운경산은 곽동량이 비웃는 것도 위로하는 것도 아님을 그의 어조와 표정에서 분명히 알아차렸다. 운경산은 순간 한 가지 의문에 사로잡혔다.

"그렇다면 용신제를 지낸 이유는 무엇이며 선부들이 두려워하는 이유는 무엇이오?"

곽동량이 입가에 의미심장한 미소를 지어 보였다.

"곧 알게 될 것이오."

그 순간 배의 요동이 줄어들었고 좌측으로 비스듬하게 기울어 있던 선체도 바로 섰다. 대신 속도가 빨라지기 시작했다.

곧 알게 된다는 말의 진의를 피악하느라 생각에 빠져 있던 운경산이 갑작스런 변화를 반기며 선실 외벽으로부터 등을 뗐다.

그때 마침 곽동량도 전면을 응시하던 시선을 운경산에게 돌리며 전신에 깃들어 있던 긴장감을 풀었다.

"이젠 올라오셔도 무리가 없을 것이오."

운경산은 입술을 씰룩였다. 곽동량은 이미 자신이 무서워서 선미에서 선실 앞으로 내려섰음을 알고 있었던 것이다. 그러나 이왕 들켰는데 아니라고 변명할 운경산이 아니었다. 그는 선선히 고개를 끄덕이고 처음에 서 있던 자리로 올라섰다.

"광룡처럼 요동을 치더니 어떻게 이런 변화가?"

운경산의 물음에 곽동량의 입술 끝이 미약하게 비틀렸다. 곽동량은 좌측 뒤쪽으로 손을 뻗었다. 운경산의 눈길이 따라갔다. 그곳에 선착장이 보였다. 곧 배는 전진한 것이 아니라 옆으로 움직인 것이었다.

"강은 하나이나 강물은 수많은 물살들이 실타래처럼 꼬여 있소. 물살을 타면 배는 빨라지고 물살을 넘으면 요동을 치는 것이 당연하지요."

"허면 굳이 왜 이곳까지?"

곽동량이 고개를 돌려 운경산을 바라보면서 또다시 의미심장한 미소를 지었다. 딱히 거부감이 드는 미소는 아니었다. 하지만 '너, 정말 아무것도 모르는구나' 하는 의미가 느껴져 얼굴이 살짝 찌푸려지는 것은 어찌할 도리가 없었다.

"첫째는 수심이오. 강변의 수심이 낮은 것은 당연하지 않겠소?"

운경산은 자신이 바보라는 듯 눈살을 찌푸리며 고개를 끄덕였다. 그러나 그 요동을 감수하면서까지 넓은 강의 중심까지 와야 하는지에 대한 의문은 쉽사리 풀리지 않았다. 그 순간 곽동량이 말을 이었다.

"물은 부드러우니 딱딱한 것을 만나면 뚫지 않고 돌아 흐르오. 결국 수심이 낮은 곳에서는 물과 맞닿는 지형과 어우러져 물의 변화도 심하오. 거기서는 물살들이 교미하는 뱀처럼 엮이고 꼬이고 비틀리지요. 그 상태라면 바닥에 선저가 닿지 않아도 배를 제어하기가 어렵소. 반면 물이 깊은 곳, 특히 지금 눈앞의 광경처럼 직선으로 뻗은 물길에서는 물살들이 나란히 흐를 뿐만이 아니라 그 속도 또한 빠르오. 일단 물살을 타기 시작하면 빠르고 안전한 항해를 할 수 있는 것이오."

들는 것만으로도 물속을 들여다보는 것 같았다. 운경산은 곽동량의 옆얼굴을 바라보며 자신이 이렇게 무력한 동안이라도 별 탈 없이 목적지에 도착할 수 있을 거라는 확신을 가졌다.

운경산은 조금 전과는 확연히 다른 여유를 가지고 주위를 둘러보았다. 조금 전까지는 하나도 보이지 않았던 주변의 풍광이 미풍처럼 눈앞에서 흘러 지나갔다.

운경산은 점차 안정되어 가는 배의 움직임에 차분히 몸을 맡기고 두 손의 도움 없이 난간에 기대섰다. 그러나 그는 잊고 있었다. 곧 알게 될 것이라는 곽동량의 말처럼, 그 진의를 알게 되는 시간이 '곧'이라는 사실을.

곽자렴은 삼협과의 인연을 타고난 사람이었다. 곽가의 원래 가업은 지금처럼 표국이 아니라 삼협을 오가는 여객들을 실어 나르는 운송업이었다. 그 탓에 곽자렴은 어려서부터 배를 탔고 약관 이전에 이미 누구 못지않은 조타 능력을 가지고 있었다. 그런 배경이 없었다면 그는 용문수로표국을 시작해 볼 엄두도 내지 못했으리라.

그럴 그두 오랜만에 잡는 선타의 느낌은 생소하고 어색할 수밖에 없었다. 그럼에도 불구하고 곽자렴은 최악의 조건 하에서 표물이 아닌 사람들을 최악의 장소까지 안전하게 데려가야 했다. 그러니 곽자렴의 뒤만 쫓으면 되는 곽동량과는 달리, 그가 느끼는 긴장감은 더 이상 당길 수 없는 시위처럼 팽팽할 수밖에 없었다.

배가 강의 중심으로 진입함으로써 잠시 긴장을 풀게 된 곽자렴은 그때서야 겨우 운녹산과 운현산을 살필 여유를 얻었다. 좌우를 돌아본 곽자렴은 출항 전의 모습과 한 치도 다름이 없는 두 사람의 자세를 확인하고 감탄에 앞서 눈살을 찌푸렸다.

'지독한 녀석들! 이만한 조건 하에 배를 타는 것은 나로서도 몇 번 경험치 못한 것인데 눈썹 하나 까딱하지 않는구나. 배는 처음이라 하지 않았던가? 자신이 아무것도 할 수 없는 상태에서 느끼는 공포는 생사를 초월한 사람이 아니라면 감당할 만한 것이 아니다. 결국 녀석들은 내색하지 않을 뿐 공포를 초월한 것은 아닐 터. 쉽지 않은 일이야. 명가가 달리 명가는 아닌가 보군.'

하지만 곽자렴도 두 사람의 손을 자세히 살피지는 못했다. 언젠가 누군가가 그들이 지금 잡고 있는 난간을 본다면 크게 의아해하리라. 왜 그렇게 찌그러져 있는지 쉽게 짐작하지 못할 테니까.

하얗게 변했던 그들의 손가락 끝마디도 어느새 제 색을 되찾았다. 그들은 서로를 의식하면서도 단 한 번도 서로의 상태를 살피거나 눈을 마주치지 않았다.

조용한 분위기 속에서 반 시진이 흘렀다. 어깨에 뭉쳐 있던 압박감을 채 풀기도 전에 곽자렴의 눈에서 다시금 긴장감이 피어올랐다. 침착하려 해도 머리가 쭈뼛거리는 공포감은 쉽게 누그러지지 않았다.

곽자렴은 두 후학들이 좌우에서 지켜보고 있음을 알면서도 소리를 내어 심호흡하기 시작했다. 그것도 모자라 입술까지 질끈 깨문 그가 낮고 무거운 어조로 말했다.

"이제 기문이오. 두 분께서는 조금 더 안전한 곳에 자리를 잡고 자세를 낮추는 것이 좋겠소."

운녹산과 운현산이 거의 동시에 서로를 응시했다. 그들도 느끼고 있었다. 배는 여전히 안정감있게 흘러가고 있었지만, 마치 무엇인가에 빨려 들어가는 것처럼, 안 그래도 빠르다 느꼈던 배의 속도가 점점 더 빨라지고 있었다.

서로의 눈빛에서 흐릿한 공포감을 느낀 두 사람은 거의 동시에 시선을 외면하고 전면을 직시했다. 확실히 강폭이 줄어들고 있었다. 멀리 보이는 협곡 사이로 빨려 들어가는 물줄기는 울퉁불퉁 튀어 오르며 서로를 앞으로 밀며 안 가려고 발버둥 치는 듯한 모습이었다.

운녹산은 이미 찌그러진 배의 난간을 굳게 움켜쥐었다. 그때 운현산이 말했다.

"형님, 내려서시지요."

운녹산은 흠칫 놀라며 운현산을 응시했다. 겁나면 내려가라는 말이 아니었다. 그의 얼굴에서 흐르는 공포감이 그대로 운녹산의 가슴에 전이되고 있었다.

운녹산은 형님이라는 말조차 되새겨 보지 못하고 고개를 끄덕였다. 두 사람은 거의 동시에 선미 높은 곳에서 내려서서 곽자렴의 맞은편, 즉 선실의 후벽에 들러붙듯 주저앉았다.

그것도 모자라 공력을 일으켜 하체를 무겁게 내리누른 두 사람이 동시에 곽자렴의 얼굴을 올려다보았다.

곽자렴은 그들을 보지 않았다. 오로지 전년만을 수시하며 지지 않겠다는 불굴의 투지를 일으키고 있었다.

"바람은 좋은 동풍. 이단까지 놎을 올려라! 단류노(斷流櫓)를 준비하고 북을 쳐라!"

곽자렴은 사자후를 터뜨리듯 힘차게 소리쳤다. 그의 목소리 속에는 지금 그의 눈빛에 흐르는 긴장이나 공포 등이 한 점도 드러나지 않았다. 듣는 순간 힘이 되고 용기가 솟구칠 구심점의 존재를 알리는 목소리였다.

둥둥둥둥둥둥둥둥…….

끼르르륵! 끼륵! 끼르르르르!

북소리와 함께 도르래 돌아가는 소리가 힘차게 들려왔다.

"우오오오! 우오오오! 어이 차!"

십수 명의 사내들이 동시에 힘을 보태어 기백을 드러내면서 연신 소리쳐 대기 시작했다. 삼협과는 반대 방향으로 돛이 부풀어 오르자 배가 뒤집어질 듯 휘청거렸다가 이내 자세를 잡았다.

운녹산과 운현산은 배의 속도에 갑작스런 제동이 걸렸음을 확연하게 느꼈다. 운현산은 기듯이 움직여 곽자렴의 발 밑으로 이동했다. 그리고 곽자렴과 같은 방향을 바라보았다.

돛은 꼭대기까지 오른 것이 아니라 중간쯤에 걸쳐져 있었다. 운현산이 생각하기에는 이상한 일이었다. 바람은 격류의 흐름을 반대하는 역풍. 돛이 크게 펼쳐질수록 바람을 많이 받아 배의 속도는 느려질 것이 아닌가.

"곽 국주, 돛을 왜 중단까지밖에……?"

배에 대해서 문외한인 그가 해야 할 질문이 아님은 알고 있었다. 그러나 돛이 올랐음에도 또다시 배의 속도가 조금씩 빨라짐에 따라 그가 느끼는 공포심도 커지는지라 자신도 모르게 입을 열고 말았다.

곽자렴이 귀찮다는 기색이 역력한 어조로 말했다.

"상단의 바람은 하단에서 받는 바람의 세 배. 잘못하면 밑은 격류에 휩쓸리고 위는 바람에 힘을 받아 작은 물살 하나에도 튕겨서 뒤집힐 수 있음이오. 대주! 지금부터는 이 늙은이의 정신을 산만하게 만드는 일을 하지 마시오."

운현산은 붉게 달아오른 얼굴로 곽자렴의 얼굴을 응시했다. 그 순간 운현산은 입을 쩍 벌리고 말았다. 물살 하나하나를 살펴도 모자랄 지금 곽자렴은 아예 눈을 감고 있었다.

'포기했단 말인가?'

생각을 떠올리면서도 운현산은 촌각도 지나지 않고 고개를 내저었다. 얼마 겪어보지 못한 곽자렴이지만 조금 전과 같은 기백은 처음 느꼈다. 그런 기상을 드러낸 인간과 포기라는 말은 아무리 엮어보려 해도 연관된 고리를 찾아볼 수 없었다.

운현산은 다시 곽자렴의 얼굴을 살폈다.

'흐름에 자신을 동화시킨다는 것인가?'

검을 쥐면 신체의 일부로 느끼는 경지에 이른 운현산이었다. 곽자렴의 얼굴에서 느껴지는 그 장엄한 기색이 신수합일(身水合一)에 이르렀음을 느끼지 못할 그가 아니었다. 조금만 침착했다면 처음부터 알아차렸을 일이었다.

'그라면 믿어도 될 터. 이제 내가 해야 할 일은 방해하지 않는 것뿐인가?'

운현산은 애초의 자리로 돌아가기 위해 고개를 돌렸다. 그 순간 운녹산의 얼굴을 마주했다. 운녹산은 그를 보고 있지 않았다. 눈을 감고 있었다. 그것은 공포에 굴복한 눈 감음이 아니라 곽자렴과 동일한 의미에서의 행위임이 틀림없어서 차분한 기운이 느껴졌다.

'이런, 녹산 형도……'

운현산도 문 내의 분위기를 파악하고 있었다. 아직 공식적인 발표가 있었던 것은 아니지만 운녹산이 소가주가 되는 것은 기정사실처럼 받아들여지고 있었다. 운현산은 운녹산이 과연 소가주가 될 자격이 있음을 확인하고 고개를 끄덕이면서도 피가 나도록 입술을 깨물었다.

운현산은 그 즉시 자리로 돌아가 가부좌를 틀고 지그시 눈을 감았다.

쏴아아아아아! 촤! 촤! 촤!

격류가 흐르는 소리, 뱃전을 두드리는 소리가 마치 그가 물에 몸담고 있는 듯 크게 느껴졌다. 몸이 휘돌았다. 숨이 가빴다. 발버둥 쳤다. 그러나 한번 빠진 의식은 거대한 뱀에 감겨서 점점 더 깊이 빠져들 뿐이었다. 눈을 뜨고 싶었다. 그러나 무언가가 그의 눈을 꼼짝할 수 없이 짓눌렀다.

운현산은 의식 속에서 격류에 휩싸이는 몸뚱이를 포기했다. 발버둥 칠수록 더 깊이 가라앉을 뿐이라는 것을 깨닫는 순간 편해졌다. 관조하듯 바라볼 수 있었던 것이다.

물소리가 사라졌다. 수면 위로 다시 떠오른 몸뚱이는 구름 조각처럼 물 위를 휘돌면서 두둥실 흘러 다녔다. 꼬이고 휘돌고 뒤덮여서 도대체 몇 줄기의 물살들인지 알 도리가 없었건만 허리를 감고 다리를 건드리며 가슴을 스치는 물살 하나하나가 낱낱이 느껴지기 시작했다.

운현산은 관조의 범위를 넓혔다. 물 위를 떠다니던 그의 육신이 어느새 배가 되었다.

'그래, 여기서 요 녀석을 넘으면……'

잘못된 판단이었다. 곽자렴은 조금 더 기다렸다가 운현산이 생각했던 그 물줄기가 아니라 그 다음에 따라오는 더 작고 안전한 물줄기를 타넘었다.

'아! 그걸 넘었다면 그 다음에는 크게 흔들렸을 거야. 그렇지! 이번에 이걸!'

그 즉시 배가 물결 하나를 넘었다.

'옳지! 이번에는…… 어? 어엇!'

그때 곽자렴의 목소리가 운현산의 귀를 두드렸다.

"돛을 하단으로! 좌측 벽수판(壁水板)을 올려라!"

그 목소리가 얼마나 다급하고 격렬한지 운현산은 눈을 뜨지 않고는 견딜 수가 없었다.

"헛!"

두 마디 헛바람 소리가 동시에 터져 나왔다. 운현산과 운녹산이 동시에 눈을 뜨고 동시에 소리친 것이었다.

노룡의 꼬리 같은 물결이 좌측에서부터 배를 덮칠 듯 허공으로 치솟는 순간 두 사람의 신형이 우측으로 한 자가량 솟구쳤다.

두 사람은 거의 동시에 천근추의 공력을 운용하여 몸을 갑판 위로 내리누르고 손바닥으로 갑판을 후려쳐 몸을 좌측으로 이동시켰다. 순간 우측으로 뒤집어질 듯 기울어졌던 선체가 안정을 되찾았다.

왼발을 크게 좌측으로 내뻗어 천근추로 배를 내리누른 자세를 유지하던 곽자렴이 흘끔 두 사람을 바라보았다. 그때 선수가 허공으로 급격하게 치솟았다.

"천근추를 푸시오!"

곽자렴의 외침에 즉각 반응한 두 사람이 몸을 가볍게 하는 순간, 뒤로 휘돌아 전복될 것 같던 배가 부서질 듯한 충격과 함께 다시 강물로 곤두박질쳤다.

운현산과 운녹산의 신형도 즉시 갑판에 맞닿았다.

"아시겠소?"

밑도 끝도 없는 곽자렴의 물음이었건만 운현산과 운녹산은 눈빛을 번득이며 그 즉시 소리쳤다.

"알겠습니다!"

그때부터 싸움이 시작되었다. 인간과 광룡의 전투. 광룡의 분노에 따라 노도가 배를 비틀고 후려치고 삼키려 할 때마다 운녹산과 운현산은 곽자렴의 행동에 맞춰 천근추를 시전하고 풀고 자리를 이동하며 사투를 벌였다.

콰아아아아아아!

광룡이 울부짖고……

둥둥둥둥둥둥둥!

북소리에 맞춰 단류노가 광룡의 혈맥을 끊고…….

"흐합!"

곽자렴과 운녹산, 그리고 운현산의 합일된 기세가 광룡의 기세를 억눌렀다.

그렇게 사투가 시작된 지 한 시진. 세 사람이 완전히 진이 빠져 녹초가 되려는 순간, 곽자렴은 최후의 기운을 모두 뽑아내어 사자후를 터뜨렸다.

"운망계가 보인다! 우측 물줄기를 쉬지 말고 끊어라!"

세차게 흐르는 격류 속에서 지류로 방향을 트는 일은 배가 옆으로 뒤집히는 것을 각오하지 않고는 할 수 없는 무모한 일이었다. 지금 곽자렴은 그것을 하려 하고 있었다.

피곤에 찌든 운현산과 운녹산의 눈빛에서 한줄기 강렬한 기세가 흘러나왔다. 분명 처음 타는 배였지만 곽자렴의 운선(運船)을 적극 도운 지금에 와서는 자신들의 역할이 어느 때보다 중요한 시기임을 직감적으로 느꼈던 것이었다.

크게 흔들리는 와중에도 배는 조금씩 우측으로 방향을 전환하고 있었다. 운현산과 운녹산은 흩어졌던 기운들을 짜듯이 모아 순식간에 천근추를 펼칠 만반의 태세를 취했다.

"북을 쳐라! 돛을 내리고 우측 벽수판을 올려라! 물 흐름을 끊어라!"

핏방울이 튈 것 같은 곽자렴의 명령이 어김없이 시행되는 순간 선타를 쥔 곽자렴의 손등에서 핏줄이 굵어졌다. 그와 함께 그의 입술에서 피가 흘러내렸다.

"어이 차!"

선타가 오른쪽으로 돌고 곽자렴의 오른발이 우측으로 크게 뻗어 나가는 순간 배가 빠른 속도로 운망계를 향해 방향을 틀었다. 순간 배의 우측 선면에 격류가 부딪치며 배가 우측으로 기우뚱거렸다. 그래도 배가 충분한 선회를 할 만큼 기울어지지 않았다.

"합!"

순식간에 배의 우측으로 신형을 이동시킨 운녹산과 운현산이 동시에 기합을 터뜨리고 천근추를 극한으로 끌어올려 배를 내리눌렀다.

뿌지지지지직, 소리와 함께 갑판이 뚫리며 두 사람의 신형이 아래로 가라앉았다. 두 사람은 그 즉시 두 손을 호조(虎爪)로 만들어 선면에 박아 넣었다.

스르르르르르륵!

언제 그리도 거센 파도를 헤치고 다녔냐는 듯, 배는 속력을 줄이며 부드럽게 운망계 속으로 빨려 들어갔다.

운망계의 물은 삼협으로 합쳐지기 위해서 내려오고, 삼협의 불어난 물은 운망계 속으로 빨려 들어감에 따라 두 물살들이 서로를 밀어내어 흐름을 없애 버린 탓이었다.

곽자렴은 배를 좌초시키다시피 모래 둑 위로 얹고 선타를 놓으며 갑판 위로 엉덩방아를 찧었다.

운녹산과 운현산이 기듯이 갑판 위로 올라와 한숨을 내쉬었다. 겨우 여유가 생긴 두 사람의 시선이 곽자렴에게 향하는 순간, 곽자렴은 바닥을 기어 선미의 난간을 붙잡았다.

운녹산과 운현산도 갑작스럽게 생각난 후위선의 안위를 떠올리며 후닥닥 뛰어 곽자렴의 옆에 이르렀다.

좁은 협곡 사이로 선수가 엿보이더니 어느새 배의 전모가 드러났다. 배가 우측으로 기울어지면서 밀렸다. 일순간 다시 중심을 잡는 것 같았다. 운경산이 젖 먹던 힘까지 다 짜내어 돕고 있을 것임에도 그리되어서는 안 되는 상황이 벌어지고 있었다. 그때 선체가 급격히 기우뚱거리다가 운망계의 입구로 머리를 디밀었다.

"후!"

곽자렴 등 세 사람이 동시에 한숨을 내쉬었다.

"어엇!"

그러나 배는 격류에 삼 분지 일의 선체를 걸친 채 옆으로 나뒹굴었다.

"갑시다."

곽자렴이 몸을 퉁겨 모래 뚝 위로 떨어져 내리는 순간 세 사람은 이미 울퉁불퉁한 벼랑의 바위들을 차며 조금씩 뒤로 밀리는 후위선으로 다가가고 있었다.

배까지 십 장 정도의 거리를 남겨두었을 때 갑판이 폭발하면서 푸른 청광이 연달아 솟구쳤다. 금의대원들이 반쯤 물에 잠긴 배의 갑판을 뚫고 튀어 오른 것이었다. 그들은 난간에 매달려 살려달라고 외치는 노수들을 하나씩 짊어지고 벼랑으로 몸을 날렸다.

그들에게 이른 운현산은 그 즉시 머릿수를 확인하고 안도의 한숨을 내쉬었다.

쿠쿠쿠쿠쿠쿠!

선체가 삐걱대다가 급기야는 묘한 소리를 내면서 점차 본류 쪽으로 움직이고 있었다. 그리고 잠시 후 완전히 삼협 본류로 빨려 들어간 배는 수차례 휘돌다가 조각조각 부서져 어느새 사람들의 눈앞에서 완전히 사라져 버리고 말았다.

'조금만 늦었더라면' 이라는 아찔한 상상을 하며 선도선으로 돌아간 사람들은 인원수를 파악하고 배의 상태를 조사했다.

난간이 부서진 몇 곳과 운녹산과 운현산이 뚫어버린 갑판 말고는 배의 상태는 전체적으로 좋은 편이었다. 그러나 후위선에서는 삼협을 뚫고 내려오면서 노수들 열 하나가 사라져 버렸고 고수(鼓手) 역시 종적을 찾을 길이 없었다.

곽자렴은 붉게 물든 눈으로 '무사히 돌아만 갈 수 있다면 죽은 자들의 가족을 위해 최선의 방책을 마련하겠다' 말하며 선부들을 위로했다.

*　　　　*　　　　*

아무도 모른다. 그들이 언제부터 그곳에서 살기 시작했는지. 그들은 그냥 그곳에서 처음부터 살고 있었다.

그들은 알고 있다. 먼 옛날 그들의 조상들은 그들이 지금 살고 있는 곳보다 훨씬 넓은 지역에 걸쳐 살고 있었음을.

그들은 천성이 착한 사람들이었다. 방대한 지역을 소유하고 있었으면서도 오만하지 않았고, 서로 사랑할 줄 알았으며, 그들에게 풍요로운 삶을 주신 신들을 경배할 줄 아는 경건함을 지닌 사람들이었다.

그들보다 '조금 더 하얗고 코가 조금 더 큰 이들'이 애처로운 눈빛으로 터전의 한 귀퉁이에 살 수 있게 해달라고 청했을 때, 그들은 환하게 웃으며 맞이했다.

조금 더 하얗고 코가 조금 더 큰 사람들이 소문을 듣고 하나둘씩 찾아와서 이미 한 마을을 이루었을 때, 그들은 자신들이 사는 땅을 줄여가며 함께 풍요로움을 나누었다.

그러다가 시비가 붙었다. 스스로 중화인(中華人)이라고 부르는 그들은 원래부터 그 땅의 주인이 자신들이라며 더 많은 땅을 원했다. 더불어 사는 땅이니 함께 나누자고 양보도 해보았지만 그들의 대답은 오만한 것이었다.

"빌어먹을 미개인들아! 여기는 중화인들의 땅이다. 우리 땅에서 얼른 사라져라. 그렇지 않으면 다 죽여 버리겠다!"

자연신이 베풀어주는 대로 자신의 삶을 영위하던 그들은 서슬 퍼런 도검과 창 앞에서 힘없이 물러설 수밖에 없었다.

그들은 곡식을 거두던 드넓은 평야에서 쫓겨나고, 고기를 얻고 목축을 하던 푸른 초원에서도 쫓겨나서 결국에는 그들이 지배하던 땅 가운데서 가장 척박한 고원 위에 자리 잡았다.

그 땅도 여전히 넓기는 했다. 그러나 워낙 척박하여 신이 베풀어줄 수 있는 것이 턱없이 부족했다.

결국 그들은 가족을 먹여 살리기 위해 고원을 내려와야 했다. 고원과 마찬가지로 아무도 살지 않는, 오직 그들의 조상신들만이 영면에 들어 있는 그 강가로 내려와 고기를 잡았다.

그러다가 그들은 한 사람을 만났다. 그 역시 조금 더 하얗고 코가 조금 더 큰 사람들 가운데 하나였으나, 그들의 현명한 조상신들이 경고했던 그들과는 달랐다.

젊지도 늙지도 않았던 그는 열정적이었고 신념에 가득 차 있었으며 과거 그들의 조상이 난폭한 이족들에게 그랬던 것처럼 그들을 친절하게 대했다.

가족들에게 조금이라도 나은 삶을 주기를 바랐던 그들은 천성이 시키는 대로 곽자렴이라고 불리는 이족인의 제안을 고맙게 받아들였다.

강산이 한 번 변하고 또 몇 해가 지났으나 그들 가운데 현명한 몇몇 노인들이 걱정했던 일들은 결국 일어나지 않았고, 그들은 곽자렴이라는 사람과 더불어 이족인들이 문명이라 부르는 것들의 혜택을 나누었다.

그들은 행복했다. 자연신께서 주시는 것들과 곽자렴이 제공해 주는 것을 부족들 모두와 함께 나누며 하루하루를 즐겁게 살아갔다.

그런데 그 일이 일어났다. 이족인들이 흔히 말하는 것들 가운데 호사다마(好事多魔)라는 말처럼, '조금 더 하얗고 코가 조금 더 큰 이들'과 관계를 갖지 말고 살라는 조상신들의 말을 무시한 대가가 찾아왔던 것이다.

인간을 믿고 살아가는 착한 그들도 처음에는 피 보기를 두려워하지 않고 반항하고 울부짖어 보았으나, 결국에는 칼의 위협에 굴복해 어쩔 수 없이 그들이 유일하게 믿고 의지하던 곽자렴을 배신하고 말았다.

'조금 더 하얗고 코가 조금 더 큰 이들'이 늘 하던 그 짓을 그들 스스로 행하고 만 것이었다.

피가 마르는 심정으로 기다리던 부락의 아녀자와 아이들이 이레 전에야 돌아왔다. 기쁨을 노래하여야 할 마을의 장정들은 그들을 부둥켜안으며 하나같이 분노의 눈물을 흘렸다.

피골이 상접한 육신에 생기가 사라진 눈빛은 그나마 감당할 수 있었다. 그러나 생환과 재회의 기쁨을 표현할 수조차 없는 정신의 파괴만은 묵과할 수 없는 일이었다.

그래도 부앙초소이는 친구들에 비하여 그나마 나은 편이었다. 적어도 그의 아내와 여덟 살 된 아들은 살아서 돌아왔고, 시간이 흐르면 치유될 수 있다는 희망이 있었다.

그러나 끌려간 여든다섯 명의 아녀자와 아이들 가운데 아홉은 끝내 돌아오지 못했다. 가족을 잃은 친구들의 울부짖음은 아직도 부앙초소이의 귓전에서 맴돌고 있었다.

부앙초소이는 닷새 동안 아내와 아이들의 건강을 회복시키기 위해 최선을 다했고 결과는 만족스러웠다. 아내가 거동을 시작하고 아이는 흐릿하게나마 미소를 지어주었다.

그때서야 부앙초소이는 친구, 동료들과 함께 부락 밖으로 나가 그가 곧 해야 할 일을 위해 바쁘게 움직였다. 한족들이 오보추혼사(五步追魂蛇)라고 부르는 붉은 반점이 난 뱀 몇 마리를 잡기 위한 그 작업은 겨우 반나절 만에 끝났다. 그리고 적절한 크기로 자란 꼿꼿한 대나무를 구하는 것은 촌각의 시간이 필요했을 따름이었다.

밤이 되어 부락에서 가장 큰 족장의 집 앞에 모여든 장정들은 부는 화살촉과 죽창, 그리고 곽자렴으로부터 얻은 묘도에 독을 흠뻑 묻혀 두고 우기임을 고려하여 유지로 싸두었다. 바로 어제 저녁의 일이었다.

부앙초소이는 아내와 아이들이 돌아온 이래 처음으로 아내의 가슴에 얼굴을 묻은 채로 숙면에 빠져들었다가 새벽에야 일어났다. 아내와 아이들은 생기가 감도는 얼굴로 단잠에 빠져 있었다.

부앙초소이는 아내와 아이의 머리맡에 무릎을 꿇고 앉았다. 그리고 무릎 사이로 두 손을 꽂은 채 아내와 아이들을 멍한 눈빛으로 바라보았다.

'가기 싫다. 아니, 며칠만 미뤘으면 좋겠어.'

그럴 수 없다는 것을 알고 있었다. 자신의 보호 아래 있는 사람에게 채찍질을 하고 자신이 사랑하는 사람에게 침을 뱉은 놈들이 누구인지 알면서도 침묵할 수는 없는 일이었다. 그가 존경하는 타이순과 친구 넷의 목숨을 격류 속에서 잃게 만든 놈들을 용서할 수는 없는 일이었다.

무엇보다도 먼저 그들을 믿음으로 대해준 사람들을 배신하게 만든 놈들에게 복수를 하지 않는다면, 부족의 잃어버린 명예는 영원히 되찾지 못하리라.

부앙초소이는 조용히 집을 벗어났다. 정수리와 어깨와 가슴에 연이어 떨어진 빗방울에서 섬뜩한 한기를 느낀 부앙초소이는 가볍게 진저리를 침으로서 기분 나쁜 기운을 떨쳐 버렸다.

추운 것은 아니었다. 겨울이 아니라면 한 조각 천으로 치부를 가릴 뿐인 부앙초소이가 한기를 느낄 까닭이 없었다.

기분 탓이리라. 오늘부터 그가 해야 할 일과 겪어야 할 일에 대한 두려움과 뒤에 남겨두어야 할 사람들에 대한 걱정이 한꺼번에 뒤엉켜 부앙초소이로 하여금 몸을 떨게 만든 것이리라.

부앙초소이는 미련이 가득한 눈빛으로 담과 방이 따로 없는 자신의 작은 집을 바라보았다. 아내와 아이의 얼굴이 보고 있는 것처럼 생생하게 떠올랐다.

부앙초소이는 입술을 깨물면서 집을 외면했다. 이미 생기를 되찾아버린 아내와 아이의 얼굴은 그의 복수심을 무디게 할 뿐이었다.

부앙초소이는 재회 당시의 그 처참했던 아내와 아이의 얼굴을 떠올렸고 항상 웃음으로 대해주었던 만자강과 휘하의 표사들이 당했을 죽음의 참담함을 상상했다.

부앙초소이는 비장한 얼굴로 토왕묘(土王廟)를 향해 걸었다. 토왕묘는 '유쾌한 이리' 라는 의미인 자신의 이름 상초소이를 '성난 이리' 라는 뜻의 부앙초소이로 바꾸고 복수의 맹세를 했던 곳이었다. 그곳이야말로 약해지려는 자신의 마음을 다시 한 번 더 예리하게 갈 수 있는 장소라고 생각한 것이었다.

부앙초소이는 마음을 다지듯 나지막하게 전사의 노래를 불렀다. 시작은 혼자였지만 부앙초소이 홀로 부르는 노래가 아니었다. 노랫소리가 그의 뒤에서 들려왔고 다른 목소리가 옆에서도 들려왔다.

부앙초소이는 어느새 자신의 옆에 다가와 그의 어깨를 두드리는 친구들에게 일일이 얼굴을 맞대었다.

부앙초소이는 그들의 눈에서 자신의 눈을 보았다. 두려움을 숨기지 않는 동시에 불타오르는, 그러나 경건한…….

제 5 장

하늘이 우는 이유는 결말을 아는 까닭이다

하늘이 우는 이유는 결말을 아는 까닭이다

방이라 부르기에는 너무 컸고 대전이라 부르기에는 작은 기이한 분위기의 공간이었다. 원통형의 그 공간에 걸려 있는 몇몇 그림들은 하나같이 불을 소재로 한 것들이었고 그 그림들의 틀은 몇 안 되는 가구들과 마찬가지로 하나같이 철제였다. 바닥이 흙으로 되어 있다는 것과 창문이 하나도 없다는 것 역시 그 방의 특이함을 두드러지게 만들었다.

그곳 중앙의 텅 빈 장소에 다섯 사람이 모여 있는데, 그들은 그 장소보다도 너 기이한 분위기를 풍겼다.

부드럽게 느껴지는 얇은 황견의(黃絹衣)를 입고 같은 재질의 몽면(蒙面)으로 얼굴을 반쯤 가린 여인이 공간의 정중앙 흙 위에 앉아 있었고, 그녀의 동쪽으로는 청의(靑衣)를 입은 깡마른 장년 사내가 얼굴과는 어울리지 않는 묘한 미소를 짓고 있었으며, 서쪽에는 백의(白衣)를 입은 중년인이 백광이 유독 두드러진 눈에 살기를 가득 담고 서 있었다. 그리고 남쪽에는 왠지 화난 것 같다는 느낌이 드는 적의적발(赤衣赤髮) 중년인이 있으며, 북쪽에는 홀로 얇은 철 항아리에 술인지 물인지 모를 액체를 그득 담아서 앞에 놓아두고 철판을 바닥에 간 채 철 신발을 신은 흑의청년이 천진난만한 미소를 짓고 서 있었다.

그러한 배치만으로도 기이하다 할 것인데, 더욱 이상한 것은 중앙에 앉은 여인을 정점으로 네 사람이 하나같이 일 장 간격을 유지하고 있다는 것이었다.

중앙의 여인이 편지인 듯싶은 종이 한 장을 무릎 위로 내려놓으며 말했다.

"사제들, 금혼기(金魂旗)가 마무리를 맡으라 하시는구나."

그녀의 온화한 음성이 사라지는 순간, 그녀와 마주 보고 서 있던 남쪽의 적의중년인이 붉은 머리카락을 곤두세우며 한 걸음 앞으로 다가섰다.

"사저, 너무하지 않소? 사저는 전체를 총괄하고 있고 막내는 이미 재미를 보았으니 괜찮을지 몰라도, 나와 목 사형은 뭐가 되오? 더군다나 지리적 이점을 생각해 보면 나와 목 사형이 나서는 것이 타당하지 않소?"

적의중년인은 동쪽의 깡마른 청의장년인에게 동의를 구하듯 고개를 돌렸다. 그때 백의사나이가 살기를 번득이며 위협적으로 말했다.

"화 사제, 너무 다가왔군. 기분이 나빠지고 있어."

적의사내가 실수했다는 듯 얼굴을 찡그리며 원래 그가 서 있던 자리로 급히 돌아갔다.

"미안하오. 막내 녀석과 마주 보는 상황이니 일부러 그런 것이 아님은 아시지요?"

백의사내가 묵묵히 고개를 끄덕이는 순간 황의여인은 눈가에 떠돌던 흐릿한 미소를 지우고 대신 아쉬움을 드리웠다.

"화 사제가 다가오면 기분 좋은데……."

황의여인이 적발중년인에게 눈웃음쳤다.

이번에는 깡마른 청의사내가 웃으며 말했다.

"화 사제 말이 맞지. 밀림에서야 나나 사저가 아니라면 화 사제가 오히려 어울리지. 더군다나 금의대라며? 그런데 금 사제를? 금 대 금이면 시끄럽고 깨지는 게 많지 않겠어? 사저, 나하고 화 사제가 조용히 처리하고 올 테니까 우리를 보내주오."

백의사내가 안 그래도 살기 넘치는 눈을 치뜨며 청의사내에게로 한 발 다가서서 차갑게 소리쳤다.

"명령은 내게 떨어졌소! 내가 가오!"

순간 청의사내가 미소를 버리고 눈살을 찌푸리며 말했다.

"금 사제, 물러서라! 짜증나는군."

북쪽에 서 있던 흑의청년이 얼굴에 흐릿한 아쉬움을 표하는 순간 백의사내는 눈에서 번득이는 살기를 줄이고 뒤로 한 발 물러섰다.

"미안하오. 화 사제 때문에 안 그래도 물러서려 했소. 어쨌든 목 사형은 몰라도 화 사제가 금의대의 상대로 적합하다는 것은 억지에 불과하오. 우기(雨期)요. 하늘이 화 사제를 말리거늘 그 무슨 말씀이시오."

청의사내가 고개를 저으며 말했다.

"그래, 생각해 보니 화 사제가 나설 시기는 아니군. 여하간에 밀림에서라면 내가 적격인 것은 사실이 아니냐?"

그때 적의중년인을 향해 여전히 눈웃음 치고 있던 황의여인이 두 손을 좌우로 벌려 시비를 종식시켰다. 그녀가 다시 적의사내에게 눈웃음을 치며 말했다.

"나야 화 사제가 말하는 것이면 모두 들어주고 싶은 사람이야. 그러나 명령은 명령! 게다가 무력이라면 금 사제의 금혼기가 우리들 가운데 최강! 이번 일의 마무리는 명령대로 금혼기가 맡는다. 단, 비후방(飛猴幇)에서 정면대결을 해야 한다. 금 사제도 명심해 둬. 도움은 없어. 홀로 남게 되는 경우라도 반드시 살아 돌아와야 해. 난 그 자리가 비는 것을 원치 않아."

아무런 감정도 담기지 않은 어조로 말을 끝낸 황의여인은 무릎에 놓여 있던 편지를 펼쳐진 그대로 백의사내에게 던졌다.

빳빳한 그대로 마치 지도(紙刀)와 같이 날아간 편지를 백의사내는 아무런 무리 없이 받아 읽었다. 그는 그것을 품에 갈무리한 후에 부드러운 눈빛으로 황의여인을 바라보며 말했다.

"알겠소."

웃음 띤 얼굴로 시종일관 듣기만 하던 흑의청년이 말했다.

"다 끝났지요? 난 이만 갑니다."

그는 대답도 듣지 않고 앞에 둔 철 항아리와 철 발판을 그대로 놓아둔 채 뒤로 몸을 날렸다. 그 순간 청의사내도 거의 동시에 뒤로 몸을 퉁겨 여인으로부터 떨어졌다.

황의여인이 적의사내에게 말했다.

"화 사제는 조금 더 놀다 가지 그래?"

적의사내가 고개를 저었다.

"오늘은 그럴 기분이 아니오, 사저."

황의여인이 눈빛에 아쉬움을 드리웠으나 이내 고개를 끄덕였다.

적의사내마저 떠나고 이상한 공간에 오직 두 사람만 남게 되자 백의사내가 여인에게 다가섰다. 그가 살기를 완전히 죽이고 여인에게 말했다.

"사저, 나는 시간 많소. 가끔은 나도 보아주시오."

황의여인은 눈가에 조소를 띠며 고개를 흔들었다.

"금 사제하고는 일없다니까. 그만 좀 지분거려."

"왜 이렇게 내 마음을 몰라주오? 정녕 내가 화 사제를 죽여 버려야 겠소?"

백의사내가 금안에 안타까운 심정을 그득 담아 말했으나 여인의 눈빛은 차가웠다.

"쓸데없는 소리 그만 하고 나가줘. 기운 빠지니까."

백의사내는 원망스럽다는 눈빛으로 여인을 바라보다가 천천히 돌아서서 문으로 다가갔다.

여인은 멀어지는 백의사내의 뒷모습을 바라보다가 고개를 저으며 중얼거렸다.

"나도 금 사제가 싫지는 않아. 하지만 화 사제가 더 좋은 걸 어쩌란 말이야? 그래, 주책이라고 비난하려면 해. 하지만 사제도 우리가 배운 바 무공에 따라 삼성이 살린다는 걸 느끼고 있잖아."

*　　　　*　　　　*

겨우 비를 피할 곳을 찾아 밤을 지내고 새로운 아침을 맞이했다. 건량으로 식사를 마치고 다시 길을 나설 때 곽자렴은 이미 남은 여정이 반나절 이상 소요될 것이라 말했다. 그러나 아무것도 변하지 않는 여로(旅路)에 운가 사람들은 아침부터 짜증 어린 표정을 드러냈다.

우려했던 폭우가 쏟아지지 않는 것이 그나마 다행이었다. 여정은 폭우가 한팔 거들지 않아도 이미 힘들었다. 엊저녁에 쏟아 붓듯 내린 폭우만으로도 산길은 발을 옮기기조차 힘들 정도로 질퍽거렸다. 걸음을 옮길 때마다 발등에 엉어지는 진흙의 무게는 계속 무거워져 갔다.

슈욱!

일행의 선두에 서서 길을 트는 운명산이 신경질적으로 묘도를 휘둘렀다. 한줄기 서늘한 청기가 전방으로 이 장이나 뻗어 나가며 지나치는 모든 것들을 베어버렸다.

"형님! 말 못하는 초목에 대고 청룡무상도라니 너무하는 것 아니에요? 아침부터 너무 힘 빼지 말자구요."

운명산과 한 조를 이룬 금의대의 막내 운추산이 말했다.

"갑갑해! 어제 간 길을 또 가는 것도 아닌데 어째서 달라지는 게 하나도 없는 거야? 짜증나."

성격 급한 운명산에게는 확실히 답답한 환경이었다. 암석군으로 이루어진 검각산이라면 호랑이처럼 활보하고 다녔으련만, 삼협의 남쪽 무산 끝자락은 반 보 걷기도 힘들 만큼 나무와 풀들이 많았다.

손바닥만한 잎사귀들을 무성하게 달고 있는 동백나무와 같은 활엽수는 물론이고, 얼굴에 닿으면 절로 찌푸려지는 금전송 같은 침엽수도 다수 있으며, 다리를 거는 덩굴들과 무릎을 건드리는 풀들도 많았다. 거기다가 지겹게도 비까지 추적추적 내리고 있으니, 생각해 보면 운명산의 짜증 어린 행동은 이미 예정된 것이기도 했다.

운명산은 주변으로 진흙들을 마구 튀기면서 전진하여 다시 도를 휘둘렀다.

운추산은 낮게 혀를 차며 중얼거렸다.

"쯧쯧. 죄없는 나무들만 불쌍하지. 누가 금의대의 활화산 아니랄까봐…… 하기야 명산 형님이 저래 준다면 나야 편하지."

어깨를 으쓱 치커 올린 운추산은 얼굴에 튄 진흙을 닦아내고 편안하게 운명산의 뒤를 따랐다.

운추산의 뒤로 운경산과 나머지 금의대원들이 좌우의 무성한 수림을 예리한 눈빛으로 살피며 따랐고, 그 뒤로 곽자렴과 운녹산, 운현산이 보조를 맞추며 차분한 걸음으로 움직였다.

"곽 대협, 길 끊어진 지 오랜데, 방향을 제대로 잡고 있는 것이 맞습니까?"

운현산이 고개를 갸웃거리며 물었다.

처음부터 운녹산과는 달리 예의 바른 언동을 유지하던 운현산이었지만, 지난 며칠 동안의 언동에서는 곽자렴이 쉽게 느낄 수 있을 정도로 진심이 느껴졌다. 그것은 운현산에게만 한정된 것은 아니었다. 운녹산에게도 미약하나마 변화의 흔적을 찾을 수 있었다.

곽자렴은 자신을 대하는 그들의 언동이 왜 변했는지 그 이유를 알수 없었지만 그 시기만은 어렴풋이 느끼고 있었다. 배가 구당협에 들어선 이후부터의 일이있다.

곽자렴은 자각하지 못해도 두 사람은 그때 곽자렴이 돈벌이에 정신이 팔린 노회한 무인이 아니라 자신의 분야에서 일가를 이룬 전문가임을 깨달았고 더불어 그가 아직 무인의 기백을 잃지 않았음에 탄복한 것이었다.

곽자렴은 운현산의 호의가 담긴 음성에 내심 의아해하면서도 우선 흐릿한 미소를 지었다. 그리고 즉시 바닥을 찍어 허공으로 솟구쳤다. 큰 나무들의 가지와 잎사귀들이 펼친 그물 사이를 유유히 뚫고 아무런 장애가 없는 삼 장 높이에 도달했다.

잠시 후, 아무런 소음도 없이 부드럽게 제자리로 돌아온 곽자렴이 운현산의 물음에 대답했다.

"방향은 맞소. 이 사람이 겨우 네댓 번 토가촌을 방문했을 뿐이라 토가족처럼 산길을 제대로 꿰고 있지는 못하나, 분명히 기억하는 것은 몇 가지 있다오. 운망계에서 사천과 호북의 경계를 따라 남서쪽으로 사흘을 가다 보면 비후봉이 보이오. 그곳을 기점으로 북서쪽 숲은 토가족, 남동쪽 숲은 묘족들이 군락을 이루어 살고 있다 들었소. 살펴보니 가는 방향으로 비후봉이 보이더이다. 늦지 않은 오후면 도착할 수 있을 것이오."

곽자렴의 대답을 들은 이는 운현산만이 아닌 것 같았다. 운현산이 안도의 미소와 함께 고개를 끄덕이는 순간 그의 앞과 뒤에서 십여 마리 녹학들이 분분히 허공으로 치솟았다. 가히 군학충천(群鶴沖天)이라 할 만한 장관이었다.

후두두두두둑!

잔가지들이 부서져 비가 되어 떨어지는 순간 십여 명의 금의대원들이 곽자렴과 운현산의 시야에서 사라졌다. 한순간이지만 사방이 탁 트인 곳에 이른 금의대원들은 허공을 유영하듯 떠돌면서 시야의 자유를 맘껏 누렸다.

전방의 먼 곳까지 시선을 옮기자 듬성듬성하게 돋은 산봉우리들 가운데 원숭이가 솟구치는 듯한 형상이 확연한 봉우리 하나가 발견되었다.

비후봉을 확인한 대원들은 허공에서 몸을 휘돌려 천천히 낙하하면서 자신들이 빠져나온 숲의 구멍들을 되찾아 원래의 자리로 돌아왔다.

"전방 백여 리! 힘들 내자구!"

누군가가 유쾌한 목소리로 소리쳤다.

백여 리. 평지라면 경공을 펼쳐 반 시진이면 넉넉히 도달할 수 있는 거리였다. 앞이 보이지 않을 정도로 장애물이 많다는 것을 상기하면 몇 배의 시간을 더 잡아야겠지만, 어쨌든 눈대중할 수 있는 거리 안에 목표가 있다는 것만으로도 일행의 가라앉았던 분위기를 일신하는 데에는 충분했다.

운명산의 뒤를 한가롭게 따르기만 하던 운추산도 묘도를 휘둘러 도기를 일으켰다. 숲이 비명을 지르는 것에는 아랑곳하지 않고 한동안 두 사람이 앞서거니 뒤서거니 하면서 길을 텄다.

뒤쪽에 있던 두 사람이 다시 그들을 추월하여 묘도를 휘둘렀다. 그렇게 두 사람씩 번갈아가면서 선도하자 행군의 속도가 세 배 이상 빨라지기 시작했다.

숲의 생령들은 울부짖기 시작했다. 오만한 인간의 기세에 눌려 숨을 죽이고만 있었는데 이제 삶의 터전을 무자비하게 파괴하기 시작하자 숲의 거주자들은 울분이 맺힌 저주를 내뱉으며 금의대로부터 멀어지려고 발버둥 쳤다.

그러나 금의대는 멈추지 않았다. 그들은 밀림이라는 열악한 환경에도 불구하고 경이적인 속도로 전진했다. 단 두 시진만에 숲길 일백 리를 관통하고서 방향을 틀었다.

곽자렴은 지칠 줄 모르는 금의대의 체력에 찬탄하고 나서 문득 자신의 시대는 이미 끝났음을 확인하고 탄식했다. 원하지 않는 일이었으나 불가피한 일이었다.

곽자렴은 고개를 틀어 지친 기색을 드러내지 않고 묵묵히 걷고 있는 곽동량의 옆얼굴을 바라보았다.

늘 어리고 부족하다 생각했었다. 더 가르치고 더 경험할 수 있도록 이끌어야 한다고 생각했던 아들이었다. 그러나 생각해 보니 곽동량의 나이도 벌써 서른넷. 함께 움직이는 금의대의 그 누구보다도 어리다고 할 수 없었다. 세월은 이미 그를 시대의 주역으로 내세우고 있는 것이었다.

'물러나라는 하늘의 뜻이로다. 그래, 이번 일을 끝맺는 대로 저놈에게 자리를 넘겨야지. 허허허! 그런데 물려줄 것이나 있으려나?'

곽자렴이 자조적인 웃음을 흘렸다.

*   *   *

느안카이라는 이름은 원래 '날쌘 원숭이' 란 뜻이었다. 그러나 토가족에게 그 일이 생긴 이후로 느안카이는 자신의 이름을 고쳤다. 이제 그는 '분노한 날쌘 원숭이' 라는 뜻의 부앙느안카이가 되었다.

부앙느안카이는 이름처럼 얼굴에 분노한 기색을 역력히 드러내고 있었다. 그러나 그는 자신과 더불어 사는 생명들을 위해 발걸음 하나하나마다 주의를 늦추지 않았다. 가끔은 어쩔 수 없이 더불어 사는 생명들을 죽이기도 하지만 그것은 신께서 그들에게 불가피하다고 허락한 일이었다.

유지에 싼 묘도를 들고 있으면서도 거추장스러운 넝쿨과 풀마저 조심스럽게 걷어내고 이동하던 부앙느안카이가 문득 하늘을 올려다보았다.

얼굴 위로 떨어진 물방울들이 조금 전과는 달리 무게가 느껴졌다.

토왕신과 조상신들께 두려움을 맡겨두고 마을을 떠날 때는 드문드문 떨어지던 빗방울이 차츰 굵어지기 시작한 것이었다.

부앙느안카이는 흐릿하게 미소 지으며 중얼거렸다.

"신께서 돌보시는구나. 비여! 쏟아져라. 우리의 모습을 숨겨다오."

부앙느안카이는 오른쪽 어깨에서 따뜻한 기운을 느꼈다. 지금 그는 신의 허락을 얻고 생명을 해치러 가는 길이어서 신경이 잔뜩 곤두서 있었다. 그럼에도 불구하고 부앙느안카이는 그 기운을 경계하지 않고 차분히 고개를 돌렸다.

부앙느안카이에게는 아내와 자식들만큼이나 소중한 사람의 손이 그의 어깨 위에 놓여 있었다. 그와는 늘 함께 다녔다. 그가 존경하는 타이순이 신으로도 그 존재를 바꾸지 못하고 장강을 떠돌게 된 그날도 함께했었다. 바로 부앙초소이였다.

부앙초소이가 말없이 하늘을 올려다보고 다시 부앙느안카이를 바라보았다. 그의 입가에서 흐릿한 미소를 발견한 부앙느안카이는 동질의 미소를 지으며 고개를 끄덕였다.

찌르르르르르르.

부앙느안카이가 풀벌레 우는 소리를 내면서 하늘로 손을 뻗었다가 앞으로 내뻗고 다시 걷기 시작했다. 부앙초소이가 그의 뒤를 경계하며 따라붙었다. 순간 부앙느안카이의 좌우와 뒤에서 풀잎 스치는 낮은 소리가 파도쳤다. 그래도 숲은 놀라거나 울분에 찬 저주를 뱉어내지 않았다.

그렇게 소리없이 전진하기를 두 시진. 부앙느안카이는 보지 않아도 알고 있었다. 조금만 더 가면 자연이 거의 다 왔다고 말해 주는 장소가 나타나리라. 그곳을 돌아 다시 동쪽으로 반 시진만 더 가면 신의 분노를 산 이들이 모여 있는 이상한 마을이 나오리라.

그곳에 이르면 부앙느안카이는 부앙초소이와 함께 그들에게 신의 벌을 내릴 것이다. 그리고 사랑하는 아내와 딸의 영혼을 달래어 조상신들이 숨 쉬는 곳으로 인도할 것이다. 그 일을 끝내야만 남은 날을 살아갈 수 있으리라.

부앙느안카이는 처연해지려는 눈빛을 가다듬어 단호함을 되찾았다.

쏴아아아아아아아!

굵어진 빗방울이 폭우가 되었다. 그래도 부앙느안카이는 머리카락을 타고 흘러내린 빗물을 달게 삼켰다. 미약하던 풀잎 스치는 소리마저 빗소리 안으로 스며들었으니, 그와 동료들이 하려는 일은 예상보다 눈물을 덜 흘리고 끝날 수도 있으리라.

부앙느안카이는 조금 더 속도를 내기 시작했다.

첩첩첩첩첩첩첩!

좌우의 가까운 곳에서 물 밟는 소리가 경쾌하게 들렸다. 지금 같은 속도로 가다 보면 일각 안에 자연의 이정표에 이를 것이고 다시 반 시진이면 이상한 마을 앞까지 당도할 수 있으리라.

그 순간 부앙느안카이의 두 귀가 움찔거렸다. 그의 두 귀는 토가족 사람들이 몇 손가락 안에 꼽는 그들의 보물 가운데 하나였다.

신의 허락을 받아 자연의 일부를 얻으려 할 때면 언제나 그가 앞장섰다. 그의 두 귀가 알려주는 방향에 가면 반드시 얻어야 할 것이 있었다. 오직 그 한 가지 이유로 부앙느안카이는 사냥을 나설 때면 언제나 선두에 서왔다.

부앙느안카이는 안색을 굳히며 주먹을 쥔 채 허공을 내지르는 동시에 풀벌레가 되어 울었다. 물 밟는 소리가 순식간에 사라지고 오직 빗소리만이 공간을 메웠다.

부앙느안카이는 창을 바닥에 내려놓고 쪼그리고 앉았다. 그리고 두 손을 귀 뒤쪽에 붙이며 눈을 감았다. 그의 두 귀는 숲이 내는 모든 소리를 한꺼번에 들었다가 하나씩 걸러내기 시작했다.

폭우 소리를 먼저 지워 버리고 바람에 흔들리는 나뭇잎 소리를 지우며 풀잎에 떨어졌다가 다시 바닥으로 떨어지는 물소리까지 구분해 내었다.

그래도 남은 소리가 있었다. 그 소리는 결코 자연이 만들어내는 소리가 아니었다. 아직은 낮지만 선풍이 이는 듯한 세찬 바람 소리, 그러나 자연이 만들어내는 선풍 소리와는 이질적인 소리. 그 뒤로 연이어 들려오는 물방울 튀는 소리. 그리고 웅얼거리는 듯한 소리.

심상치 않은 그의 행동을 지켜보던 부앙초소이는 마침내 차갑게 불타오르는 부앙느안카이의 두 눈을 확인했다. 부앙초소이는 전방으로 뻗어 나가는 부앙느안카이의 손을 보는 순간 전신으로 차가운 기운을 드러내며 고개를 끄덕였다.

부앙초소이는 놀란 뱀처럼 은밀하고 빠른 몸놀림으로 질펀거리는 숲을 헤쳤다. 보이지도 않으련만 너무나 당연한 것처럼 돌을 밟아 물 튀기는 소리를 피하고 노루처럼 펄쩍 뛰어 넝쿨과 나무와 풀잎 사이사이를 지나서 삼십여 장을 전진했다.

부앙초소이가 갑자기 걸음을 멈췄다. 두 눈을 예리하게 빛내며 조심스럽게 몸을 낮췄다. 바닥에 엎드려 몸을 좌우로 연신 비틀어 아예 차가운 진흙 속으로 반쯤 파고든 후에 가쁜 호흡을 낮추고 늦춰 서서히 자신의 존재를 죽였다.

나뭇잎 사이로 멀리 번개가 치는 듯 일순간 청광이 번득였다가 사라

지고 다시 바람 소리가 세차게 들렸다가 사라졌으며 풀잎과 나무들이
비산했다가 산산이 흩어졌다. 그리고 거리를 좁혀 다시 같은 현상이
반복되었다.

그 뒤로 다른 소리가 들렸다. 말소리. 그러나 부앙초소이가 쓰는 말
이 아니라 조금 더 하얗고 코가 조금 더 큰 인간들의 말이었다.

부앙초소이는 전 신경을 귀에 모아 말소리를 들으려고 애썼다. 그
역시 대충은 알아들을 수 있는 말인 까닭이었다. 그러나 들리는 것은
말이라기보다는 상소리에 가까워서 따로 내용을 거를 만한 것이 없었
다.

부앙초소이는 갈등했다. 조금 더 많은 정보가 필요했다. 도대체 몇
사람이나 되는지, 어떤 형태로 다가오는지 등등. 하지만 전진해 오는
속도가 너무 빨랐다. 그가 원하는 정보를 얻기도 전에 마주칠 공산이
컸다.

부앙초소이는 입술을 깨물고 조용히 몸을 일으킨 후에 다시 민첩하
고 은밀하게 왔던 길을 되짚었다. 그가 부앙느안카이에게 이르렀을 때
는 이미 일곱 명의 동료들이 모여 있었다.

"말소리가 코 큰 놈들이야. 너무 빨라서 제대로 살피지 못했어. 발
소리는 스물 이상. 기운은 강했어."

부앙초소이가 간결하고 긴박하게 소곤거리자 모두가 그들 가운데
가장 연장자인 듯한 장년인을 바라보았다. 그가 물었다.

"나는 원숭이 놈들이겠지?"

모두가 한결같이 고개를 끄덕였다.

지금 그들이 있는 곳은 조금 더 하얗고 코가 조금 더 큰 사람들로부
터 비켜달라는 요구를 받지 않는 오지였다. 아예 그들이 발을 들이지

도 않는 땅이었다. 수림 안에는 오직 토가족과 묘족만이 자리해 있으며, 숲을 막 벗어난 서쪽 고원에 이르러서야 나는 원숭이라 자칭하는 인간들의 이상한 마을이 있었다.

의심할 여지가 없었다. 장정들이 마을을 비운 사이에 패악을 부리고 사람들을 납치해 갔다가 다시 돌려줘 놓고 왜 다시 오는지는 알 수 없었지만, 나는 원숭이 놈들이 아닌 다른 누구로 짐작할 까닭이 없었다.

사실 나는 원숭이들은 극히 호전적인 도적으로 알려졌으나 숲에는 들어오지 않았다. 그것은 묘족이나 토가족이 무서워서라기보다는 감수해야 할 위험과 노력에 비해 얻을 것이 없는 탓이었다.

그들은 오히려 그들의 이상하게 생긴 마을로부터 시작되는 넓은 고원에 널리 분포한 그들의 동족들을 괴롭히며 사는 인간들이었다. 그래서 토가족의 장정들은 평소에 그들에 대해 별다른 경계 없이 마을을 비우고 다녔던 것이었다.

재차 생각하고 다른 가능성을 더듬어보아도 의심의 여지가 없었다. 무엇이든 최초의 한 번을 넘긴다면 되풀이하는 일은 수월해지는 법. 나는 원숭이들이 아니라면 토가족들이 숨은 듯 살아가는 오지에서 하얗고 코가 좀 더 큰 인간들을 떼거리로 만날 일은 아예 없다고 생각해도 무방하리라.

연장자는 부앙초소이를 응시하며 다시 물었다.

"대형은 짐작이 가나?"

"오직 한곳에서 소리가 나는 것으로 보아 뱀형 같았습니다."

"뱀형? 좋아. 중앙을 비우고 좌우로 흩어져 에워싼다. 내 신호로 일제히 공격!"

아무도 토를 달지 않았다. 그들은 살인에 대한 두려움과 강렬한 복수심을 동시에 드러내며 대답 대신 좌우와 뒤로 흩어졌다. 이제 남은 이들은 부앙초소이와 부앙느안카이뿐이었다.

부앙초소이와 부앙느안카이는 서로를 마주 보며 고개를 끄덕이고 나서 허리춤에서 한 자가 조금 넘는 대롱을 꺼내 바닥으로 휘둘렀다. 물방울이 남김없이 털려 나오자 다시 허리춤에 있는 가죽 주머니에서 앞은 뾰족하고 끝은 둥근 한 치가량의 침을 꺼내어 대롱에 넣었다. 그 순간 그들의 좌우에서 미약한 움직임들이 감지되었다가 점차 멀어졌다. 동료들이 상대를 에워싸는 것이리라.

두 사람은 바닥을 굴러 전신에 진흙을 바르고 나서 끈끈한 우정이 드러나는 눈빛으로 서로를 바라보며 주먹을 뻗어 맞부딪쳤다.

"신께서 보살펴 주리라."

서로의 안위를 기원한 두 사람도 좌우로 흩어졌다. 두 사람은 주위를 살펴 오 장 안의 시야가 막히지 않을 장소를 물색했다.

부앙느안카이는 유독 굵은 나무 위로 다람쥐처럼 재빠르게 올라가 자리 잡았고, 부앙초소이는 자신의 몸뚱이만한 돌 뒤로 납작 엎드렸다.

두 사람은 한 번의 큰 호흡 후에 호흡의 간격을 늘이고 소리를 낮췄다. 아무리 예민한 사람이라도 쉽게 기척을 알아차리지 못하리라. 이 방법을 쓰면 산짐승마저도 아무런 의심 없이 코앞까지 다가왔다.

이제 부앙느안카이가 어디에 숨어 있는지 아는 부앙초소이로서도 그의 존재를 찾아낼 수 없었다.

시간이 흘렀다. 정수리에 떨어진 빗방울이 머리카락을 타고 뺨을 지나서 목을 따라 가슴까지 흘러내리는 시간이 다섯 번이나 반복되는, 짧고도 긴 시간이 흘렀다.

부앙느안카이의 귀에만 들리던 숲의 비명이 부앙초소이에게도 선명하게 들렸다. 부앙초소이는 숲이 내지르는 비명에서 느껴지는 이질감에 자신도 모르게 진저리쳤다.

바람을 동반하지 않고 일직선으로 폭우가 내리꽂히고 있었다. 빗방울이 나뭇잎과 대지를 두드리는 소리가 귓전에서 쟁쟁거렸다. 그럼에도 불구하고 이질적인 바람 소리는 자연의 소리를 찢고 부앙초소이의 귓구멍 속으로 꽂히듯 들어오고 있었다.

불안했다. 숲에서 태풍을 맞이한 적도 있는 그였기에 지금보다 더한 비명을 들은 적이 있었다. 그러나 지금처럼 한기에 몸서리친 적은 없었다. 자연으로부터 나오는 소리가 아닌 것을 알기에 느낄 수밖에 없는 불안한 감정이었다.

부앙초소이는 문득 그와 부앙느안카이가 부족의 어르신을 모시고 나는 원숭이들의 마을에 들어갔을 때 보았던 한 장면을 떠올렸다.

나는 원숭이들 가운데서도 제법 지위가 있어 보이던 구레나룻 중년인은 부앙초소이의 아내를 비롯한 몇몇 아낙들을 땅에 무릎 꿇려놓은 채 섬뜩한 살기를 드러내는 도를 휘둘렀다. 그것도 그의 아내의 머리카락이 휘말려 올라갈 정도로 가까운 거리에서 휘둘렀다.

그때 그 은빛 도신은 요사한 붉은 광채를 토해냈다. 도신이 허공을 수평으로 가르며 차갑고 예리한 바람 소리를 내는 순간, 아낙네들이 눈을 질끈 감고 진저리를 쳤다. 물론 부앙초소이도 감히 바라보지 못하고 눈을 감았다.

그가 다시 눈을 뜬 그때, 수백 가닥의 머리카락들이 잘려져 허공에서 한참이나 휘돌다가 떨어졌다.

그 중년인이 붉은 기운이 뭉클대는 도를 늘어뜨리고 조롱기 가득한 눈빛으로 누런 이를 드러내는 순간, 부앙초소이를 비롯한 토가족의 대표들은 아득한 절망감에 빠질 수밖에 없었다.

그들 가운데서도 부앙느안카이가 느꼈던 절망감은 그 누구보다도 컸다. 살모사 같은 잔혹한 눈빛 속에 드문드문 드러나는 욕정이 바르르 떨고 있는 부앙느안카이의 아내의 전신을 핥고 있었다.

토가족 사람들은 결국 준비해 온 말들을 입 밖으로 내뱉어보기도 전에, 그들을 철석같이 믿고 있는 한 사람의 등에 비수를 꽂을 수밖에 없다고 결정하고 말았다.

바로 그 소리였다. 분노한 사람에게서 절망감을 느끼게 만들었던 귀신의 소리.

부앙초소이는 문득 자신이 엄청난 착각을 하고 있음을 자각했다. 그때를 돌이켜 생각해 보니, 거리가 달랐다. 그때 그는 누런 이빨의 사내로부터 겨우 다섯 발자국 앞에 있었다. 그러나 지금의 소리는 오십 보 이상의 거리에서 들려옴에도 불구하고 그때보다 더 크게 들리고 있었다. 지금 오는 귀신은 그때의 그 귀신보다 수십 배는 더 강하리라.

쉐에에엑!

폭우를 뚫고 푸른 번개가 번득이는 순간 또다시 귀호곡(鬼號哭)이 밀림을 떠돌았다. 귀신이 훑고 지나간 자리는 어김없이 풀과 나무들이 놀라 사방으로 흩어졌다.

부앙초소이는 떨려오는 가슴을 억지로 진정시키고 부는 화살을 굳게 움켜쥐었다.

'괜찮아. 아무리 귀신같은 놈들이라도 부는 화살에 맞으면 다섯 발을 떼지 못할 거야. 목이 부어오르고 손발로부터 시작되어 이내 전신이 마비되고 말겠지. 눈에서 피 흘릴 것이고 입으로 거품을 물 거야. 그것으로 끝이지. 누구도 피해갈 수 없어. 냉정하기만 하면 되는 일이야.'

부앙초소이가 스스로를 진정시키고 있을 때, 그들은 조심성없이 오고 있었다. 이십여 보. 십여 보만 더 내디디면 부앙초소이의 시야에 잡히리라.

또 한 차례의 귀호곡이 울려 퍼지고 그들이 다시 오 보 전진한 바로 그 순간.

찌르르르르르, 풀벌레 우는 소리가 났다.

부앙초소이는 당황하여 눈을 부릅떴다. 아직은 아니었다. 그와 부앙느안카이에게는 상대가 보이지 않았다.

'안 돼에에!'

찌르르르르르르.

곽자렴은 폭우를 뚫고 명확히 들려오는 풀벌레 소리에 눈살을 찌푸리며 소리의 진원지로 짐작되는 좌측으로 고개를 돌렸다. 그 순간 곽자렴은 미세한 공기의 파동을 느끼며 바로 일행을 돌아보았다.

짤막하게 끊어지는 낮은 파공음이 사방에서 들려왔다. 그 순간 금의대원들의 묘도에서 청기가 피어오르고, 동시에 급작스런 이동이 이루어졌다는 것을 알리는 물 차는 소리가 연이어 들렸다.

금의대원들은 일제히 좌우 상방을 향하여 묘도를 휘돌렸다. 묘도에서 뿜어져 나온 청기의 잔상이 수십 개의 푸른 원반을 형성하는 순간 금의대원 몇몇이 얼굴을 찌푸렸다.

그때 운현산이 소리쳤다.

"태을구성진(太乙九星陣)!"

묘도를 중단으로 뻗은 금의대원들이 일제히 자리를 박차고 운녹산과 운현산, 그리고 곽자렴이 위치한 곳을 중심으로 모여들었다.

파파파파파파파!

삼십여 명의 금의대원들이 청기를 내뿜으며 팔방으로 휘돌자 푸른 빛 소선풍들이 어지럽게 서로 교차하며 거치적대는 모든 것들을 파괴했다. 그들이 운녹산 등을 중궁(中宮)에 두고 나머지 팔방을 메워 태을구성진을 형성한 순간, 그들로부터 전방 삼 장은 이미 초토화가 되어버렸다.

잘려진 나무와 풀과 넝쿨들이 폭우와 하나되어 바닥으로 떨어질 때,

"큭!"

네 명의 금의대원들이 하얗게 질리더니 낮은 비명을 토하며 주저앉았다. 그들은 바로 가부좌를 틀고서 두 손바닥을 세차게 마주쳤다. 안 그래도 하얗던 얼굴이 아예 백지장처럼 창백해졌다가 서서히 붉게 달아올랐다.

"흐아합!"

맞잡은 두 손이 부르르 떨리는 순간 그들의 팔목과 어깨에서, 또는 다리와 배에서 시커먼 독혈이 분수처럼 치솟아올랐다. 검은 피가 다 빠지고 붉은 피가 흘러나오는 순간 네 명의 금의대원들은 맞잡고 있던 두 손을 늘어뜨리고 뒤로 넘어갔다.

사주경계를 행하던 금의대원들은 부는 화살에 맞은 동료들이 역혈제독법(逆血制毒法)으로 무사히 독을 배출시키자 안도의 한숨 대신 강한 살기를 뿜어내며 전방을 주시했다.

그러나 그들은 살기를 발산할 대상을 찾지 못했다. 대상이 없어서라기보다는 그 대상에게서 전의(戰意)라는 것을 찾아볼 수 없었다는 것이 정확한 표현이리라.

폐허가 되어버린 공간의 안에는 이미 혈구가 되어버린 수십 구의 시

신들이 나뒹굴고 있었다. 폐허의 공간 바로 바깥쪽에 서 있는 수십여 명의 대상들마저도 멍한 눈으로 금의대원들을 바라만 보고 있었다.

감히 덤벼볼 엄두조차 나지 않는 압도적인 존재를 앞에 둔 탓에, 죽어 나자빠진 동료들의 존재조차 의식하지 못하는 것 같았다.

그때 오직 한 사람, 죽창을 든 장년인 하나가 무작정 앞으로 뛰어나왔다.

"으아아아아아!"

공포로부터 흘러나온 절규였으나 동시에 결단코 공포에 무릎 꿇지 않겠다는 외침이었다. 장년인은 잘려 나간 나무의 밑동을 밟고 허공으로 뛰어올라 운명산에게로 내리꽂혔다.

안 그래도 살기를 주체하지 못하던 운명산이 묘도를 내리그었다. 청기가 장년인의 등과 가슴에서 동시에 번득였다가 사라졌다. 순간 독액이 번들거리는 죽창의 끝이 반으로 쪼개지면서 동시에 장년인의 몸뚱이도 두 조각으로 나누어져 힘없이 떨어졌다.

그것이 신호였다. 멍하게 서 있던 토가족 사람들은 일제히 절망과 광기에 휩싸여 소리 지르며 장년인처럼 무모하게 금의대를 향해 돌진해 왔다. 순간 살기를 누르고 있던 금의대원들로부터 폭풍 같은 기세가 일어났다.

너무나 짧은 시간에 일어났던 일이라 아무런 생각도 못하고 주위를 둘러보던 곽자렴이 눈을 치뜨고 전신공력을 일시에 끌어올려 사방으로 휘돌며 소리쳤다.

"스뚜가! 스뚜가! 스뚜가!"

음파가 사방으로 퍼져 나가는 순간 달려오던 토가족들은 일순간에 나무가 된 듯 멈추어 서서 얼굴을 일그러뜨리며 귀를 막고 바닥에 주저앉았다.

금의대원들이 묘도에서 청기를 회수했다. 운녹산과 운현산은 의아한 눈빛으로 곽자렴을 바라보았다. 차츰차츰 들리는 토가족의 얼굴이 일제히 곽자렴의 얼굴에 꽂혔다.

곽자렴은 비통한 심정을 드러내며 자신에게 와 닿는 눈빛들을 하나하나 확인했다. 그리고 발을 질질 끌어 뒤늦게 대열에 합류한 부앙느안카이와 부앙초소이에게로 다가갔다.

곽자렴은 투명한 물막이 차 오른 붉은 두 눈으로 두 사람을 보며 토가족의 말로 말했다.

"상초소이! 느안카이! 날세. 나야, 곽자렴이야."

부앙초소이는 자신들의 말로 멈추라고 절규하고 이제는 자신의 옛 이름까지 부르며 다가오는 초로인을 멍하게 바라보았다.

"곽자렴? 곽 노야?"

곽자렴을 알아본 부앙초소이는 속이 빈 고사목이 되어 맥을 놓아버리고 빗발치는 하늘을 올려보았다.

하늘이 대신 울어주고 있어서일까? 눈물조차 나오지 않았다. 마을 장정의 반 이상을 잃어버린 짧은 싸움이 대상조차 잘못 잡은 것이라면 누구인들 허탈하지 않으랴.

곽자렴도 부앙초소이를 외면했다. 천성이 낙천적이고 순박한 사람들이었다. 시키지 않아도 알아서 일하고, 주는 대로 받고 더 요구하지 않아서 더 주고 싶은 사람들이었다. 그런 그들을 자신이 이끌고 온 금의대원들이 무참하게 베어버린 것이었다. 아무리 의도한 일이 아니었다 할지라도 현장을 목전에 두고서 무슨 위로를 하랴.

두 사람이 한동안 서로를 외면하고 침묵하자 운녹산이 곽자렴의 등 뒤로 다가왔다.

"토가족입니까?"

곽자렴이 말없이 고개를 끄덕이자 운녹산이 다시 말했다.

"그렇다면 무슨 이유로 우리를 공격했는지, 또 그들의 뒤에 누가 있는지 여쭈어주시지요."

곽자렴은 고개를 휙 돌려 운녹산을 노려보며 차갑게 말했다.

"지금 말이오? 순박한 사람들이오. 나인 것을 알았다면 공격했을 까닭이 없는 사람들이오. 그런 사람들을 우리 칼로 베어놓고 당장 추문부터 하란 말이오?"

분노가 드러나는 곽자렴의 말에도 운녹산의 태도는 냉정하기만 했다.

"스스로를 방어했을 뿐, 우리의 잘못이 아니었지요. 갈 길이 멀다는 건 국주께서도 아실 터. 물어주시지요."

곽자렴은 질려 버린 눈빛으로 운녹산을 바라보다가 금의대를 둘러보았다. 대부분의 금의대원들은 착잡한 표정을 드러내고 있었다.

강호초출이어서, 그들로서도 오늘 같은 대량 살상의 현장은 처음 보는 것이고 더구나 그것이 자신들의 손으로 만든 바에야 마음이 편할 턱이 없었다. 그들은 혹시라도 곽자렴의 동의를 구하는 눈빛이 자신에게 꽂힐세라 슬며시 고개를 비틀었다.

곽자렴은 다시 운녹산을 응시했다. 그러나 운녹산의 표정만큼은 처음과 다름없이 차가웠다. 곽자렴은 결국 눈을 감고 한숨을 내쉬었다.

'운가의 앞날도 평탄하지는 못하리라. 양금택목(良禽擇木)이라 했고 태산불사토양(泰山不辭土壤)이라 했거늘, 대가문의 수장이 될 인물이 이리도 냉정하고 종잡을 수가 없으니 어찌 인재를 모을 것이며 사람을

두루 포용할 수 있으리오. 수성(守成)마저도 난망(難望)하리라.'

곽자렴은 자신이 무의미한 생각을 하고 있다며 고개를 저어버리고 부앙초소이의 앞에 털버덕 주저앉았다. 그리고 두 손으로 부앙초소이의 늘어진 두 어깨를 흔들었다.

"미안하네, 내가 먼저 왔어야 할 것을. 그랬다면 이런 불상사가 생기지 않았을 것을. 정말 미안하네. 미안해."

부앙초소이는 멍한 눈으로 곽자렴의 노안을 바라보았다. 곽자렴의 진심은 목소리만으로도 이미 느끼고 있었다.

오히려 미안했다. 불과 한 달 전에 보았던 그 얼굴이 지금처럼 늙어 보일 것이라고는 상상도 못한 터라, 그것이 꼭 자신들의 탓인 것만 같았다.

오늘의 참사에 있어서 곽자렴이 잘못한 것이 있다면, 적절치 못한 시기에 적절치 못한 장소에 온 것뿐이었다. 곽자렴을 탓할 수 있는 일이 아니었다.

어차피 죽은 사람은 죽은 사람. 조상신이 되지 못한 채 장강을 떠돌 타이순과 네 동료들을 생각하면 오늘의 죽음은 오히려 나을지도 몰랐다. 다만 복수의 칼을 휘둘러보지도 못하고 덧없이 죽어버린 것이 안타까울 따름이었다.

부앙초소이는 자신이 해야 할 일은 과거에 연연하는 것이 아니라 이미 벌어진 일을 수습하는 데 있음을 자각했다. 그는 곽자렴에게 잠시만 기다려 달라고 말하고 나서 부앙느안카이에게로 다가갔다.

그와 몇 마디 말을 주고받은 후에 부앙초소이는 부앙느안카이와 함께 부족의 장정들을 위로하고 독려하여 살 수 있는 사람을 치료하고 시신을 수습하기 시작했다.

곽자렴은 못마땅한 눈초리로 자신을 바라보는 운녹산을 무시했다. 그는 오히려 곽동량을 불러 토가족 사이사이를 누비며 고통을 줄여주고 지혈하는 역할을 자임했다.

성과는 미미했다. 다른 곳에서 이런 일이 있었다면 단지 팔다리가 떨어져 나가는 것으로 끝났을 사람들도 적지 않았는데, 망연자실한 채 시간을 낭비한 후라 흘린 피가 너무 많았다.

살아남은 자들이 죽어가는, 혹은 죽은 자들을 업고 금의대가 향하던 숲 속으로 차례차례 사라졌다.

억지로 참고 있던 운녹산의 두 눈에서 한광이 솟구쳤다.

그때 마지막 남은 두 사람, 부앙초소이와 부앙느안카이가 곽자렴에게로 다가왔다.

곽자렴은 부앙초소이를 자신의 앞에 앉히고 슬프지만 차분하게 가라앉은 그의 눈을 응시했다. 곽자렴의 판단으로도 부앙초소이는 말할 준비가 되어 있었다.

부앙느안카이가 무정한 운녹산의 눈을 적의가 가득 찬 눈으로 노려보는 사이에 부앙초소이가 곽자렴의 물음에 답했다.

과연 용문비선 일호가 탈취된 것은 대충 짐작하고 있던 것과 큰 차이가 없었다. 그리고 조금 전의 참상도 오해로 인한 것임을 확인했다.

곽자렴은 못마땅한 눈초리를 거두지 않은 채로 운녹산에게 이야기를 전했다.

운녹산은 부앙느안카이의 적의가 가득 찬 눈을 흘끔 보고서 곽자렴에게 차갑게 미소 지었다.

"그들을 앞세우시지요. 그 복수, 우리가 대신해 줄 수 있겠군요. 그러면 국주님도 찜찜함을 털어버릴 수 있겠지요?"

운녹산은 다시 한 번 차갑게 웃으며 돌아섰다.

곽자렴은 운녹산의 등을 바라보며 낮게 한숨을 토하고서 부앙초소이와 부앙느안카이에게 운녹산의 말을 윤색하여 전했다.

"어쩔 수 없는 일이나 결과는 미안하다 하는구먼. 복수를 대신해 주겠다 하니, 길잡이를 맡아주겠나?"

두 사람은 곽자렴의 말이 운녹산의 말과는 다르다는 것을 안다는 듯 곽자렴을 빤히 쳐다보았다. 그러나 아무런 말도 없이 고개를 끄덕였다.

제 6 장

그래도 혈화는 시들지 않는다

<h1 style="text-align:center">그래도 혈화는 시들지 않는다</h1>

비후방의 부방주 혈후도(血猴刀) 목원은 그가 보고(寶庫)라 부르는 창고 문을 열었다. 그는 창고 문 앞까지 쌓인 쌀가마니들을 바라보며 흐뭇한 미소를 지었다.

"흐흐흐, 한동안은 산월이 년 사타구니만 파고 있어도 되겠구나. 그 까짓 일로 이런 보답을 받을 줄이야……."

'그까짓 일'은 오행신문(五行神門)의 명이었다. 어렵지도 않은 일이었고 어려웠다 하더라도 죽지 않으려면 해야만 하는 일이었다.

다행히 명을 수행하는 중에 재미 본 일도 적지 않았다. 애초에 밀림 안으로 들어가라 했을 때 계집 맛을 본다는 생각은 하지도 않았다. 벌거벗다시피 돌아다니는 미개인들 중에 쓸 만한 계집이 있으리라고는 상상도 하지 않았던 탓이었다.

그러나 결과는 달랐다. 근동 마을에서는 쉽게 볼 수 없는 미모의 계집들이 셋이나 있어서, 그의 형제가 즐기고 수하들에게까지 차례가 돌아갔다. 그 외에도 늘 그렇듯이 공포에 질린 인간을 가지고 노는 재미도 적지는 않았다.

단지 재물을 얻는 일에 아무런 성과가 없어서 아쉬웠건만, 오늘 오행신문에서 별일도 아닌 것으로 수고했다며 여러 가지 재물을 보내와 마지막 한 가지 아쉬움마저 해소시켜 주었다.

목원이 대충 둘러보니 사천과 귀주의 경계가 되는 산중고원에서는 찾아보기도 힘든 쌀이 삼백 섬이나 되었다. 거기에 산중호걸 찜 쪄 먹는 여우 같은 계집들이 좋아할 최고급 소주 비단 백 필에, 옥 노리개도 한 상자 그득 있었다.

목원은 보고 안에 아무도 없다는 것을 알면서도 좌우를 살피고는 조심스럽게 옥 노리개 두 개를 집어 품속에 넣었다.

"크크크! 산월이 년이 아주 돌아버리겠군. 자랑해야 비로소 보옥의 가치가 빛나는 법인데, 자랑할 수 없는 처지가 될 테니 속이 부글부글 끓겠지?"

낄낄대던 목원이 갑자기 처연한 표정으로 옥 노리개 상자를 바라보다가 눈살을 찌푸렸다.

"젠장! 생각해 보니 정말 엿 같네. 명색이 부방주에 사사로이는 동생인데 이따위 노리개 몇 개 드러내 놓고 차지하지 못하다니……. 씨팔! 정말 치사한 인간 아닌가? 벼락 맞아 콱 뒈져 버리면 좋을 텐데……."

목원은 부질없는 망상임을 깨닫고 고개를 저었다. 귀혈쌍후도(鬼血雙猴刀)라 불리지만 형제가 아니라면 같은 반열에 놓일 수 없다는 것은 그가 더 잘 알고 있었다.

악명에도 형만한 아우는 없다고, 귀후도가 기괴하고 잔혹한 무공에 따른 별호라면 혈후도는 무공보다는 미친 형의 위세에 빌붙어 잔인한 행각을 벌인 데 따른 별호였다.

목원은 사소한 일에 화를 내고 일단 화나면 물불을 안 가리는 형의 귀신같은 얼굴을 떠올렸다.

"에그, 무서워라."

목원은 몸서리를 치고 고개를 저어 목정의 얼굴을 지워 버렸다. 그리고 정나미 떨어진다는 듯 옥 노리개 상자로부터 시선을 돌려 버렸다.

목원의 시선이 문득 비단 아래로 향했다. 거기에 커다랗고 검은 상자 하나가 있었기 때문이다.

"이건 뭐야?"

가만히 살펴보니 사람 두엇은 들어갈 정도로 꽤나 큰 나무 상자였다. 아무런 문양도 없는 단순한 모양의 궤였지만 옻칠까지 되어 있는 것으로 보아 함부로 다룰 물건은 아닌 듯싶었다.

상자와 뚜껑의 이음새 부분에는 노란색 바탕에 알아보지 못할 붉은 글씨가 쓰인 부적이 투명한 유지에 싸인 채 봉인처럼 붙어 있었다.

목원은 고개를 갸웃거릴 수밖에 없었다. 선물이라지만 사실은 수고한 개에게 뼈다귀 던져 주며 먹고 떨어지라는 의미에 불과했다. 귀주의 패자 대오행신문이 주구로 취급해도 끽소리 못할 자신들에게 봉인까지 붙이는 정성을 들일 까닭이 없었다.

목원은 연신 갸웃거리면서 혹시라도 비단이 찢어질세라 조심하며 상자 옆으로 비단을 내려놓았다.

목원은 비단을 모두 내려놓고서도 함부로 뚜껑을 열지 못했다. 이 상자에 대해서만은 방주도 아무런 언급을 하지 않은 탓이었다.

목원은 두 손을 비비며 상자를 노려보았다.

"이걸 열어야 돼, 말아야 돼? 미친 원숭이가 봉인돼 있는 물건인 것을 알고 있다면 죽은 목숨인데……."

목원은 상자의 뚜껑에 살며시 손을 얹고서 입술을 핥았다.

"에라, 모르겠다. 설마 죽이기야 하겠어. 내가 죽으면 온갖 잡일은 누가 다 하고?"

몇 번을 상자에 손을 얹었다가 떼어내며 주저하던 목원이 결국 손에 힘을 주었다. 그렇게 막 봉인이 찢어지려는 순간이었다.

"크아아아!"

목청이 떨어져 나갈 것 같은 비명 소리가 연이어 들렸다.

"뭐야?"

목원은 상자에서 손을 떼고 급히 몸을 돌렸다.

들릴 수 없는 소리였다. 관의 손길이 미치지 않는 만큼 걷어 먹을 것 역시 많지는 않다 하여도, 명칭과는 달리 통나무집 스물다섯 채로 이루어져 볼품없다 하여도 비후방은 호북과 귀주의 경계가 되는 드넓은 고원 지역을 통치하는 유일한 무림방파였다.

사람들이 비후방을 한낱 산적들 소굴 정도로 비하하기도 하지만 그것은 세상 물정을 몰라서 하는 소리였다. 근동에서 귀혈쌍후도 하면 상대하겠다고 나서는 고수가 없었고, 그 밑으로도 세상에 나가면 이류 소리 들을 만한 수하들이 스물대여섯이나 되었다.

만약 호북에 무당과 그 속가들이 없었다면, 혹은 귀주에 신비에 싸인 대오행신문이 없었다면, 비후방은 이런 한촌에서 썩을 작은 방파로 만족하지 않았으리라.

그 정도 위상을 가진 비후방을 누군가가 치려 한다면 근동에서는 오직 한 부류, 얼마 전 그들이 오행신문의 명을 받고 장난질쳤던 토가족들뿐이었다.

토가족이라면 굳이 자신이 나설 필요도 없었다. 이미 올 것을 알고 있기에 귀찮지만 대비하라 일러두었으니, 겨우 일초반식이나 하는 말단 수하들이 무기의 흉험함만으로 능히 상대할 수 있으리라. 더구나 온순하기로 소문난 토가족이, 아무리 원한에 사무치고 또 우중이라 하여도 쌍방의 강약이 부동인 상황에서 대낮에 찾아올 리는 만무했다.

목원은 의아한 눈빛으로 보고를 나가려 했다. 그러나 바로 그 순간에도 비명이 끊이지 않자 목원은 머리가 쭈뼛거리는 알 수 없는 공포감에 휩싸여 문을 밀려던 손에서 힘을 빼냈다.

손가락 끝에 힘을 주어 조심스럽게 문틈을 벌린 목원은 그 사이에 오른쪽 눈을 들이댔다.

목불인견(目不忍見)이었다. 모두 스물다섯 채의 통나무집들로 둘러싸인 방의 중앙 공터는 이미 아수라장이 되어 있었다. 어림잡아 삼십여 구는 족히 될 만한 시신들이 물 고인 공터에 널브러져 있었고, 그들의 피로 빗물이 핏물로 변한 지 오래였다.

녹의인들은 냉정했다. 등을 보이고 달아나는 자들에게는 그래도 관용을 베풀었으나 덤벼드는 자들은 실력의 고하를 막론하고 가차없이 베어버렸다. 겨우 반 정도 남은 수하들이 무기를 던져 버리고 공포에 질린 채 구명(救命)을 청하는 괴성을 지르며 공터 중심으로 모이고 있었다.

깜짝 놀란 목원은 급히 시야를 넓혔다.

"헉!"

목원은 겨우 반 치 열린 문틈마저 메워 버리고 주저앉아 등으로 문을 막았다. 그리고 방금 전 그가 보았던 광경을 떠올렸다.

사방에서 나타난 녹의인들은 흔하디흔한 묘도와는 전혀 어울리지 않는 푸른빛 도기를 쭉쭉 뿜어댔다. 비후방도들은 하나같이 겁에 질려 어찌할 바를 모르고 오락가락하는데, 그들은 느긋하게 포위망을 좁히며 비후방도들을 압박하여 공터의 중앙으로 모으고 있었다.

"으아! 저 새끼들은 뭐야? 어린 새끼들뿐인데도 어느 한 놈도 만만치 않잖아. 도대체 무슨 일이 벌어지는 거야? 형이 나 모르는 사이에 사고 쳤나?"

목원이 두 손으로 머리를 쥐어뜯으며 원인을 따져 보는 와중에도 비명은 끊이지 않았다.

달아나야 한다고 생각은 했다. 하지만 들키지 않고 유일하게 탈출할 수 있는 창고의 후벽 앞에는 오행신문이 보내온 삼백 섬의 쌀들이 겹겹이 쌓여 있었다.

목원은 벌떡 일어섰다.

"이대로 개죽음당할 수는 없지. 암! 살날이 창창한데 죽긴 왜 죽어? 죽어도 계집들 사타구니 사이에서 죽어야지, 칼 맞아 죽을 수는 없지."

목원은 최대한 소리를 죽여 쌀을 내려놓기 시작했다. 내려놓을 때 소리가 나서도 안 되고 잘못 내려 무너져서도 안 되는 일이었다.

어금니를 꽉 깨물고 안간힘을 다했다. 열두 섬을 옮겨놓고서야 겨우 한 사람 빠져나갈 공간을 확보한 목원은 등에서 장도를 꺼내 창고 벽을 겨누었다. 그의 칼에서 붉은 기운이 흐릿하게 감돌았다.

막 칼을 내뻗으려던 목원이 고개를 돌려 옥 노리개가 담긴 상자를 노려보았다. 목원은 도기를 거두고 다시 바닥으로 내려서서 상자를 닫고 집어 들었다.

목원이 다시 쌀 섬 위로 올라가려는 그때, 쉬지 않고 들려오던 비명 소리가 뚝 끊겼다.

목원은 그가 애써 만들어놓은 공간과 굳게 닫혀져 있는 창고 문을 번갈아 바라보며 갈등했다. 그는 결국 창고 문으로 다가갔다.

손가락 끝에 힘을 주어 살짝 틈을 만들고 밖을 살폈다. 눈을 질끈 감을 수밖에 없었다. 그래도 조금 한다하는 놈들은 하나같이 죽어 여기저기 널브러져 있었고, 말단 수하들 사십여 명만이 공터의 중앙에 모여 무릎을 꿇은 채 두 다리 사이로 머리를 박고 두 손을 마구 비벼대고 있었다.

그들 주위로는 겨우 네 명의 녹의인들이 무표정하게 그들을 내려다보고 있었으며, 나머지 녹의인들은 두 명이 한 조가 되어 통나무집 하나하나를 수색하고 있었다.

대충 보아도 십 개 조 이상이 수색에 나서고 있었다. 통나무집 두 개씩만 살펴도 비후방의 대부분을 훑는 것이 되리라. 목원의 짐작이 맞는다고 친절하게 알려주듯이 쿵쾅대는 소리가 바로 옆에서 들려오고 있었다.

"이런!"

목원이 벌떡 일어섰다. 순간 그의 무릎에 놓여 있던 상자가 바닥으로 떨어지면서 옥 노리개들이 쫘르르 소리를 내며 사방으로 흩어졌다.

목원은 하얗게 질린 채로 그가 만들어놓은 공간을 향해 몸을 날렸다.

흐릿한 붉은 도기가 막 벽에 닿으려는 그 순간,

쾅!

조금 전까지 목원이 의지하고 있던 창고 문이 산산조각나면서 굵은 통나무 파편들이 목원의 등을 노리고 날아왔다. 목원은 겨우 한 사람 움직일 좁은 공간에서 절묘하게 몸을 말아 앞뒤의 위치를 바꾸고 두 발로 창고 벽을 박찼다.

다시 문 쪽으로 쏘아져 나간 목원은 도를 휘둘러 자신의 얼굴을 향해 날아오는 통나무 조각들을 좌우로 흩뿌려 버리고 바닥에 내려섰다.

콰직!

옥 노리개 두 개가 그의 발에 밟혀 산산조각난지도 모르고 목원은 재차 허공으로 몸을 날려 막 부서진 문을 향해 도를 휘둘렀다.

아무런 충돌도 없었다. 창고 밖으로 빠져나온 목원은 재빨리 몸을 휘돌려 후방을 살폈다. 목원은 방금 빠져나온 창고 문의 좌우 외벽에 기대어 흐릿한 미소를 짓고 있는 두 명의 청년을 발견했다.

그들이 여유를 부리는 만큼 반대로 목원의 눈빛은 절망으로 물들었다.

'제기랄! 그깟 옥 나부랭이 때문에 목숨을 걸다니. 멍청한 놈! 죽어도 싸다!'

목원이 스스로를 질책하는 그 순간 두 청년이 벽에서 등을 뗐다. 목원의 눈망울이 급격히 흔들렸다. 목원은 그가 할 수 있는 한 최선을 다해 눈알을 좌우로 굴렸다.

목원은 또 한 번 절망했다. 좌우에서 사람들이 느긋한 기색으로 거리를 좁혀오고 있었다. 특히나 그의 좌측에서 다가오는 이들은 그 차림새만으로도 누구인지 알 수 있었다. 겨우 하물만을 가린 건장한 두 중년인들, 바로 토가족이었다.

토가족을 발견한 순간 목원은 살려달라고 빌겠다는 생각을 버렸다.

토가족들에게서 느껴지는 원독이 그의 좌측 관자놀이를 관통할 듯 찍어누르고 있었다.

바로 그때,

"명산 형님, 제가 할까요?"

정면에 서 있는 두 청년들 가운데 겨우 소년티를 벗은 청년이 운명산에게 말했다.

운명산은 먼저 발을 움직여 목원을 독점하고서야 대답했다.

"장유유서, 이 자식아!"

"쳇! 그럴 줄 알았어."

어린 청년 운추산이 운명산의 뒤통수를 노려보며 다시 창고 외벽에 등을 기댔다.

"이런 육시랄 놈들!"

벼랑 끝까지 내몰린 목원이 욕설을 터뜨리며 대원탐과(大猿貪果)의 초식을 담아 도를 휘둘렀다. 전신 공력을 한데 모은 듯, 도신에서 감도는 도기는 자못 예리했다.

그러나 운명산은 자신의 머리를 향해 날아오는 도기를 보고도 꿈쩍하지 않았다. 그저 대수롭지 않게 묘도를 휘둘렀을 따름이었다.

묘도에서 뻗어 나온 반월 모양의 청기가 압도적인 힘으로 목원의 도기를 튕겨 버렸다. 목원은 속절없이 허공을 휘돌아 물러서야 했고, 그 순간 자신이 많은 녹의인들의 구경거리가 되고 있다는 것도 확인했다.

막 그가 고인 물을 튀기며 착지하는 순간 운명산은 이미 그의 코앞까지 미끄러지듯 다가서고 있었다.

"풋! 원숭이라더니 제법 재주를 부리는구나. 어디 한번 돌아보아라.

돌아."

청룡팔영(靑龍八影)이라 했다. 운가의 오대무법 가운데서도 선두를 다투는 청룡무상도(靑龍無上刀)의 절초, 분신술과 같은 빠른 움직임으로 상대를 휘감으면서 단숨에 여덟 번이나 도를 떨쳐 내는 것을 기본으로 하는 초식이었다.

바로 그것을 펼친 듯 일순간에 여덟 명의 운명산이 겹쳐 나타나 뱀이 나무를 감아 올라가듯 목원의 전신요혈을 아래서부터 위쪽까지 두루 건드렸다.

포기한다고 해서 쉽게 포기되어지지 않는 것이 바로 삶에 대한 미련이리라. 목원은 어쩔 수 없이 운명산의 그림자를 쫓아 제자리를 맴돌며 마구 도를 휘두를 수밖에 없었다. 결국 아래에서 치켜올리고 위에서 내리누르는 운명산의 기세를 감당하지 못한 목원은 난자당한 채 바닥을 나뒹굴 수밖에 없었다.

"명산 형, 그도 무인입니다! 희롱해서는 안 된다구요!"

한 발 물러서서 조소를 머금은 채 목원을 바라보고 있던 운명산을 향해 운추산이 소리쳤다.

운명산은 나뒹구는 와중에도 도를 들어 허공을 휘젓고 있는 목원을 빤히 바라보았다. 그리고 운추산을 돌아보며 고개를 끄덕였다.

"그렇구나. 내가 잘못했다."

운명산이 정색을 하고 도를 휘둘렀다. 푸른 기운이 목원을 팔을 훑고 지나갔다.

"크윽!"

팔꿈치 아래가 떨어져 나가자 목원은 왼팔로 피가 솟구치는 오른팔을 잡고 몸을 뒤집어 움츠렸다. 운명산은 잠시 동안 목원의 등을 바라보다가 운추산을 향해 걸어갔다.

바로 그때 한쪽에서 지켜보던 부앙느안카이가 몸을 날렸다.

"으아아아아아!"

말릴 새가 없었다. 죽창은 목원의 등에 박혀서 배로 튀어나왔다. 그것으로 끝난 것이 아니었다. 목원은 이미 절명한 것 같은데도, 부앙느안카이는 잘 빠지지 않는 죽창을 발까지 사용하여 뽑아 다시 찔러 넣었다. 핏줄기가 벌거벗은 부앙느안카이의 전신으로 튀어 그의 모습은 마치 악귀와 같았다.

운명산은 불쾌한 기색으로 부앙느안카이를 노려보았다. 그가 목원의 생명을 깨끗이 거둬주지 않은 것은 추문의 필요성 때문이었다.

그러나 운명산은 지난 일에 연연하지 않았다. 부앙느안카이의 붉은 두 눈을 보는 순간 이미 들었던 사연을 떠올리고서 고개를 저을 따름이었다.

그때까지 가만히 지켜보고 있던 부앙초소이가 부앙느안카이의 몸뚱이를 껴안았다.

"그만! 느안카이! 이미 죽었다."

부앙느안카이는 진저리를 치다가 전신에서 힘을 빼고 목원의 몸에 꽂혀 있는 죽창에 기대어 바닥에 무릎 꿇었다. 부앙초소이가 그의 어깨를 몇 차례 두들기자 부앙느안카이는 눈물이 뚝뚝 떨어질 것만 같은 눈으로 부앙초소이를 바라보았다.

바로 그때 창고를 살피던 운추산이 소리쳤다.

"찾았다!"

금의대원들이 메뚜기 떼처럼 일제히 몸을 날려 순식간에 창고 앞에 이르렀다. 그사이에 운명산과 운추산이 상자 하나를 들고 환하게 웃으며 창고를 빠져나왔다.

상자를 본 금의대원들은 환한 웃음을 참지 않았고, 운녹산마저도 보기 드물게 미소를 입가에 머금었다. 그런데 유독 곽자렴만이 미간을 찌푸리며 상자를 바라보았다.

곽동량이 곽자렴의 눈치를 살피며 조심스럽게 물었다.

"아버님! 뭐가 잘못되기라도⋯⋯?"

곽자렴이 말했다.

"너무 쉬워. 이상하지 않느냐? 조금 전의 싸움을 너도 봤다시피 수뇌로 보이는 인물의 무공조차도 대단할 것이 없었다. 만약 이들이 용문비선 일호에서 표물을 강탈해 간 그들이 맞는다면, 앞뒤가 맞지 않지."

곽동량도 그때서야 뭔가 깨달은 듯 아비처럼 미간을 찌푸렸다.

"그렇군요. 그 정도의 실력으로는 자강 형님을 감당해 낼 수 없지요. 만에 하나 다른 요인이 있다 할지라도 산도적에 불과한 이들이 삼협에서 용문비선 일호를 제어한다는 것은 불가능한 일입니다."

운녹산도 의혹을 느꼈는지 미소를 거두고 중얼거렸다.

"온전한 표물에 쉬운 해결? 다른 무엇이 있단 말인가?"

운녹산이 운현산을 불렀다. 운녹산은 공터에서 고개를 처박고 벌벌 떨고 있는 비후방원들을 눈짓으로 가리켰다.

운현산이 절도있게 목례하고 그들에게로 다가가서 몇 사람을 지명했다. 군이 위협할 필요가 없었다. 운현산은 짧게 물어 긴 답을 들었다.

운현산이 돌아와 목원의 시신을 가리키며 보고했다.

"저자는 부방주 목원이란 자고 귀후도라 불리는 방주 목정은 한 시진 전에 대처로 나갔다 합니다. 표물은 원래부터 있던 것이 아니라 바로 어제 오행신문으로부터 보내져 왔다는군요. 자신들은 무슨 일인지 전혀 모르고 단지 오행신문의 명에 따라 토가족의 아녀자들과 아이들을 납치하여 보름 동안 감금하고 있다가 풀어준 것뿐이랍니다."

운녹산이 미간을 찌푸렸다.

"오행신문? 귀주 범정산(梵淨山)의 그 오행마문?"

오행신문, 이미 귀주 북부의 패자로 공인받았지만 크게 알려진 바가 없는 신비의 문파였다. 이는 그들이 무림에서 특별히 활동하지 않는 탓도 있었고, 무림의 중심을 형성하는 이들이 귀주나 운남, 그리고 그 이남에 별다른 관심을 두지 않은 탓이기도 했다. 다만 그 무공이 기괴하고 사특하여 사술에 가깝기 때문에 정도무림에서는 오행마문이라 불렀다.

운현산은 확신에 찬 눈빛으로 운녹산을 응시하며 고개를 끄덕였다.

"그렇다면 이건 무슨 수작인가? 잘못 건드렸다 싶으니까 이제 와서 없었던 일로 하자?"

운녹산의 말에 운현산이 고개를 저었다.

"귀주의 물산이 비록 풍부하지 못하다 하나 오행마문은 귀주 북부의 패권을 지녔습니다. 천 리(千里)를 움직여서 한낱 표선을 턴다는 것은 상식적으로 납득이 되지 않지요. 그것은 이곳에 표물의 대부분이 돌아와 있다는 것으로도 쉽게 설명이 되지 않습니까? 그리고 여기를 보시지요. 이 정도의 산채라면 금의대원 다섯으로 멸구(滅口)할 수 있습니다. 굳이 배후를 드러낼 필요가 없겠지요."

곽자렴이 끼어들었다.

"그렇소. 그들 정도라면 만 표두가 당한 것도 납득이 되오. 하지만 귀찮게 토가족과 이런 잡배들을 끌어들이느니 차라리 같이 없애 버리는 게 속이 편했을 것인데, 굳이 복잡한 방법을 택해서 배후를 드러낸 것은 결국 다른 꿍꿍이가 있다는 뜻이 아니겠소?"

운녹산이 다시 미간을 찌푸렸다.

"다른 꿍꿍이라? 곽 국주께서는 혹시 오행마문과 특별한 갈등이 있었습니까? 본 가는 그들과 관련 지을 만한 일이 없는 것으로 압니다만."

곽자렴이 고개를 젓는 것을 확인하고서 운녹산이 다시 말했다.

"도대체 무엇을 노리고……."

그때 운현산이 말했다.

"그들에게 직접 듣기 전에는 짐작할 도리가 없는 문제 같습니다. 이곳은 그들의 영역. 참요검을 회수했으니 일단 귀가한 후에 가주께 여쭙는 게……."

운현산은 말을 마무리하지 못하고 운녹산의 어깨 너머로 시선을 옮겼다. 운녹산과 곽자렴도 따라서 고개를 돌렸다.

정문이라 할 수 있는 목책의 트인 공간에 지금껏 없던 사람들이 있었고, 비후방도들에게는 없던 가공할 기세도 있었다. 순간 흩어져 있던 금의대원들이 몸을 날려 운녹산의 전면을 막아섰고, 없는 사람들 같던 음양쌍도가 운녹산의 좌우에 서면서 새로 나타난 사람들과 비견될 만한 기세를 뿜어냈다.

그들이 정문을 지나 안으로 들어섰다. 빗발 대신 햇빛이 있었다면 눈이 부실 정도로 반짝였을 철립(鐵笠)을 쓴 오십여 명의 백의인들과 붉은 기운이 감도는 긴 머리를 늘어뜨린 적의인이 문을 막아서는 형국으로 늘어섰다.

아무도 말을 하지 않았다. 철립 밑으로 살짝 드러나는 눈빛이 점차 강렬해질 따름이었다.

오직 한 사람, 적의인만이 비후방의 전모를 살피며 눈에 노화를 드리우다가 급기야는 홀로 앞으로 튀어나왔다.

"우오오오오!"

괴성에 가까운 기합을 터뜨리며 한 번 도약할 때마다 오 장을 지나친 적의인은 귀화가 감도는 눈빛으로 금의대 전체를 노려보면서 어느새 십 장 앞까지 다가오고 있었다.

그의 도에서 붉은 도기가 이 장이나 뻗어 나오자 금의대원 하나가 즉시 대열을 이탈하여 맞이해 나갔다.

쨍!

사선으로 날아올라 적의인과 높이를 맞춘 사내는 금의대의 그 누구도 뽑지 않았던 사 척 장검을 쾌속하게 뽑아내는 즉시 자신에게 다가오는 붉은 도기를 향해 휘둘렀다.

초식은 무공을 아는 사람이면 누구나 아는 직지단천(直地斷天), 단순히 위에서 아래도 내리긋는 것이었다. 그러나 뽑혀 나오는 그 순간에 이미 구름같이 하얀 기운을 뿜어내던 검은 어느새 삼 장이 넘는 검기를 뿜으며 붉은 도기를 정확히 가르고 사내의 정수리를 찍었다.

백색의 검기가 적의인의 등과 사타구니에서 번득이는 동시에 두 개의 혈구가 좌우로 갈라졌고, 금의대원은 그 위를 지나 바닥에 내려섰다. 거의 동시에 바닥에 떨어진 두 개의 혈구에서 뒤늦게 피분수가 솟구쳤다.

금의대원은 마보세(馬步勢)와 비슷한 구부정한 자세로 검을 바닥에 대고 백의인들을 노려보았다. 그렇게 올 테면 와보라는 오만한 기색을 드러낸 이는 바로 운경산이었다.

그러나 백의인들 가운데 그 누구도 당황한 기색을 드러내는 자는 없었다. 처음 들어와서 포진한 그 자리, 그 자세에서 점차 강한 기세만 드러낼 따름이었다.

침묵을 깨고 첫 번째 반응이 있었다. 백의인들 가운데 유일하게 철립을 쓰지 않은 차가운 얼굴의 중년인이 한 발 앞으로 나섰다. 그는 차가운 눈빛으로 운경산을 응시하며 말했다.

"귀후도 목정을 일초에 양단했다? 운가의 오행무대 가운데 최강이라더니, 역시 좋군. 쳐라!"

바위처럼 꿈쩍도 않고 서 있던 백의철립인들이 일제히 앞으로 튀어나와 중년인을 스쳐 지났다. 그들의 움직임이 시작되자마자 운현산을 제외한 나머지 금의대원들 역시 일제히 앞으로 쏘아져 나갔다.

삼십여 장의 거리가 양측의 동시 쇄도로 순식간에 십여 장으로 좁혀졌다.

촤촤촤촤촤촤촹!

양측이 거의 동시에 병기를 뽑았다. 백의인들은 도를 금의대원들은 검을 뽑았지만, 그들의 병장기에서 일어나는 기운들은 양측 모두 폭풍우 속에서 백사장을 덮치는 하얀 포말같이 힘차고 거칠었다.

직선으로 파도치듯 밀려오던 백의인들의 대형이 변했다. 포위하려는 듯 각각의 사이를 벌리고 반월처럼 휘어져 이동했다.

금의대원들의 대형도 순간적으로 변했다. 중앙을 뚫고 좌우를 방비하기 위해 화살촉과 같은 대형으로 쇄도했다.

기세는 막상막하, 그러나 병장기에서 뻗어 나오는 기운은 금의대가 우세하게 느껴졌다.

서로의 거리가 오 장으로 좁혀지는 순간, 백의인들은 앞으로 내뻗고 있는 도를 움직이는 대신 채찍질하듯 왼손을 휘둘렀다.

쇄에에에에에에엑!

그들의 머리에 쓰고 있던 철립이 재질을 알 수 없는 가느다란 줄에 의지하여 금의대원들을 향해 팽이처럼 회전하며 날아갔다.

금의대원들의 눈에 당황한 기색이 어렸다.

금의대가 주종으로 익히는 백호참마검의 입문이 가장 늦은 운추산마저 삼 장에 이르는 검기를 뽑아내는 마당이었다. 가공할 속도와 회전력을 겸비하고 있다 해도 철립을 개개인이 막아내는 것은 하등 어려울 것이 없었다.

그러나 그들의 대형이 밀집되어 있는 탓에 비켜 나가고 부서져 나간 철립의 파편들이 동료를 다치게 할 수 있었다.

구원의 목소리는 멀리 떨어져 있는 운현산으로부터 터져 나왔다.

"태극무형(太極無形)!"

운경산을 포함한 서른한 명의 금의대원들이 일제히 등이 땅에 닿을 때까지 몸을 눕혔다가 하늘을 보는 그 자세 그대로 제자리에서 휘돌았다.

철립들이 금의대원들의 머리 위에서 난비하다가 서로 부딪쳐 불규칙하게 사방으로 튀어 나갔다. 백의인들이 왼손으로 당기는 시늉을 하자 통제력을 잃고 어지럽게 난비하던 철립들이 또다시 휘돌며 주인에게로 되돌아갈 기색을 비쳤다.

"잠룡출호(潛龍出湖)! 백호제천하(百虎制天下)!"

운현산의 목소리가 다시 터져 나오는 순간 금의대원들은 손으로 바닥을 후려쳐서 빗발을 막아주던 철립들을 향해 튀어 올랐다.

쩌쩌쩌쩌쩡!

날카로운 검기들이 철립들의 중심을 뚫어버리자 고막이 찢어질 듯한 날카로운 소리가 울려 퍼졌다. 그 순간 금의대원들이 철립의 파편들을 뚫고 허공으로 숏구쳤다. 가느다란 핏방울들이 비에 섞여 떨어져도 금의대원들의 눈빛은 여전히 차가웠다.

그와는 반대로 백의인들의 눈에 처음으로 당황한 기색이 감도는 그 순간, 허공에 떠 있던 금의대원들은 일제히 왼손을 내뻗어 서로의 손을 후려쳤다.

파파파파파파파팡!

금의대원들이 부챗살처럼 퍼지며 백의인들에게 내리꽂혔다. 가히 백 마리 호랑이가 천하를 제압한다는 장관이 펼쳐졌다.

쉐에에에에에엑!

구름 같은 하얀 검기가 사방으로 파도치자 철립을 잃은 백의인들이 일제히 뒤로 물러서며 도를 휘둘렀고 그때까지 철립을 온전히 간직하고 있던 백의인들은 오히려 물살을 가르며 금의대원들의 발 아래쪽으로 몸을 날렸다.

쩌저저저저저정!

검기와 도기가 충돌하자 바닥에 고였던 빗물들이 일제히 물보라를 일으켰고 그 위로 몇몇 백의인들이 토해낸 핏물들이 떨어져 내렸다.

첩첩첩첩첩첩첩!

밀려나는 백의인들의 발뒤축에 튕긴 물방울들이 쇄도하는 금의대원들을 향해 튀어 올랐다. 금의대원들은 그 물방울들을 발판 삼아 밟으며 힘차게 검을 내뻗었다.

쉐에에에에에엑!

금의대원들의 등 뒤에서 날카로운 파공음이 일었다. 그들의 발 아래로 스쳐 지나갔던 백의인들이 다시 철립을 날린 것이었다.

기운을 감지한 금의대원들이 일제히 왼발을 비틀어 짚고 몸을 휘돌리며 사선으로 검을 내돌렸다.

하얀 검기에 부딪친 철립들이 산산조각나면서 여러 곳에서 낮은 비명 소리가 터져 나왔다. 금의대원들은 이미 산개한 상태여서 마음껏 검을 휘둘렀고 그 파편은 가운데 몰려 있던 백의인들에게 날아갔던 것이었다.

그러나 무력해진 백의인들은 소수에 불과했다. 겨우 세 사람만이 수십 개의 철편에 적중당하여 널브러졌을 뿐 나머지 백의인들은 오히려 기세를 더하여 금의대원들에게 쇄도했다.

최초의 충돌로 물러섰던 백의인들도 다시 쇄도하자 금의대원들은 양쪽에서 적을 맞이해야 하는 상황에 처해서 결국 양측 모두 대형의 의미를 상실한 채 난전에 돌입했다.

더 이상 자신이 개입할 여지가 없음을 확인한 운현산은 입술을 깨물며 운녹산에게로 다가갔다.

"쉽게 끝나지 않을 형세입니다. 싸울 것이 아니라 길을 뚫고 물러나야 합니다."

전장을 바라보던 운녹산이 차가운 눈빛으로 운현산을 노려보며 말했다.

"무슨 소린가? 저들이 우리를 이곳에 불러들인 배후임에 틀림없거늘, 잘 싸우는 수하들을 독려하지는 못할망정 유리한 상황에서 물러서자니?"

운현산은 질끈 감고 싶은 눈을 치뜨며 간곡히 말했다.

"동료이자 동생들입니다. 승전(勝戰)보다는 하나라도 더 이끌고 돌아가야 하지 않겠습니까? 형님! 이곳은 저들의 영역, 후위 세력이 언제 당도할지 모르는 상황입니다. 만에 하나 그런 일이 생긴다면 아무도 돌아가지 못할 겁니다. 재고하여 주십시오."

형님이라는 소리에 운녹산의 차갑던 눈빛이 흔들렸다. 그러나 이내 차가운 눈빛을 회복하여 말했다.

"있다면 한꺼번에 닥치는 것이 오히려 효율적인 운용일 터. 후위는 없다. 금의대주는 싸움에 합류하라."

형님이라 애타게 불렀건만 대답은 차갑고 단호한 금의대주라는 호칭이었다.

운현산은 마침내 눈을 감고 고개를 숙였다. 그리고 바로 몸을 휘돌려 전장으로 쇄도했다.

"합!"

단숨에 십 장을 날아 검을 아래에서 위로 치켜올리자 하얀 검기가 물보라를 일으키며 등을 보이는 백의인을 향해 뻗어 나갔다.

일검에 양단된 백의인을 외면한 운현산은 또다시 먹이를 찾아 분노의 검을 휘돌렸다.

운현산의 움직임을 뚫어지게 바라보고 있던 운녹산이 눈살을 찌푸렸다. 그리고 곁눈질로 곽자렴을 살폈다.

'곽 영감의 무위로는 대세에 영향을 미칠 수 없지. 혹시라도 현산의 말대로 된다면…… 안 되지. 후위가 온다면 참요검을 들고 물러설 여유가 없으리라. 임무도 완수하지 못하고 금의대까지 피해를 본다면 문책을 감당하지 못할 게야.'

운녹산은 정신없이 전장을 바라보고 있는 곽자렴에게로 고개를 돌렸다.

"곽 국주님, 참요검을 가지고 저 사람들과 함께 먼저 돌아가십시오."

곽자렴은 운녹산이 가리킨 부앙초소이와 부앙느안카이를 흘끔 바라본 후에 운녹산에게로 다시 고개를 돌렸다.

"무슨 말이오? 표물을 잃은 것은 이 늙은이. 이제부터라도 제 몫을 할 요량이오."

곽자렴의 말에 운녹산은 고개를 저었다.

"만에 하나 금의대주의 말처럼 후위대가 온다면 상황이 어렵게 됩니다. 곽 국주님께서는 하다 못한 본분을 지켜주시기 바랍니다. 반드시 본 가에 참요검을 전해주시고 가주께 오늘의 일을 전해주시기 바랍니다."

곽자렴은 말없이 운녹산의 눈을 직시했다. 그리고 그의 불안한 눈빛에서 진실을 읽었다.

'내가 이 청년을 또 잘못 봤나? 정녕 종잡을 수 없구나.'

거절할 수가 없었다. 곽자렴은 포권을 취하며 힘차게 느껴지도록 고개를 끄덕였다.

"용문수로표국의 국주 곽자렴은 표국의 흥망과 우리 부자의 목숨을 걸고 책임을 완수하도록 하겠소이다. 다시 봅시다."

운녹산도 포권을 취하며 고개를 숙였다. 말은 없었지만, 지난 며칠 동안 함께 지내면서도 처음으로 대하는 진정 어린 인사였다.

곽동량도 포권을 취해 인사했다.

부앙느안카이와 부앙초소이마저 진심을 담아 목례했다. 오해로 인하여 자신들의 부족을 살상한 사람이었다. 하지만 오늘 직접 경험하고 보니, 그들을 만나지 않고 바로 왔었다면 훨씬 더 많은 사람의 죽음을 봤으리라. 그렇게 따지자면 결국 운녹산 등은 토가족의 복수를 대행해 준 사람일 수도 있었기에 두 사람은 어색하나마 중원인들의 방식을 흉내 내어 인사했던 것이었다.

짧은 인사를 끝내고 곽자렴과 곽동량은 부앙느안카이와 부앙초소이의 도움을 받아 상자를 들고 비후방의 후면으로 내달렸다.

그들이 완전히 시야에서 사라지자 운녹산은 음양쌍도에게 비후방 주변을 살피라 명하고 자신도 애도 청룡을 뽑아 질주했다.

운녹산은 직접 전장에 뛰어들지 않았다. 오히려 싸움터를 크게 돌아 문을 향해 달렸다. 그곳에 상대가 있었다. 전세가 불리함에도 불구하고 냉정한 눈으로 전장을 바라보고 있는 백의인이 있었다.

백의인이 운녹산의 기세를 느끼고서 좌측으로 고개를 돌렸다. 그리고 눈으로 확인한 즉시 도를 뽑아 들고 마주 달려들었다.

서로 간의 거리는 칠 장, 두 사람은 거의 동시에 도를 휘둘렀다.

쾅!

푸른 도기와 하얀 도기가 맞부딪치면서 굉음이 터지고 빗방울들이 산산이 흩어졌다.

충격으로 인해 비슷한 거리를 물러선 두 사람이 잠시 서로를 직시했다.

먼저 입을 연 사람은 백의인이었다.

"검 아닌 도인가? 그렇다면 네가 운가의 대공자 운녹산?"

운녹산은 백의인의 차갑게 번들거리는 눈을 직시하며 고개를 끄덕였다. 그리고 다시 도로 눈길을 돌려 백의인의 눈빛과도 같은 하얀 도기를 주시하며 말했다.

"그것이 오행마문의 금혼기주가 익힌다는 경금마도(庚金魔刀)인가?"

백의인의 입술 끝이 묘하게 비틀렸다.

"마문? 자신들의 편이 아니면 마문에 마도인가? 흥! 경금신도냐고 묻는 거라면 그렇다고 대답해 주겠다."

운녹산이 차갑게 웃음 지으며 다시 물었다.

"나를 아는 것을 보니 의도적으로 끌어들인 것. 무슨 의돈가? 본 가와 맞부딪쳐서는 별 재미 못 볼 텐데?"

백의인의 입가에 미소라고 할 만한 움직임이 감돌았다.

"몰라. 위에서 하라는 대로 할 뿐이야. 어쨌든 난 간만에 재미있군."

운녹산이 코웃음 치며 말했다.

"모른다? 흥! 금혼기주라는 지위가 그 정도밖에 안 되나? 그럼 아는 놈이 나설 수 있게 도와다오."

백의인의 입가에 차가운 미소가 짙어졌다.

"죽어달라는 뜻인가? 풋! 내가 돕지는 못하겠고, 능력되면 언제든지."

순간 운녹산의 신형이 앞으로 튀어나왔다. 그런데 이상하게도 단번에 다가서는 것이 아니라 한 자 남짓의 단걸음을 이어나갔다. 그 발놀림이 어찌나 빠른지 오직 앞으로만 움직이고 있는 듯한데 묘하게도 바닥에 고인 물은 밟히는 즉시 방울방울 좌우로 튀어 나갔다.

백의인은 무표정한 원래의 얼굴을 되찾고 도첨을 낮게 깔린 수면 아래로 내렸다.

쉐, 쉐, 쉑!

백의인의 전신 구석구석에 세찬 경풍이 먼저 도달했다. 그리고 뒤이어 나타난 것이 머리를 내리찍고 가슴을 베어오고 다리를 자르려는 세 사람의 운녹산이었다.

운룡삼현(雲龍三現)!

백호참마검이 금의대의 주공(主功)이라면 청룡무상도는 운녹산이 주종으로 익힌 도법이었다. 운가의 다섯 가지 무공 가운데서 목성이 짙은 사람들이 주종으로 익히는 청룡무상도이고, 그 도법 팔초식 중에서도 오랜 수련을 요구하는 절초가 운룡삼현이었다.

백의인은 도를 치켜올려 반원을 그렸다. 하얀 기운이 반월(半月)을 그리는 순간 운룡삼현이 만들어낸 세 줄기의 청기가 토막토막 끊어졌다.

"금극목(金克木)이라 이 말인가?"

운녹산이 뒤로 퉁겨나면서 미간을 찌푸렸다. 그러나 즉시 쇄도하면서 왼손 중지를 퉁겼다. 핏방울처럼 붉은 기운이 손가락 끝을 빠져나가자마자 한 송이 붉은 꽃을 피웠다.

백의인은 두 다리를 모으는 즉시 도를 위에서 아래로 내리그어 가슴을 향해 날아오는 혈화를 쪼개 버렸다.

"화극금(火克金)이다, 이 말이지? 흥! 호롱불에 녹는 쇠를 본 적이 있더냐?"

백의인이 비웃듯 말했다.

운녹산이 미간을 찌푸렸다. 금련오엽진결의 지엽을 이루는 다섯 가지 무공을 두루 익히고 합일하여 오기조원지경에 이르기 전이라면 언젠가는 백의인과 같은 강한 금기의 무공을 만나 낭패에 빠질 수 있을 것이라는 생각은 했었다. 그래서 청룡무상도 외에도 금기를 극할 수 있는 금련오엽진결의 화엽(火葉) 주작기(朱雀氣)에 제법 심혈을 기울였건만, 역시 주공인 주작화운창(朱雀火雲槍)이 아니어서 백의인의 말대로 화후가 부족했다.

운녹산의 눈빛이 번득였다.

"운가가 괜히 운가가 아니다. 제대로 된 것을 알지 못해 편법을 쓰는 주제에 감히!"

순간 비틀어 쥔 청룡에서 흐릿하던 도기들이 또 하나의 푸른 칼날을 이루었다. 운녹산이 다시 말했다.

"쇠를 부러뜨리는 나무도 있지."

이 장을 뻗어 나가는 운녹산의 도강을 대하자 백의인은 감히 태만하지 못하고 도를 고쳐 잡았다.

"쉽게 봐서 미안하군. 이제 제대로 한번 해보자꾸나."

"풋! 제대로 해보자고? 난 좋다만 넌 그럴 여유가 없을 텐데. 들리지 않는가?"

백의인이 도기를 한층 강화시키면서 눈살을 찌푸렸다. 들렸다. 계속해서 낮은 비명 소리가 들려왔다. 백의인은 두 발을 교차시켜 옆으로 움직였다.

운녹산이 한층 여유있는 움직임으로 백의인과 보조를 맞추어 자리를 옮겨주었다. 백의인은 결국 운녹산의 어깨 너머로 전장을 주시할 수 있었다.

암담했다. 맞붙기 전에는 쉽게 끝내리라 생각했었고, 직접 붙는 것을 보았을 때는 개인의 능력이 부족하다고는 생각했었지만 수적인 우세가 모자라는 능력을 메워줄 수 있으리라 여겼다. 그러나 결과는 예상에 크게 미치지 못했다.

전장에서 아직 병기를 휘두르고 있는 사람들은 피아 구분 없이 마흔 남짓이었다. 그 가운데 반수 이상이 녹의를 입고 움직이고 있는 것을

보면 아주 짧은 시간 안에 완전한 결과가 나온다고 봐야 옳았다. 그는
홀로 남을 것이고 운녹산은 조력자들을 얻으리라.

백의인은 문득 운녹산만큼이나 상부의 지시에 의문을 느꼈다. 끌어
들여 놓고 굳이 정면승부를 하라 한 이유를 아무리 생각해도 유추해
낼 수가 없었다.

"어찌할 텐가? 꼬리를 말아야지?"

이번에는 운녹산이 비웃었다. 백의인은 눈빛을 더욱 차갑게 굳히고
낮게 소리쳤다.

"웃기는 소리 하지 맛!"

동시에 하얀 도인(刀끼)들 수십 개가 한꺼번에 운녹산의 전신을 두
드렸다. 운녹산은 급히 물러서면서 손목을 따라 도를 휘돌려 전신을
보호했다.

손목을 중심으로 도기가 선풍처럼 휘돌아 푸른 막을 형성했다. 날카
로운 도기들이 일시에 도막을 두드렸고 두 사람은 울컥 솟아오르는 혈
기를 억누르며 뒤로 물러섰다.

운녹산이 솟구쳐 오르는 혈기를 억누르며 오히려 소리쳤다.

"그래. 웃으라는 소리였다! 놈! 죽은 이들이 네놈에게는 수하일 뿐이
지만 내게는 핏줄이다! 네놈이 도주하게 놔둘 것 같으냐!"

운녹산의 신형이 주르륵 미끄러지더니 어느새 백의인의 주변을 휘
돌며 상승했다.

운명산이 목정을 상대로 펼쳤던 청룡팔영이었으나 그 화후를 따지
자면 같은 것이라 할 수 없었다. 하나의 그림자가 늘어날 때마다 백의
인을 두드리는 칼질의 수는 배로 늘었고, 그 움직임마저 도기가 아닌
채찍처럼 불규칙하게 휘어졌다. 거기다가 허공을 박차는 발놀림마다

송곳 같은 경기가 뿜어져 나와 백의인의 전신을 찍고 짓눌렀다.

백의인은 제자리에서 선풍처럼 휘돌면서 점차 하늘을 향해 쉼없이 도를 휘둘렀다.

째재재재재재쟁!

청기가 날아가고 백기가 막아내고 청기가 파고들고 백기가 다시 막았다. 그러나 청기가 빠른 것은 둘째 치고라도, 바람에 흔들리는 버들가지들처럼 불규칙적으로 현란하게 움직여 백의인은 미처 다 막아낼 수가 없었다.

따다다다다다당!

청기가 백의인의 옷자락들을 갈가리 찢어버리는 순간 도기가 몸에 맞았다고는 생각할 수 없는 묘한 소리가 연이어 터져 나왔다.

이겼다고 생각하며 도를 거두고 물러섰던 운녹산이 눈을 치떴다. 그 순간 난자당했다고 생각했던 백의인이 멀쩡한 모습으로 입가에 차가운 비웃음이 머금었다.

백의인의 도에서 한줄기 백광이 번득였다.

운녹산은 허공에서 몸을 뒤집으며 가슴을 향해 날아오는 하얀 도기를 향해 벽공장을 내뻗었다. 그러나 도기에 대항하기에는 벽공장의 출수가 너무 늦었다. 벽공장은 도기의 방향을 겨우 한 치 비트는 것으로 제 임무를 다하고 소멸되어 버렸다.

"크윽!"

어깨가 화끈거리는 통증에 자신도 모르게 비명을 터뜨린 운녹산은 힘겹게 몸을 돌려 바닥에 착지했다. 왼팔이 떨어져 나갈 것만 같았다. 그러나 고통을 호소하고 있을 수는 없었다.

운녹산의 신형이 활처럼 휘어지며 주르륵 뒤로 미끄러져 갔다.

백의인은 따라오지 않았다. 그렇다고 운녹산에게 조롱기 어린 시선을 보내지도 않았다. 그의 눈은 심각함을 가득 담은 채 전장에 가 있었다.

남은 백의인들은 열 남짓. 이제 전세가 역전이 되어 금의대원 둘이 금혼기 수하들 하나에 붙었으니 백의인도 결정을 내려야 할 시기가 된 것이었다.

그때 운녹산이 도기가 스쳐 지나간 왼쪽 어깨를 붙잡고 중얼거렸다.

"금갑호체마공(金甲護體魔功)?"

그러나 백의인은 대답해 주지 않았다. 오히려 엉뚱한 말을 중얼거려 운녹산을 혼란스럽게 만들었다.

"혼자 남아도 살아서 돌아오라 했던가? 훗! 이런 꼴로 돌아갈 수는 없지. 여기서 끝내자."

바로 그때였다.

"대공자! 후위가 있습니다."

돌아보지 않아도 알 수 있었다. 정찰을 내보냈던 음양쌍도 가운데 양광도(陽光刀) 서기평의 목소리였다.

운녹산은 잠시의 고려도 않고 소리쳤다.

"금의대주, 철수한다!"

그 순간에도 비명 소리는 끊이지 않았다. 그러나 오래가지 않고 끝났다. 열아홉 명의 금의대원들이 운녹산을 향해 달려오고 있었다.

백의인은 입가에 묘한 미소를 지었다. 허무하게도 보이고 초탈한 것처럼도 보이는 미소였다.

금의대원들이 전신에서 살기를 뿜으며 운녹산을 스쳐서 백의인을 향해 신형을 날렸다.

"멈춰!"

운녹산이 소리쳤다. 금의대원들은 하나같이 알 수 없다는 듯한 눈빛으로 운녹산을 돌아보았다. 그러나 운녹산은 친절하게 설명해 주지 않았다. 그는 오히려 백의인을 향해 말했다.

"쫓아올 테니 시신을 거두지 못한다. 부탁한다. 이곳에 대충 묻어다오. 언제 다시 만나겠지."

백의인이 오히려 의아한 표정을 지었다. 그러나 이내 깨달은 듯 쓴 웃음을 지었다.

"풋! 내 후위였던가? 그렇게 하지. 여기 표시 나게 묻어둘 테니 살아 벗어날 수 있다면 후에 찾아 가. 다시 보면 그때는 반드시 죽여주지."

백의인은 차가운 얼굴 그대로 포권을 취하며 막고 있던 길을 비켜섰다.

운녹산은 눈으로는 백의인을 향해 차가운 웃음을 지으며 모두에게 소리쳤다.

"떠난다!"

운녹산이 뒤도 돌아보지 않고 문을 향해 몸을 날렸다. 금의대원들은 아교로 붙여놓은 듯 떨어지지 않는 발을 억지로 떼어 운녹산의 뒤를 따랐다.

백의인은 운녹산 등이 완전히 사라진 후에야 고개를 돌렸다. 그리고 천천히 걸음을 옮겨 혈호(血湖)가 된 전장과 거기에 둥둥 떠다니는 혈구 사이를 무표정하게 걸었다.

"내가 소모품이란 것 정도는 알고 있다. 하지만 금혼기를 쉽게 키운 것도 아닌데 왜 이렇게 쓸데없이 희생시켰을까? 후우! 역시 짐작이 안 되는군."

백의인은 다시 한 번 주변을 둘러보다가 결국 고개를 내젓고 말았다. 그때 비후방의 남쪽 목책으로부터 검은 인영 하나가 떨어져 내렸고 그 뒤로 또 다른 흑의인들이 셀 수도 없이 따랐다.

먼저 떨어져 내린 흑의인영은 붉은 빗물 위를 미끄러지듯이 달려와 조금 전에 백의인이 바라보고 있던 그 광경을 살피고 눈을 동그랗게 떴다.

"휘유! 장난이 아니네. 혼자 어떻게 살았소?"

백의인은 흑의인을 바라보며 차갑게 미소 지었다.

"수 사제, 너 때문인 것 같구나. 사저가 분명히 도움은 없다 했거늘, 웬일이냐?"

흑의인이 검은 얼굴에 환한 미소를 드리우며 말했다.

"당연한 걸 묻고 있네. 금생수(金生水) 아닙니까? 나야 금 사형이 없으면 사는 게 힘들어지니까."

백의인이 눈빛을 차갑게 가라앉혔다.

"객쩍은 소린 말고."

흑의인이 움찔하며 쩝쩝 입맛을 다셨다.

"새로이 명이 떨어졌소. 결과가 난 시점에서 남는 자가 운가 쪽이면 살려 보내지 말라고 말입니다. 그전에 개입하지는 말구요. 물론 명받은 시기가 너무 늦어 어차피 개입할 만한 여유도 없었지만 말입니다. 하지만 소제가 사형을 살리기 위해 똥줄이 탔던 건 사실입니다. 그건 믿어주셔야 해요."

백의인은 흑의인의 천진한 얼굴을 직시하며 묘한 미소를 지었다.

"그랬겠지."

"에이, 안 믿는 눈친데? 근데 어디로 갔어요?"

백의인은 흑의인의 질문에 대답하지 않고 되물었다.

"너 혼자더냐?"

흑의인은 금방 대답하지 못하고 입가를 씰룩거리다가 결국 고개를 저었다.

"내가 먼저 달려오긴 했지만, 나머지도 곧 올걸요. 물론 비 온다고 화 사형은 빠졌지요. 근데 어디로 갔냐구요?"

백의인은 다시 한 번 묘한 미소를 지으며 정문으로 고개를 돌렸다.

"어디로 갔겠느냐? 결국 왔던 길로 갔겠지."

흑의인이 고개를 끄덕였다.

"아! 당연히 그렇겠지요. 아는 길이 그 길뿐일 테니. 좋아! 나도 사냥에 동참해 볼까? 안 가시려우?"

백의인이 먼저 전장을 훑어보고서 고개를 저었다.

"금혼기가 할 수 있는 바는 다한 것 같구나. 약속한 것도 있고. 빠지련다."

흑의인이 다시 고개를 끄덕였다.

"그러시구려. 나중에 문에서 봅시다."

흑의인은 대답없는 백의인을 외면하고 도열해 있는 흑의인들을 바라보며 말했다.

"비 쏟아지고 물 많아 좋지? 하늘이 놀아보라고 이렇게 멍석까지 깔아주는데 우리 수신기(水神旗)가 제 할 일을 못하면 나 무척 기분 나쁠 거야. 알아서 잘들해. 좋아. 가보자구."

흑의인은 무표정하게 서 있는 백의인에게 환한 미소를 지어 보이고 정문을 향해 미끄러져 갔다.

백의인은 수신기 사람들이 모조리 빠져나가자 다시 한 번 전장을 훑어보았다.

"어디나 물 천지군. 쯧, 쓸데없는 약속을 해버렸어."

바닥에 고인 물을 툭 차는 것으로 난감한 심정을 드러낸 백의인은 비후방에서 가장 큰 목조 건물로 시선을 돌렸다.

제 7 장

생사강은 무인에게 더 야박하게 군다

생사강은 무인에게 더 야박하게 군다

특별한 계획 같은 것은 없었다. 있다면 단 한 가지, 가장 빠른 시간 내에 왔던 길을 되짚어간다는 것뿐이었다.

누구도 그 일이 어렵다고 생각지 않았다. 폭우 내리고 수림 울창하며 날은 저물어가도, 오는 중에 그들이 만들어놓은 길은 살갗 위로 흘러내리는 핏물처럼 확연히 눈에 들어올 것이라고 생각했다. 그들은 오히려 천지자연이 추적자들로부터 그들의 자취를 지워줄 것이라 여겼다.

한 가지 걸리는 것이 있었다면, 핏줄로 이어진 동료들의 시신마저 거두지 못하는 슬픔뿐이었다.

"헉, 헉, 헉, 헉!"

운경산은 분노로도 제어할 수 없는 거친 숨을 토해내며 검을 휘둘렀다. 날카로운 검기가 거치적거리는 것은 무엇이든 가리지 않고 베었다. 그러나 보이는 것은 또 다른 넝쿨과 나무들뿐이었다.

아직 살아 있는 자들을 위해 죽은 자의 시신을 남겨둔 슬픔마저 속으로 삭이며 길을 찾아 헤맸다. 일단 비후봉만 돌아들면 금의대가 거칠게 파괴하며 만들어놓은 길을 쉽게 찾을 수 있으리라 여겼건만, 산은 자신에게 상처를 준 자들에게 길을 열어주지 않았다.

산뿐만이 아니었다. 사람 같은 것들도 있었다. 양광도 서기평에 따르면 적의 후위대는 몸에 밀착되는 흑의를 입은 자들 백여 명이었다. 그러나 금의대의 길을 막은 이들은 그들이 아니었다. 나무가 갑자기 칼을 휘두르고, 바위가 절로 쪼개져 튀어 오르고, 땅이 꺼지고 때로 솟구쳤다.

처음에는 크게 당황하지 않고 해결할 수 있었다. 때로는 길을 열기 위해 펼친 검기에 꼼짝하지 않던 나무와 바위가 비명을 지르며 피를 흘렸고 땅이 선혈을 내뿜기도 했었다.

그러나 숲길 헤매기를 한 시진, 잠시도 쉬지 못하고 쫓기다 보니 비후방에서 이미 상처를 입었던 이들이 하나둘씩 뒤처지기 시작했다. 전체의 속도가 느려질 수밖에 없었다.

처음에는 큰 장애가 되지 못하던 적의 매복이 그때부터 효력을 발휘하기 시작했다. 길을 못 찾고 두 시진을 허비하고 나니 뒤처지는 자들 중에서 하나둘씩 희생자가 나타났다.

남은 인원은 열두 명. 그럼에도 불구하고 그들은 아직 숲의 미로에서 벗어나지 못하고 있었다.

"으아아아아아!"

운경산은 검에 분노를 실어 전방을 난자했다. 그러나 숲은 소리없이 비명을 질러대면서도 결코 굴복하지 않았다.

"멈춰!"

운현산이 소리쳤다. 운경산이 붉은 눈으로 운현산을 돌아보자 모두의 시선이 운현산에게로 꽂혔다.

운현산은 앞뒤로 시선을 돌려가며 손짓으로 모두에게 모이라는 신호를 보냈다. 앞에서는 운경산이, 후미에서는 운명산과 운추산이 운현산과 운녹산에게로 모였다.

대원들의 상태를 확인한 운현산의 눈빛은 참담하기 그지없었다. 칼에 찢기고 나무에 긁혀 옷은 넝마가 되어 있었고, 찢어진 사이사이로 빗물과 핏물이 뒤섞여 흐르고 있었다. 눈빛은 슬픔과 자괴감, 그리고 피로함이 한데 어우러져 총기를 잃었고 늘어진 두 팔은 부러진 나뭇가지처럼 건들거렸다.

운현산은 보라는 듯이 눈에 기운을 북돋고 나서 먼저 운녹산에게 말했다.

"이미 가야 할 곳을 지나친 것 같습니다. 이렇게 계속 간다는 것은 무의미합니다."

운녹산이 고개를 끄덕이고서 잠시 생각에 잠겼다. 그리고 잠시 후 운현산을 먼저 보고 나머지에게도 시선을 주면서 말했다.

"우리는 지금 사냥당하고 있다. 더듬어 생각해 보니 적은 우리를 한 방향으로 몰고 있어. 대주의 말대로 계속 간다 해도 길을 찾지 못하는 것은 불문가지(不問可知). 이곳에서 체력을 회복하고 가야 할 방향을 정한다."

운녹산은 나머지는 알아서 하라는 듯 운현산에게로 시선을 주었다. 운현산이 목례로 알아들었음을 표시하고 모두에게 말했다.

"태을구성진을 취하고 자신의 전방 삼 장 안의 장애물을 모두 제거하라."

그의 말은 즉시 행동으로 옮겨졌다. 운경산이 이미 길을 뚫어놓은 그곳에 운녹산과 음양쌍도, 그리고 상처가 심한 운평산이 자리하고 그 주위로 운현산과 나머지 일곱 명이 둘러섰다. 그들이 일제히 검을 떨쳤다.

나무가 잘려지고 풀과 넝쿨들이 허공으로 튀어 올랐다. 세 군데에서 피가 튀고 비명 소리가 터져 나왔다. 그러나 아무도 놀라지 않았다. 이미 수십 차례나 경험한 일이었고 적들의 죽음 따위에 눈살을 찌푸릴 만한 동정심이 남아 있지도 않았다.

운경산이 차가운 눈빛으로 목전의 바위를 노려보다가 왼손을 휘둘러 후려쳤다.

"컥!"

비명이 터지면서 바위와 흡사한 질감의 은형포가 흘러내리고 그 위로 벌거벗다시피 한 사람이 바위에 기대어 주저앉았다. 운경산은 아무런 거리낌도 없이 검을 휘둘렀다. 하얀 검기가 바위를 위에서 아래로 가르자 시뻘건 선혈이 칼날처럼 운경산을 향해 달려들었다.

운경산은 차가운 시선으로 피 흘리는 바위와 사람을 바라보다가 다시 그 주변을 향해 검을 내뻗었다.

금의대원들은 거치적대는 모든 것들을 아직 파괴되지 않은 숲으로 밀어 넣었다. 그렇게 운현산의 명령대로 사방이 열린 널찍한 공간이 확보되자 금의대원들은 아직도 막힌 숲을 향해 예리한 시선을 보내며 다음 명령을 기다렸다.

운현산에 앞서 운녹산이 다리를 심하게 다친 운평산을 오른쪽 어깨로 떠받치고 공간의 가장자리로 걸어가면서 말했다.

"쌍도는 바닥을 정리하도록!"

음양쌍도가 도를 뽑았다. 두 사람은 따로 상의하지 않았음에도 빈 공간을 반으로 갈라 등을 마주하고 서로의 오른쪽 가장자리부터 왼쪽을 향해 빠른 속도로 움직이며 바닥을 그어 나갔다.

파랗고 붉은 도기가 바닥을 한 자 간격으로 연이어 갈라 나가자 서기평이 움직이는 공간에서 한줄기 핏물이 솟구쳐 올랐다. 바로 그 순간 유음도 서도평의 공간에서 땅이 꺼지며 시커먼 무엇이 솟구쳐 올랐다.

서도평은 땅을 가르던 도를 비틀어 수평으로 그었다. 파란 도기가 번득이는 순간 또다시 피가 튀고 육편이 떨어져 내렸다. 서도평은 아무런 일도 없었다는 듯 작업을 마무리하고 이미 일을 끝낸 서기평에게로 돌아와서 운녹산을 응시했다.

운녹산이 다시 운평산을 떠받치고 원래의 자리로 돌아와 쌍도에게 운평산을 넘겼다.

"상처를 봐주게."

운녹산이 운현산을 바라보는 것으로 다시 지휘권을 넘겼다.

운현산은 운녹산의 곁으로 다가와 모두를 모았다.

"사인 일조로 사방을 경계하고 나머지는 휴식을 취한다."

운현산이 운녹산으로부터 일 장을 벗어나 먼저 외곽으로 나갔다. 운경산이 따라 반대 편을 맡자 운명산과 운추산이 각각 빈 공간을 채웠다. 네 사람이 검을 쥔 채 바닥에 앉아 사방을 살피자, 남은 이들도 운녹산을 중심에 두고 반 장을 벗어나 외곽의 네 사람 사이사이를 채우고 가부좌를 틀었다. 네 사람이 앞으로 반 장 나아가기만 한다면 그 즉시 태을구성진이 발동될 수 있는 위치였다.

바깥의 네 사람이 형형한 안광을 드러내며 오감을 증폭시키는 동안, 안쪽의 네 사람들은 검을 두 무릎 위에 얹고서 피로한 눈을 감고 호흡에 몰입하기 시작했다.

음양쌍도가 운평산의 상처를 살펴 금창약을 바르고 옷으로 단단히 감싸는 동안 운녹산은 복잡한 감정이 엿보이는 눈으로 운현산의 등을 바라보고 있었다.

며칠 동안 옆에 두고 보아온 운현산은 재질도 뛰어나고 사내다웠다. 말보다 행동으로 먼저 보였으며 이끌 줄 알고 포용력도 있었다. 같은 배에서 난 아이였다면 운현산만큼이나 믿음직한 동생은 없으리라. 그러나 그는 친동생이 아니었다.

운녹산은 문득 운가를 떠나기 전날의 운검정을 떠올렸다. 그날 운검정은 금의대를 언급하면서 평소와는 다르게 부탁하는 어조를 사용했고, 운녹산은 그것이 더 거슬렸었다.

'왜요? 제가 현산을 죽이기라도 할 것 같았습니까? 왜요? 저놈이 훌륭한 자질을 가지고 있다는 것은 인정합니다만 저와 비교하실 일은 아니었습니다. 저를 어찌 키우셨습니까? 네가 장차 가문을 이끌어야 한다, 하셨습니다. 무엇 하나 남보다 모자라서는 아니 된다, 하셨습니다. 현산이 제 어미 품에서 어리광 부릴 때 저는 팔이 부러져라 도를 휘둘렀습니다. 늘 의젓해라, 하셨습니다. 현산은 안아주시고 저는 무덤같이 컴컴한 연공관에 있으라, 하셨습니다. 이해했습니다. 감당해야 할 지위가 다르니 당연하다 생각하면서 감수했습니다. 그런데 이제 와서 두 손에 얹어놓으시고 무게를 재시다니요? 그러면서 품에 안으라 하십니까? 쿠쿠쿡!'

속에서 시작된 웃음이 겉으로 새어 나왔다. 웃어서는 안 되는 상황이었다. 이미 금의대의 삼 분지 이를 잃었고 운녹산 본인도 살아 돌아갈 확률이 희박한 상황이었다.

운녹산은 문득 정신을 차리고 시의적절하지 못한 자신의 웃음을 누군가 볼까 봐 고개를 숙였다.

"윽!"

다행히도 웃음은 멈췄지만 대신 살이 찢어지는 통증이 찾아왔다. 백의인이 날린 한칼은 운녹산의 가슴 위쪽에서 어깨까지의 살덩이를 한 주먹이나 날려 버렸다. 대충 응급 처치는 했지만 긴장이 풀린 상태에서 과도하게 고개를 숙임으로써 잊고 있던 통증이 다시 살아났다.

운녹산은 눈짓으로 의사를 묻는 서도평에게 왼쪽 어깨를 내맡기고 품속에서 근상속요환(筋傷速療丸)을 꺼내 입에 털어 넣었다.

금창고의 싸한 냄새가 면포에 가려진 순간, 운녹산은 조식에서 눈을 뜬 금의대원 네 명이 운현산 등과 자리를 바꾸는 것을 보며 지그시 눈을 감았다.

얕은 호흡으로 체력 회복에 들어간 지 이각쯤 지났을 때의 일이었다. 외곽의 네 사람이 갑자기 허공으로 날아올랐고, 운녹산이 정광이 드러나는 차가운 눈빛을 발했으며, 동시에 운현산 등도 앉은 자세 그대로 허공으로 튀어 올랐다.

촤촤촹!

검 뽑는 소리가 일제히 들리는 순간 외곽의 네 사람이 허공에서 몸을 휘돌려 자신의 발 밑에서 솟구친 날카로운 기운을 향해 백기를 뿜어냈다.

"크아아!"

네 개의 흙덩이들이 피를 뿌리며 산산이 흩어지는 그 순간 운현산 등도 땅바닥에 검을 꽂아 넣었다. 검이 빠지자 네 줄기 핏물이 분수되어 솟구쳤다.

서도평이 운평산을 부축하여 일어서고 서기평이 운녹산의 곁으로 다가왔다.

태을구성진은 흐트러졌으나 그 구성원들은 운녹산을 중심으로 더욱 작은 원을 이루었다. 운현산이 운녹산에게로 다가와 의중을 물었다.

운녹산은 유독 나무가 굵고 높고 무성한 주변을 둘러보며 말했다.

"얼마나 될지도 모르는 적을 무작정 앉아서 기다리느니, 체력을 회복한 이상 이동하는 게 낫겠군. 왔던 길을 찾는 것은 포기하고 무조건 비후봉을 등진다."

운녹산의 말에 운현산도 동의했다. 운현산은 주변 나무들의 높이를 살폈다. 오 장을 넘어서는 꽤나 큰 나무들이 우거져 있었다.

운현산은 운경산을 불러 옆에 세워두고 일학충천(一鶴沖天)의 신법을 펼쳐 허공으로 솟구쳤다. 바로 그 순간 운경산도 몸을 날렸다. 운경산이 오 장을 솟구친 때 운현산이 힘을 잃고 떨어져 내리고 있었다. 운경산은 허공 중에서 몸을 뒤집어 운현산의 발바닥을 후려 찼다.

운현산이 선풍처럼 몸을 휘둘러 다시 허공으로 치솟아 사위를 살피는 동안 운경산은 몸을 뒤집어 바닥에 내려섰다. 잠시 후 운현산이 땅에 안착하여 그들이 애초에 향하던 방향의 우측을 향해 손을 뻗었다.

운경산이 먼저 움직이자 나머지 사람들도 뒤를 따랐다. 그때 막 운평산을 업은 서도평이 눈을 번득이며 도파를 쥐었다. 그의 도신이 반쯤 드러나는 순간, 업고 있던 운평산의 정수리에서 한줄기 핏물이 솟구쳤다.

"크윽!"

서도평은 부릅뜬 눈으로 자신의 사타구니를 내려보았다. 그곳에서 주르륵 쏟아지는 핏물을 보는 순간 그의 두 다리가 꺾였고 운평산과 서도평의 상체가 앞으로 기울어졌다.

서도평의 두 다리 사이에서 올라온 무엇인가가 그의 사타구니를 뚫고 내부를 뒤흔들어 놓은 것도 모자라 업혀 있던 운평산의 턱을 지나

정수리로 튀어나온 것이었다.

"흐아!"

서기평은 지금껏 그들이 지나왔던 방향으로 몸을 날리며 바닥으로 도를 휘둘렀다. 붉은 도기가 땅을 가르려는 순간 사람만한 흙 기둥이 잇달아 솟구치며 도기의 진행을 막아섰다.

"돌아와!"

운녹산이 소리치는 그 순간 금의대가 평지로 만들어놓은 숲의 가장 자리에서 흙 기둥 하나가 사람 크기로 부드럽게 솟아올라 움직임을 멈추었다.

흙들이 바닥으로 흘러내렸다. 그리고 흙으로 빚은 사람의 모양새를 갖추었다. 여인이었다. 흙에 감싸져 있어 확신을 하기는 어려웠지만 허리와 둔부를 잇는 부드러운 선과 주먹만하게 튀어 오른 두 가슴을 보게 되면 누구라도 그리 생각할 수밖에 없었다.

운녹산의 명에 따라 할 수 없이 멈춰 서야 했던 서기평이 분노가 이글거리는 눈빛으로 흙 인형을 바라보았다. 그때 흙 인형이 눈을 떴다. 안개가 낀 듯 탁한 눈빛이었지만 그 속에서도 묘한 정광이 드러나 보이는 기묘한 눈이었다.

서기평이 도를 앞세워 몸을 날렸다. 삼 장 앞까지 다가온 도기를 바라보며 흙 인형이 두 팔을 뒤로 제치며 박치기하듯 머리를 앞으로 흔들었다.

오로지 일도양단 내겠다는 기세로 날아가던 서기평은 갑작스레 전신을 압박하는 수백 덩이의 작은 흙덩이들을 당황스럽게 바라보았다. 그것은 흙 인형의 긴 머리카락에 붙어 있던 흙이었다.

하나하나가 비수 같은 기운이 느껴지자 서기평은 최대한 몸을 말아

공격받는 면적을 좁히고 백회혈을 중심에 두고 여덟 번 잇달아 도를 휘둘렀다.

도기의 우산을 쓴 듯 붉은 기운이 서기평의 작아진 전신을 보호했다. 충돌이 있었고 전진하던 서기평의 기세도 사라졌다. 그 순간 여인이 오른발을 내뻗어 바닥을 굴렀다. 그 즉시 서기평의 코앞에서 사람 크기만한 흙 기둥이 솟아올랐다.

전진하던 여력을 모두 거두지 못한 서기평은 어쩔 수 없이 흙 기둥 속으로 파고들었다. 그리고 그 즉시 흙 기둥을 뚫고 여인을 향해 나아가려 했다. 그러나 흙 기둥 속으로 먼저 손 하나가 파고들어 서기평의 목을 휘어잡고 비틀었다.

시작과 끝이 너무나 짧은 시간 안에 이루어졌다. 일행 가운데 가장 가깝게 서 있던 운명산이 자신이 할 일을 깨닫고 여인을 향해 몸을 날렸지만 흙으로 싸인 여인은 땅속으로 파고들었다. 물이 스며들듯 허물어지는 것이 아니라 송곳처럼 땅속으로 박혀 들어갔다.

운명산이 막 서기평을 삼킨 흙 기둥 앞에 이르렀을 때, 여인이 서 있던 그 자리에는 여인의 얼굴만 남아 사이하게 웃고 있었다.

"살아서 돌아가는 자, 아무도 없으리라. 오호호호호!"

웃음소리의 끝자락을 따라 운명산이 검을 뻗어 여인의 머리를 찔렀지만 튀어 오른 것은 흙덩이들밖에 없었다. 운명산은 즉시 검을 거꾸로 고쳐 쥐었다. 그러나 아무런 기척을 느끼지 못해 내리꽂아 보지도 못하고 검을 거두었다.

운명산은 여인이 서 있던 자리에서 망연자실한 눈빛으로 서기평을 삼킨 흙 기둥을 바라보았다. 그냥 흙 기둥이었다. 특별하다 할 것이라고는 상단부에 뚫린 작은 구멍 하나와 중단쯤에 삐어져 나온 세 치가량의 도첩이 전부였다. 운명산은 머리를 흔들며 일행에게로 돌아갔다.

운녹산은 사자가 된 세 사람을 한 번씩 바라보며 어금니를 악물었다. 운평산이 핏줄이라면 음양쌍도는 충직한 수하들이요 친구였다. 소가주 검증이 시작되면서부터 출가할 때면 언제나 함께 다니던 이들이었다. 어찌 보면 세가의 그 누구보다도 가까운 사이일 수도 있었다.

"기력을 소모해 가며 길을 만들지 말라. 비후봉을 등지고 앞으로만 나아간다."

운녹산은 핏발이 서려는 눈을 씰룩거리고 누구보다도 먼저 돌아서서 움직였다. 나머지 사람들도 운평산을 흘끔거리고 나서 말없이 운녹산을 따랐다.

쏴아아아아!

폭우가 여전히 내리고 있으나 그 소리만은 아니었다. 보이지는 않지만 주변에 분명히 강이 있었다. 그것도 지척에 있는 듯, 이틀을 연이어 내리는 폭우로 인해 수룡이 신이 나서 물장구치는 듯한 소리가 귓가에 쟁알거리고 있었다.

검은 얼굴의 흑의인은 이십여 장 앞에 있는 숲을 바라보며 싱긋 미소를 지었다. 그가 좌측으로 고개를 돌려 말했다.

"화령기(火靈旗)도 다 떼어두고 홀로 웬일이요? 오지 않겠다더니? 비 맞는 거 싫어하지 않소?"

흑의인으로부터 오 장가량 멀찍이 떨어진 곳에 서 있던 적의인이 말했다.

"갑갑해서 나와봤다. 들으니 금혼기가 전멸했다고?"

"아하! 거기에 꼬였구려. 뭐, 하나쯤 양보해도 많이 남으니까……."

적의인의 입꼬리가 실룩거렸다. 그러나 더 이상 말하지 않고 흑의인이 바라보던 숲을 응시했다. 그러다가 문득 고개를 돌리며 물었다.

"왜 하필 이곳이냐?"

마음에 들지 않는다는 어조였다. 흑의인이 다시 미소를 지으며 대답했다.

"사냥이란 게 원래 그렇지 않소? 아무리 구석에 몬다고 해도 결국에는 직접 찔러야 하는 법이오. 여기서 더 가면 우리도 잘 모르는 묘족들 영역. 이쯤까지 몰다 보면 지쳐 있을 게고 여기서 삼기가…… 아! 혼자겠지만 어쨌든 화 사형도 왔으니 사기가 되겠구려. 아무튼 모두 모여 확실하게 찔러주자, 이 말이지요."

적의인이 코웃음 쳤다.

"장황하나 부족해. 쓸데없는 사냥 이야기는 집어치우고 정확하게 말해."

흑의인이 웃으며 고개를 저었다.

"쯔읍, 난 역시 말주변이 없어. 아, 뭐라더라? 원하는 수치는 이미 얻었다. 그러니 최소한의 피해로 죽여라. 뭐, 이런 명이시던가? 그래서 토왕기(土王旗)와 목정기(木精旗)가 밀림 안에서 진을 빼놓으면서 이쪽으로 몰아온 후에 나와 함께 여기서 끝장낸다. 뭐, 이런 이야긴데요. 장소는 뭐 뒤에 오랑하(烏浪河)가 흐르고 시야가 넓은 이곳이 이 사제에게 나쁘지 않은 것 같고, 물론 화 사형이야 싫겠지만, 또 이곳까지 이르려면 숲 속을 많이 헤매야 할 것이라서 토 사저와 목 사형에게도 나쁘지 않아 여기로 했지요. 됐어요?"

적의인이 다시 코웃음 치며 숲을 지나 시작되는 고원을 향해 턱짓했다.

"흥! 네 녀석 수하들과 토 사저 수하들로 충분할까? 듣기로 금혼기가 전멸하는 동안 놈들은 겨우 열하나 죽었다던데?"

"뭐, 안 될 것 있나요? 토 사저와 목 사형이 책임지고 반수 이상 줄여놓는다고 했으니 나오는 놈들 해봐야 열두엇 정도 되겠지요. 각자 할 만하다 싶은 놈들 하나씩 잡고 애들은 나머지 처리하면 되는데……. 어? 저기 나오네. 어라? 겨우 아홉? 비 오니 기분도 안 좋을 텐데, 화 사형은 구경만 해도 되겠네요."

적의인은 가볍게 콧방귀를 뀌었을 뿐 대답없이 전면만 응시했다.

운녹산 등도 수림과 고원의 경계에 멈춰 서서 그들을 바라보고 있었다. 그럴 수밖에 없으리라. 지금까지와는 달리 적의인과 흑의인, 그리고 그들의 뒤쪽에서 반원을 그린 채 서 있는 백여 명의 어피인들이 확연하게 드러나 있었다.

운녹산 일행이 주변을 둘러보았다. 그리고 그들 가운데 몇몇은 그들이 나왔던 곳을 돌아보았다. 잠시 후 희미한 은빛을 드러내던 그들의 병장기에서 돌연 눈부신 백광과 청광이 솟구치는 순간, 그들은 일제히 좌측 흑의인들을 향해 몸을 날렸다.

단 한 번의 탄신으로 이십여 장의 거리를 반으로 단축한 운녹산 일행이 또다시 몸을 날리려 하사, 바로 밑에서 전후좌우 할 것 없이 흙폭죽이 터져 올랐다.

운녹산 일행은 비행하는 흙더미를 향해 급히 병장기를 휘둘렀다. 흙더미들이 산산이 부서지면서 낮은 비명 소리들이 연이어 들리고 흙인지 사람인지 모를 덩어리들이 무광의 좁고 예리한 검을 놓으며 바닥으로 떨어져 내렸다.

그러나 운녹산 등은 결국 앞으로 나아가지 못했다. 원래 그들이 노렸던 흑의인들로부터 수십 줄기의 살기들이 쏟아져 날아왔고, 그들의 좌측 숲에서도 녹색의 잎사귀 같은 비도들이 수십 자루나 날아왔던 탓이었다.

검기도풍이 허공을 난무했고, 몇 가닥 핏줄기가 솟구쳤다. 녹엽비도와 아미자의 공격을 막아낸 운녹산 일행은 허공에서 몸을 뒤집어 병장기를 땅을 향해 휘돌리며 바닥으로 떨어져 내렸다.

물방울이 튀고 흙들이 회오리를 일으키며 사방으로 튀어 올랐다. 바닥이 안전함을 확인한 운녹산 일행은 다시 몸을 뒤집어 땅에 내려서는 즉시 운녹산을 중심에 두고 팔방으로 포진하였다.

물 고인 바닥에서 물결이 일더니 사방에서 운녹산 일행을 향해 파도치기 시작했고, 좌측 숲에서 나무들이 떨리기 시작했으며, 흑의인들도 빠르게 미끄러져 다가왔다.

"어라? 이건 아닌데? 한 놈도 안 남겠다."

흑의인이 적의인에게는 말도 없이 주르륵 미끄러져 나가자 적의인은 얼굴을 찌푸렸다가 뒷짐을 진 채 흑의인을 뒤쫓았다.

그 와중에도 운녹산 쪽에서는 폭풍이 휘몰아치고 있었다. 팔방을 점하고 있던 운현산 등은 구궁에 위치한 운녹산을 향해 밀착하여 그들이 형성하고 있는 진형을 작게 만들었다. 그렇게 함으로써 덤벼들 수 있는 범위를 좁히려 했던 것이다.

과연 흑의인들의 쇄도는 줄어들었다. 그러나 대신 늘어난 것은 쉬지 않고 날아오는 아미자들과 새롭게 모습을 드러낸 녹의인들의 녹엽비도들이었다. 아미자는 빠른 속도로 허를 찔렀고 녹엽비도는 너무나 느린 속도로 허공을 선회하다가 불현듯 닥쳐들었다.

그렇다고 해도 그것들을 막아내는 것은 그다지 어려운 것이 아니었다. 운현산을 포함한 여덟 명의 금의대원들이 검을 선풍처럼 휘돌려 검막의 우산을 치는 것만으로도 충분했다.

문제는 기력이었다. 적들의 숫자를 줄이지도 못하고 한없이 기력을 소모할 수는 없는 일이었다.

또 다른 문제는 땅속을 파고드는 무리들이었다. 무공으로 치자면 열 사람이 한꺼번에 달려들어도 금의대원 하나를 어찌하지 못할 정도로 미천한 실력이었다. 그러나 다른 곳에 신경 쓰는 동안 가장 쉽게 접근할 수 있는 토행술(土行術)을 지녔으니 방심해서는 안 될 존재들이기도 했다.

풀잎에 묻어 있던 물방울들이 튀어 오르고 땅바닥이 잔물결 쳤다. 그것을 보고 있던 운녹산이 입술을 깨물었다. 아미자와 비도가 계속 날아오는 와중이니 땅속을 신경 쓸 수 있는 사람은 그밖에 없었다.

운녹산은 도를 도갑에 돌려보내고 합장하듯 두 손을 모았다. 바로 그 두 손이 떨어지는 순간 운녹산은 허공으로 살짝 떠올랐다가 두 발을 힘차게 굴렀다. 그렇게 연이어 하기를 다섯 차례, 조금씩 방향을 비틀어 한 바퀴를 돌고 나니 운녹산의 얼굴이 백지장처럼 하얗게 변해 있었다.

쿠쿠쿠쿠쿵!

용천혈을 통해 땅속 사방을 파고든 금련오엽신공의 기운이 지축을 흔들었다. 그를 중심으로 풀잎들이 흔들리고 물방울들이 솟아올랐다. 땅이 갈라지고 그 사이로 피를 토하며 사람들이 기어올라 와 널브러졌다.

"호보동지(虎步動地)!"

때를 같이하여 운현산이 외쳤다. 그 순간 수비에만 급급하고 있던 금의대원들이 자신이 점한 방향을 향해 일 보를 크게 내디뎠다.

쿠쿵!

갈라진 땅들이 뒤집혀, 피 흘리며 널브러져 있던 토령기병들이 허공으로 튀어 올라 아미자와 녹엽비도를 막아주었다.

운현산이 잇달아 외쳤다.

"비호답풍(飛虎踏風)! 노호개산(怒虎蓋山)!"

바로 그 순간 바람 탄 호랑이처럼 금의대원들이 앞으로 쏘아져 나가 토왕기병들을 지나치며 세차게 검을 휘둘렀다.

"크아아아아아!"

팔방으로 삼 장에 이르는 검기들이 뻗어 나가자 수십 마디의 비명이 동시에 터져 나왔다.

"퇴(退)!"

운현산이 발뒤축으로 땅을 찍으며 소리치자 금의대원들이 바람처럼 원래의 자리로 복귀했다.

침묵이 전장을 감싸 안았다. 운녹산이 기력을 크게 소모시켜 가며 펼친 일수에 운현산의 즉각적인 대응이 합쳐져 일거에 사십여 명이 죽어버리자 공격 일변도의 적들이 잠시 멍한 상태에 빠졌던 것이었다.

운녹산 등은 그 기회를 이용해 최대한 기력을 회복하려 했다. 바로 그 순간 운추산의 바로 앞쪽 땅이 불룩 솟구쳤다. 운추산은 바로 코앞에서 질 나쁜 옥같이 혼탁하면서도 묘한 광채를 드러내는 눈빛을 대하고 아차 하여 검을 내뻗으려 했다. 그러나 단전에서 불에 타는 듯 화끈거리는 통증을 느끼며 맥을 놓아버렸다.

운추산은 손아귀에서 빠져나가려는 검을 꼭 움켜쥐고 고개를 숙였다. 그는 자신의 배에서 빠져나오는 얇고 예리한 장침을 바라보며 스르륵 무릎을 꺾었다.

"추산아!"

운명산의 외침이 들렸다. 운추산은 눈앞에서 일어나는 세찬 바람을 느끼며 앞으로 고꾸라졌다.

운명산의 검기가 사이한 미소를 지으며 뒤로 물러서는 흙 여인을 쫓는 순간 여인은 검기를 향해 오른손을 뻗었다.

도대체 이해할 수 없는 광경이 눈앞에서 일어났다. 여인의 전신에 묻어 있던 흙들이 한순간에 이동하여 그녀의 내뻗어진 손 앞에 모였다. 검기가 이르고 여인이 손을 흔든 것은 거의 동시의 일이었다.

팍!

흙더미들이 산산이 부서지는 순간 여인의 벌거벗다시피 한 신형은 벌써 토왕기병들 사이로 들어서고 있었다. 토왕기병들이 그녀의 앞을 가렸고 여인은 또다시 물처럼 땅으로 스며들었다가 솟구쳐 올라 흙으로 전신을 가리고 섰다.

"오호호호호! 살아나갈 자, 아무도 없으리라 했었지?"

그 말이 끝나는 순간 흑의인들 사이로 검은 얼굴의 흑의인이 모습을 드러냈고, 멀찍이 떨어져서 적의인이 나타났으며, 여인의 좌측 녹의인들을 헤치고 바짝 마른 목정기주가 목정기병들과는 달리 청의를 입고 나타났다.

운현산과 운녹산은 자신들과 십여 장의 거리를 두고 동서남북을 점한 네 사람의 면모를 훑었다.

단 한 사람도 쉬워 보이는 이가 없었다. 기척도 없이 운추산의 바로 지척에서 솟구쳐 오른 여인의 능력은 차치하고라도, 나머지 세 사람 역시 하나같이 운녹산이 상대했던 백의인과 버금갈 정도의 기도를 내뿜고 있었다.

운녹산은 운현산에게 전음을 날렸다.

〈흑의인의 뒤쪽으로 강이 있는 듯하다. 그쪽을 뚫어 생사는 하늘의 뜻에 맡기자. 하나라도 살아 돌아가야 넋이라도 거두리라.〉

운현산은 즉각 알았다는 전음을 날리고서 주위를 둘러보는 듯한 시능을 하며 모두에게 운녹산의 뜻을 알렸다.

그때 여인이 손을 들며 말했다.

"무슨 공론을 하시나? 무릎이라도 꿇으시려고? 원치 않아."

여인의 손끝이 흔들렸다. 떨어지는 순간 모두가 움직이리라. 그때 운현산이 외쳤다.

"군호진천(群虎震天)!"

운현산을 정점으로 하여 좌측에는 운경산과 다른 두 사람이, 그리고 우측으로는 운명산과 다른 두 사람이 붙어 삼각 진형을 이루었다. 그 가운데 운녹산을 세운 일행은 일제히 검을 떨치며 흑면흑의인을 향해 쇄도했다.

"쳐!"

여인이 당황하여 소리쳤다. 그러나 늦은 감이 있었다. 운현산 등의 검기는 하나의 거대한 기둥을 이루어 흑면인의 지척에 이르고 있었다. 그 앞을 막아서던 다섯 명의 흑의인들이 바람 앞의 가랑잎처럼 검기에 휘말려 난자되어 튕겨 나갔다.

"어이 씨! 왜 나야?"

흑면인은 감히 맞상대할 엄두도 내지 못하고 용천혈로 수기를 빨아들였다. 주변의 물들이 흑면인의 기의 움직임만큼이나 빨리 빨려 들어가 그의 발 아래 기둥을 이루면서 뱀처럼 꿈틀거렸다. 그 순간 흑면인은 물뱀의 도움을 받아 일 장 옆으로 순간 이동했고, 운현산 일행이 일으킨 검기는 아쉽게도 물뱀의 꼬리를 부숴 버리는 것으로 만족해야 했다.

그러나 운현산 등도 소기의 목적을 이루어 주변의 수신기병들을 뒤로 물리고 흑면인을 지나칠 수 있었다.

"이런 씨팔!"

흑면인은 분에 겨워 욕설을 내뱉으며 기검을 뽑아 들고 운현산 일행의 뒤를 쫓았다. 순간 그의 검끝으로 흩어졌던 물뱀의 시신들이 순식간에 빨려들었다.

흑면인의 반대쪽에서는 두 손을 붉게 물들인 적의인이 이미 따라붙고 있었고 뒤로 흙 여인과 청의인이 바짝 뒤를 쫓았다.

운현산과 운경산, 그리고 운명산은 전방을 향해 난마처럼 날뛰며 검을 내뻗었다. 흑의인들이 분시가 되어 사방으로 튀어 나갔다. 아미자가 날고 수차들이 날았다. 그것들을 모조리 퉁겨내는 순간 세 사람의 앞에는 더 이상 거치적대는 것이 없었다.

바로 그때 하얀 물기둥이 채찍처럼 일행의 옆구리를 찍었고 반대쪽에서는 붉은 화염이 폭우를 뚫고 날아들었다. 후미의 두 사람이 몸을 휘돌리며 검을 내쳤다.

하나의 검기가 하얀 채찍의 허리를 끊었으나 수편의 여력은 연달아 다섯 번이나 천근추를 펼친 후 겨우 버티는 운녹산의 등을 후려쳤다. 운녹산이 앞으로 고꾸라질 듯 휘청거렸다.

공격을 막아내고 지칠 대로 지친 후미의 두 사람이 동시에 발걸음을 멈추고 왼손을 휘둘러 운녹산의 등을 부드럽게 밀면서 소리쳤다.

"대주!"

운현산이 몸을 휘돌려 운녹산을 받았다. 그 순간 다시 한 번 수편과 홍염이 후미의 두 사람을 후려쳤고 그들은 결국에 피를 토했다. 앞서 간 사람들로부터 그들의 이름이 불려지는 순간 수십 개의 아미자가 그들의 전신에 틀어박혔다.

흙으로 된 여인이 그들을 밟고 지나쳤다. 그 뒤로 수십 명의 토왕기병들이 그들을 짓밟았다. 그러나 운녹산 일행은 이미 약속한 대로 뒤돌아보지 않고 달렸다.

물소리가 귓가에서 들리는 듯했다. 지척이었다. 이십여 장 앞쪽으로 커다란 동혈 같은 어둠이 짙게 깔려 있었다. 그곳이리라.

운현산 등은 눈물을 삼키고 달렸다. 지친 몸놀림으로도 세 번의 도약이면 닿으리라. 한 번 뛰는 순간 또다시 두 마디 비명 소리가 귀를 괴롭혔다.

이제 남은 사람은 넷!

네 사람은 또다시 도약했다. 이상했다. 그렇게 급하게 뒤를 쫓던 적들이 걸음을 늦춘 것만 같았다.

뒤처져 달리던 운명산은 자신의 감을 확인하기 위해 허공에서 몸을 휘돌렸다. 그랬다. 아무도 따라오지 않았다. 스치듯 보았지만 그들의 얼굴에 떠오른 흐릿한 미소에는 분명히 조롱기가 감돌고 있었다.

"멈춰!"

운명산이 소리쳤다. 이제 막 마지막 도약으로 강물에 몸을 맡기려던 운현산 등이 급히 몸을 가라앉혀 어두운 동혈 바로 앞쪽에 떨어졌다.

그들은 상대가 여유를 보이는 이유를 눈으로 확인했다. 거기에 분명히 강이 있었다. 그곳 사람들이 오랑하라고 부르는 강이었다. 그러나 강이면서 벼랑이기도 했다.

고원의 틈새를 가로지르는 좁은 강!

언뜻 보는 것만으로도 눈앞이 아찔해지는 천장단애, 실제로 천 장에 이르지 못한다 해도 능히 백 장은 될 높이였다.

뛰어내린다? 불가능했다. 떨어지는 와중에 바람이라도 분다면 백이면 아흔아홉은 벽에 부딪치고 말리라. 무사히 강물에 떨어진다 해도 내장이 흔들리고 정신을 잃어 결국 수장되고 말리라.

　겨우 운현산의 부축에서 벗어난 운녹산은 절망에 빠져 강물을 등졌다. 그 순간에도 상대는 차가운 웃음을 입가에 머금은 채 한 발 한 발 다가서고 있었다.

　"우아아아!"

　운명산과 운경산이 강물로 밀려날 것 같은 압박감을 견디지 못하고 적진으로 쇄도했다. 운현산과 운녹산이 급히 뒷덜미를 잡으려 했지만 결국에는 힘없이 손을 내리고 말았다. 시간의 차이가 있을 뿐, 자신들에게도 그들과 다름없는 결과가 기다린다는 것을 깨달았기 때문이다.

　운명산과 운경산은 선천지기마저 뽑아낸 듯 오 장에 이르는 검기를 사방으로 뿌려댔다. 비명이 터지고 피가 튀었다. 그러나 주적이라 할 수 있는 네 사람은 상대하지 않고 슬쩍슬쩍 피하기만 했다.

　마침내 운명산과 운경산의 기력이 다했다. 두 사람은 검을 바닥에 꽂은 채 서로 등을 맞대고 주저앉았다. 검파를 잡은 손끝이 부르르 떨렸다. 두 사람은 절대 놓치지 않겠다는 듯 힘껏 검을 움켜쥐었다.

　수신기, 토왕기, 목정기 할 것 없이 수십 명의 사람들이 한 발 한 발 다가들었다. 불 본 나방처럼 죽음을 예감하면서도 한 치의 망설임 없이 달려들던 그들도 역시 사람인 듯, 동료를 잃은 분노를 두 눈 가득 품은 채 병장기 끝에 살기를 드리웠다.

　살갗을 찢어놓을 듯한 살기를 감지한 두 사람은 누가 먼저라 할 것 없이 서로를 마주 보았다. 그리고 머리를 맞댄 후에 목을 비틀어 운녹산과 운현산을 바라보았다.

　두 사람의 눈동자 반을 가린 눈물을 확인한 운명산과 운경산은 흐릿한 미소를 지어 보인 후에 다시 고개를 돌려 서로의 손을 맞잡았다.

　운명산이 말했다.

"제기랄! 토가족들 죽인 게 그리도 찜찜하더니만 결국은……. 고생
했다. 편히 쉬어라."

운경산이 말했다.

"또 봅시다."

그 순간 두 사람의 상체가 크게 휘청거렸다. 동시에 그들의 입에서
울컥 피가 터져 나왔다. 수십 자루의 병장기들이 그들의 등을 고슴도
치처럼 만들어 버린 것이다.

두 사람은 서로의 이마와 코를 마주했다가 점점 밑으로 늘어져 갔
다. 마지막으로 서로의 눈을 다시 한 번 확인한 그들은 눈가에 고통스
런 미소를 지으며 조용히 눈을 감았다.

운녹산은 두 눈을 부릅뜨고 조용히 도파에 힘을 주었다.

'제길! 이렇게 될 줄이야. 이게 아닌데. 아니야, 이렇게 끝낼 수는
없어!'

공을 세워 미적거리는 후계자에 대한 공식 인증을 받으려 했던 것뿐
이었다. 사천제일세(四川第一勢)를 이루겠다는 야망을 펼쳐 보지도 못
하고 죽으러 온 것은 아니었다.

피가 나도록 입술을 깨문 운녹산은 비장함과 분노로 무장한 운현산
의 옆얼굴을 힐끔 살폈다.

'그래, 아직은 끝나지 않았다. 현산이 있어. 그라면……'

운녹산의 목젖이 크게 움찔거렸다. 그는 큰 결심을 마친 듯 고개를
비틀어 운현산의 옆얼굴을 직시하며 말했다.

"그동안 미안했구나, 현산."

순간 운현산의 두 눈이 분노 대신 격정으로 채워졌다. 운현산도 고개
를 비틀어 운녹산의 얼굴을 직시했다. 운녹산이 어색한 미소를 지었다.

'현산! 너뿐이다. 누군가 한 사람은 살아가야 하지 않겠느냐? 하지 만 난 아냐. 내가 널 도울 여력은 없어. 네가 해야 돼. 현산! 제발!'

마침내 운현산도 흐릿한 미소로 화답했다.

운녹산은 늦췄던 도파를 힘차게 움켜쥐어 보란 듯이 곧추세워 보였 다. 그리고 또 보란 듯이 천천히 아주 천천히 한 발을 내디뎠다.

'현산! 제발! 잡아. 날 잡아.'

바로 그때 운현산이 검파를 놓는 대신 운녹산의 왼손을 잡았다.

운녹산이 눈을 치뜨며 고개를 돌렸다. 두 사람의 눈이 마주쳤다. 운현 산은 운녹산의 놀란 듯 보이는 눈을 눈물 가득한 웃는 눈으로 마주했다.

운녹산이 물었다.

"왜?"

운현산은 대답하지 않았다. 그저 힘차게 도약하여 몸을 뒤로 눕혔을 따 름이었다. 두 사람이 부드러운 포물선을 그리며 벼랑으로 떨어져 내렸다.

"뭐야? 어이, 씨팔! 저 새끼들 뭐 하자는 짓이야?"

흑면인이 가장 먼저 벼랑 끝으로 달려와 아래를 확인했다. 그들은 비명도 없이 한없이 한없이 떨어져 내리고 있었다.

"수 사제! 어떻게 좀 해봐!"

토왕기주가 흑면인의 옆으로 다가와 발을 동동 굴렀다. 그러나 그녀 가 들을 수 있는 것은 흑면인의 욕설밖에 없었다.

"어이, 씨팔! 개 좆 같은 새끼들이 그냥 칼 맞아 죽지, 자살을 해? 이 런 젠장할!"

"강이잖아? 어떻게 좀 해보란 말이야!"

토왕기주가 다시 소리쳤다. 흑면인은 그녀의 흙칠한 얼굴을 뚫어지 게 바라보며 말했다.

"강이라고 다 통하는 줄 아슈? 그럼 나보고 저놈들 따라 떨어지란 말이오? 젠장!"

토왕기주는 안타까운 눈빛으로 다시 벼랑 끝을 바라보다가 결국 고개를 저었다. 그리고 잠시 후 냉정한 눈빛을 되찾은 토왕기주는 몸을 돌리며 소리쳤다.

"돌아간다!"

그들이 떠나 버리자 전장은 겨우 고요함을 되찾았다. 그러나 피비린내가 사라지려면 폭우가 닷새는 지속되어야 하리라.

운녹산은 다시 한 번 외쳤다.

"왜?"

운현산은 대답하지 않았다. 오히려 잡은 손을 비틀고 몸을 휘돌려 운녹산과 등을 마주했다. 마치 운현산이 운녹산을 등에 업고 허공을 날고 있는 것 같았다.

두 사람의 하강은 가속이 붙었다. 십 장에 십 장을 더하는 순간마다 귓가를 스치는 바람은 거세어만 갔다. 그렇게 팔십여 장을 내려왔다. 강까지는 겨우 사십여 장. 협곡은 점차 좁아져 운현산의 발에 닿을 것만 같았다.

운현산은 잡고 있던 손을 놓고 두 팔을 다리 쪽으로 내려 운녹산의 두 발을 잡았다. 운녹산은 그때서야 운현산의 형제애에 호소한 자신의 의도가 제대로 들어맞았음을 깨달았다.

운녹산은 운현산의 귀에 대고 소리쳤다.

"현사안!"

바람이 거세게 휘몰아쳤다. 운현산은 아예 천근추를 펼치며 굳건하

게 자세를 유지했다. 그리고 귓가에 애타게 불리는 자신의 이름을 듣
는 순간 흐릿한 미소를 지으며 두 다리를 구부렸다가 힘차게 뻗어 벼
랑에 툭 튀어나온 바위를 짚었다. 동시에 잡고 있던 운녹산의 두 발을
머리 위로 당겨 밀었다.

우두두두둑!

몸속에서 둑이 무너지는 듯한 굉음이 귀 밖으로 터져 나왔다. 팔십
여 장을 강하하고 힘주어 밟은 바위였다. 천하제일의 강골이라도 견뎌
낼 재간이 없으리라.

운현산은 갑자기 가벼워진 등에서 허전함을 느끼기에 앞서 완전히
박살나 버린 하체와 터져 버린 오장육부로부터 오는 고통을 참아내지
못하고 비명을 토했다.

가물거리는 의식을 힘겹게 붙잡고 벼랑을 구르던 운현산은 문득 한
사람의 얼굴을 본 것 같은 착각에 빠져들었다. 평생 볼 수 없을 거라
생각했던 운녹산의 뜨거운 눈물을 본 것만 같았다.

'형님! 꼭 사시구려.'

첨벙, 소리를 들은 운현산은 튀어나온 바위에 머리를 박으면서도 만
족한 미소를 지어 보였다.

*　　　　*　　　　*

토왕기주 토비연(土飛燕)은 옷매무새가 흐트러진 곳이 없는지 두루
확인하고 대리석 기둥이 즐비한 통로를 지나 대전에 이르렀다.

대전의 끝에 위치한 태사의를 확인한 그녀의 눈빛이 일순간 흔들렸
다. 그러나 이내 온전한 눈빛을 되찾아 태사의 앞에 이르렀다.

"제자가 두 분 사부님을 뵙습니다."

그녀의 고개가 태사의를 비켜나 좌우로 연달아 숙여졌다. 태사의 좌우에 앉아 있던 온화한 표정의 초로인과 차가운 얼굴의 노부인이 동시에 고개를 끄덕였다.

토비연이 고개를 숙인 채 기다린 지 얼마 되지 않아 온화한 얼굴의 초로인이 입을 열었다.

"인사 올리거라. 천궁(天宮)에서 오셨느니라."

토비연은 태사의에 느긋하게 자리 잡고 있는 선풍도골의 노인을 바라보며 자신도 모르게 눈을 부릅떴다. 그러나 금세 정신을 차리고 깊숙이 부복했다.

"오행신문 토왕기주 토비연이 삼가 존체를 뵈옵니다."

선풍도골의 노인이 흐릿한 미소를 지으며 고개를 끄덕였다.

"어여쁘게 생겼구나. 일어나라."

토비연은 조심스럽게 일어서서 고개를 숙인 채로 기다렸다.

"결과를 들어볼까?"

선풍도골의 노인이 물었다. 토비연은 소리나지 않게 심호흡하고 나서 가능한 한 차분하게 말하려고 노력했다.

"운가의 금의대와 폐문의 금혼기가 부딪친 결과, 금혼기는 기주를 제외하고 전멸했으며 금의대는 서른둘 가운데 열하나의 사망자가 났습니다. 그 뒤로 화령기를 제외한 나머지 삼 기가 모두 출문하여 금의대를 전멸시켰습니다만, 그 와중에 토왕기병 예순둘, 목정기병 서른셋, 수신기병 마흔다섯이 죽거나 크게 다친 바, 이번 일로 오행기의 전력오 할이 감소했다 할 것입니다."

태사의 좌우에 자리한 두 남녀가 지그시 눈을 감고 고개를 저었다. 그러나 태사의에 앉아 있는 노인은 그럴 줄 알았다는 듯 고개를 끄덕였다.

노인이 좌우를 둘러보며 말했다.

"역시 예상대로군. 아직 멀었어. 급조한 세력으로 저들의 일각을 부수다는 것은 불가능한 것으로 판명났구먼. 헌데 생각보다 더 많이 밀렸어. 역시 전통이란 것은 무시할 수가 없구먼."

말끝에 노인이 좌측의 초로인을 바라보자 초로인은 감히 고개를 들지 못했다.

"죄만(罪萬)합니다."

노인이 손을 들어 흔들었다.

"질책하자는 게 아니야. 세월이 많이 필요할 것 같아 안타까워 그렇지. 기다린 세월만큼 또 기다려야 할 것 같구나. 무력에서 이리도 밀리니 어찌할꼬?"

초로인이 조심스럽게 물었다.

"점창의 일은 아직이오니까?"

노인이 고개를 저었다.

"점창이라? 멀었지. 거기도 아예 까마득해. 강병을 키우는 일만큼이나 오랜 시간이 필요할 게야. 더 큰 문제는 점창의 일이 마무리된다 해도 운남일통(雲南一統)일 뿐 대세에는 별다른 영향을 미치지 못한다는 거야."

초로인이 깜짝 놀라 고개를 들었다.

"구파의 한 자리를 차지한 점창이옵니다. 어찌 그렇습니까, 노야?"

노인이 혀를 차며 말했다.

"아무리 사전 공작이 치밀하다 해도 어디 온전히 접수할 수 있겠나? 반 이상은 죽여야 될 일이야. 그 후의 점창은 아미에도 미치지 못하고 지금의 청성에는 견줄 바도 못 될 테지. 몰락한 곤륜의 상대나 될까나?"

"애초에 점창에서 원한 것이 무력은 아니질 않습니까?"

노인이 씁쓸하게 웃었다.

"방술사들 말인가? 결국에는 우상(右相)과 천기신사(天旗神使)가 직접 나설 테니 그쪽이야 큰 손실 없이 얻을 수 있을 게야. 그리되면 방술사의 힘에서는 점창이 청성이나 아미보다 낫다고 볼 수 있겠지. 그러나 그것으로도 겨우 균형을 맞추는 정도일 뿐이지. 헌데 무력에서 이리도 차이가 나니 그게 무슨 소용인가?"

초로인이 고개를 숙이자 노인이 흐릿한 미소를 지으며 다시 말했다.

"우리는 더 강해져야 하네. 그것도 가급적이면 방술을 사용치 않고 무력으로써 상대를 압도해야 하네. 아미나 청성의 산속 깊이 칩거해 있는 괴물들을 건드리지 않고 일을 끝내자는 것이야. 칼 대 칼이면 노괴들은 세상일에 참견하지 않을 것이니까. 만약 우리가 본격적으로 신귀를 부리기 시작하면 저쪽도 궁금해서라도 나설 거야. 그리되면 천궁이 나서지 않을 수 없는 일. 누가 이긴다 해도 양쪽 모두 파멸 전에는 끝내지 못해. 싸움 끝에 쥐는 것이 없다는 거지. 그러한 상황까지 가서는 안 되는 일이라는 것에는 자네도 동의하겠지?"

"천궁이 전면에 나서는데도 설마 그렇게까지?"

초로인의 놀라는 어투에서 천궁에 대한 절대적인 믿음이 느껴졌다. 그러나 노인은 빙긋이 웃었다.

"냉정하게 내린 분석이야. 그건 지금 당장 붙자고 난리치는 우상마저도 인정한 사실이지. 알겠나? 지난 삼십여 년 동안 자네와 동료들의 노고가 적지 않았지만, 우리가 도모하고자 하는 일을 생각해 보면 삼십 년 전에 우리가 지녔던 힘의 열 배가 필요하네. 오늘 일을 생각해 보면 천궁은 역시 자네들의 오행신마(五行神魔)가 필요해."

초로인은 앉은 자세 그대로 고개를 숙였다.

"최대한 시간을 줄일 수 있도록 노력하겠습니다."

"그래 주게."

노인이 일어섰다. 초로 남녀 모두 급히 일어섰다. 노인이 말했다.

"아! 나올 필요 없네. 제자들의 상심이 클 테니, 아이들이나 잘 다독여 주게."

노인이 태사의를 떠나 허리를 접는 토비연의 곁을 스쳐 지났다. 한 줄기 미풍이 코끝을 간질였다 싶은 순간 노인은 어느새 대전의 끝에 이르러 있었다.

토비연은 급히 고개를 들어 오행신문의 두 문주이자 사사로이는 부부이며 그녀의 사부들이 되는 초로인들을 훔쳐봤다. 두 사람은 그때까지도 숙인 고개를 들지 않았다.

잠시 후 노인의 모습이 완전히 사라지자 여인이 처음으로 입을 열었다.

"범정산은 포기하고 운남으로 간다. 준비하도록."

차가운 음성이었다. 그러나 토비연은 자신도 모르게 토를 달고 말았다.

"하지만 사부님, 어찌 일군 터전인데……."

여인의 눈에서 새파란 힌기가 김돌았다.

토비연은 본능적으로 어깨를 움츠리며 바로 무릎을 끓었다. 그녀는 식은땀이 송골송골 맺힌 이마를 바닥에 찧었다.

그때 초로인이 말했다.

"연아, 이미 예정되어 있던 일. 미련을 두지 마라. 운가에서 본 문을 찾는 것은 시일이 걸릴 따름인 게야. 알다시피 본 문은 너희들이 결국 정예. 그러나 운가는 다르다. 음양대가 나선다면 본 문의 그 누구도 살아남지 못하리라. 네 노고가 적지 않아 아쉽겠지만 대의를 위한 일. 미런두지 말아라."

토비연은 다시 한 번 이마를 찧으며 외쳐 말했다.

"바로 떠날 준비를 하겠습니다!"

초로인이 엷은 미소를 드리우며 고개를 끄덕였다.

"그래, 수고하여라."

토비연은 두 사람이 대전을 빠져나갈 때까지 꼼짝도 않고 엎드려 있다가 그들의 기척이 완전히 사라지자 한숨을 쉬며 일어섰다.

토비연도 대전을 빠져나왔다. 그녀는 긴 통로를 빠져나오는 동안 오늘 들었던 말들을 되뇌어 보았다.

많은 말들을 들었다. 그러나 정확한 의미를 알 수가 없었다. 점창도 그렇고, 그녀의 사부들이 노복이라 자처하면서까지 떠받드는 천궁의 세력으로도 어찌할 수 없는 노괴물도 그렇고 분명히 그녀가 몸담고 있는 오행신문과 절대적으로 연관이 있을 것 같은 오행신마는 더 더욱 모를 일이었다.

그러나 그녀가 확실하게 깨달은 것도 있었다. 스스로를 아무리 귀하게 여겨도 그녀와 그녀의 사제들은 결국 언제나 버릴 수 있는 소모품에 불과하다는 것이었다.

세상에 없는 성을 쓰는 인간, 고아로 지금의 복락을 누렸으니 죽어도 여한이 없다는 말은 하기 싫었다.

잠시 서글픈 눈빛을 드러냈던 토비연은 입술을 꼭 깨물고 나서 중얼거렸다.

"이십 년이라 했던가? 우선 살아남는다. 다섯 가운데 둘! 화 사제와 함께라면……."

제8장

신도 때로 잠을 잔다

신도 때로 잠을 잔다

천신께서 명하시고 우제께서 행하시니
천지자연 옥토만림 생명수가 넘치도다.

사랑하는 나의 아기 이슬처럼 고운 아기
할미 번덕 받느라고 심신일체 고달팠다.

기력 쇠한 이 할미는 천제께서 내려주신
생명수를 취하려고 깊은 잠에 빠지노라.

사랑하는 나의 아기 이슬처럼 고운 아기
자는 할미 품속에서 순결하게 노닐거라.

—대수령신(大樹靈神)의 노래 중에서.

*   *   *

이청수는 평소와는 다르게 상쾌한 기분으로 눈을 떴다. 침상을 박차고 나무 마루가 악 소리를 내도록 발딱 일어서 보았다. 좋은 기분이었다. 두 발은 굳건하고 머리는 흔들림이 없었다.

이청수는 싱그러운 미소를 지으며 창문 쪽으로 움직였다. 정성 들여 만든 태가 역력한 등나무 탁자와 의자를 지나 창가에 이른 이청수는 굳게 닫힌 나무 창문을 힘차게 밀어젖히고 받침목을 세웠다.

세상과 그녀의 기분은 별개인 듯 어둡고 비가 내렸다. 그래도 그녀의 기분은 흔들리지 않았다. 침울해지기는커녕 창틀에 두 팔꿈치를 대어 턱을 받치고 콧노래를 불렀다.

그럴 수밖에 없는 기분이었다. 평소라면 흥건히 젖은 이불을 힘겹게 젖히고 나왔으리라. 나무 바닥이 콧방귀도 뀌지 않을 정도로 힘겹게 버티고 섰으리라. 몽롱한 정신 탓에 눈에는 힘이 없고 머리는 무거워 어렵게 지탱했으리라. 깨어난 시간이 오랠수록 점차 나아지기는 했지만 오늘처럼 눈을 뜨자마자 상큼한 기분을 만끽할 수는 없으리라.

더욱 기분 좋을 수밖에 없는 것은 이런 상쾌한 기분이 오늘 하루가 아니라 앞으로 두어 달 정도는 지속될 수 있다는 것이었다.

그래서 그녀는 비를 좋아했다. 특히 장마철의 폭우를 편애했다. 오로지 장마철의 비만이 그녀로 하여금 맑고 상쾌한 기분으로 깨어날 수 있게 해주는 탓이었다.

허기를 느낀 이청수는 날아갈 것만 같은 걸음으로 마루를 놀라게 만들고서 방을 나섰다.

또 다른 방이 있었다. 거실의 용도로 만들어진 듯 탁자가 있고 흔들의자가 있고 책상이 있었지만 침상은 보이지 않았다.

이청수는 우선 방을 가로질러 문부터 활짝 열었다. 눈앞에서 쏟아지는 비와 빗소리가 정겨워 그녀는 또다시 싱그러운 미소를 지었다.

탁자로 다가갔다. 언제나 그랬듯이 그곳에는 먹을 것이 있었다. 단순히 허기를 채울 정도가 아니라 풍성하게 있었다. 나뭇잎으로 정성스럽게 싸매어놓은 주먹밥도 있었고, 소담스럽게 담아놓은 고기며 잘 구워진 생선도 있었고, 한쪽에는 정성이 느껴지는 몇 가지 소채들이 한 접시에 담겨져 있었다.

이청수는 탁자에 앉아 주먹밥을 들었다. 나뭇잎을 벗기고 입으로 가져갔다. 그녀는 엉덩이가 들썩여 가만히 있을 수 없다는 듯 벌떡 일어나 문으로 다가갔다.

주먹밥을 오물거리며 한참 동안이나 밖을 바라보던 이청수는 손바닥에 묻은 밥알들을 핥다가 기묘한 눈빛으로 어둠 속을 응시했다.

이청수는 갑자기 문가에 놓인 나무 신발을 신고서 밖으로 나갔다. 순식간에 옷이 젖어 얇은 청의가 몸에 찰싹 달라붙었지만 이청수는 아랑곳하지 않고 숲으로 들어섰다.

숲은 미로와 같았지만 그녀는 집 안을 거닐듯 나무들 사이를 지나쳤다. 빗소리와는 또 다른 물소리가 들렸다.

숲을 빠져나온 이청수는 잠시 동안 전면에 펼쳐진 어둠을 두리번거리다가 조심스럽게 걸음을 옮겼다. 내리막길이었다. 내려가면 내려갈수록 발이 깊이 빠져들어 결국 장딴지까지 빠져들었다.

나무 신발까지 진창 속에 남겨두고서야 불어난 강가에 이른 이청수는 거센 물결이 흐릿하게 보이는 전면을 두리번거렸다. 그리고 다시 강가로 두 발짝 더 움직여 허리를 접고 두 손을 뻗었다.

낙하하던 운녹산의 시간이 멈췄다. 무기력한 상태로 허공에 정지되어 있던 운녹산은 가슴에 짧은 발이 달린 것같이 작아진 운현산이 자신을 바라보며 미소 짓는 것을 보았다.

운현산은 분명히 웃고 있었다. 코와 입과 턱이 피 범벅이 된 상태에서도 그렇게 웃고 있었다. 의미를 알 수 없는 웃음이었다. 어찌 보면 비웃음 같기도 했다. 마치 '네 속내를 다 꿰고 있다. 그냥 따라준 것뿐이다' 라고 말하는 것 같기도 했다.

운녹산은 보고 싶지 않았다. 그러나 무기력했다. 몸을 비틀 수도 없었고 눈을 감을 수도 없었다. 그냥 보고 있어야만 했다.

"녹산 형! 그렇게 해서라도 살고 싶으면 사시구려."

환청이었다. 그가 보는 운현산의 입은 말을 할 수 있는 상태가 아니었다. 환청임에 틀림이 없었다. 그럼에도 불구하고 그 목소리는 너무나 또렷하게 머리 속을 떠돌았다.

운녹산은 귀를 틀어막고 싶었다. 그러나 무기력했다. 눈조차 깜빡일 수 없는데 손을 움직일 수 있을 턱이 없었다.

그때 멈췄던 시간이 다시 가기 시작했다. 운녹산은 아래로 떨어졌다. 그의 눈에 안도감이 떠오르는 순간 벼랑을 계속해서 굴러가는 운현산의 모습이 잡혔다.

작은 공이 되어 구르던 운현산의 신형이 마침내 벼랑의 하단부 넓은 바위에 부딪쳐 퉁겼다가 더 이상 구르지 않게 되는 순간, 운녹산의 신형도 이십여 장 더 떨어져 오랑하의 좁은 계류 속에 빠졌다.

물속에 깊이 들어갔다가 다시 떠오른 운녹산은 허우적대면서도 자신도 모르게 운현산을 찾았다. 눈에 보일 리가 없었다. 그럼에도 불구하고 운녹산의 두 눈에는 피가 튀고 뇌수가 흩어진 바위가 보였다.

그러나 그것도 잠시였다. 운녹산은 자신의 물질 솜씨가 거친 오랑하를 감당할 수 없다는 것을 깨달았다. 물을 먹었다. 물속에 숨어 있던 바위들이 운녹산의 가슴과 다리를 거세게 후려쳤다. 옆구리를 찍고 팔을 긁었다.

운녹산은 자신의 머리만은 보호해 보려고 안간힘을 쓰며 힘겹게 반항했다. 또다시 물을 먹었다. 운녹산은 숨이었다. 전신이 점점 무거워졌다.

오랑하의 수신은 매정했다. 안 그래도 힘겨운 운녹산의 발을 잡아당겼다. 또다시 물을 먹었다. 운녹산은 오른팔을 물 밖으로 휘둘러 지푸라기라도 잡아보려고 휘저었다.

'난 살아야 해! 어떻게 잡은 기횐데……. 살려줘!'

수신은 비정한 장난꾸러기였다. 무엇이든 잡을 테면 잡아보라는 듯 운녹산의 신형을 물 밖으로 내밀었다가 다시 잡아당겼다. 장난은 계속되었고 운녹산의 상반신이 물 밖으로 튕겨져 올랐다.

ㄱ 순간 운녹산은 흐릿한 눈으로 흐릿한 무언가를 보았다. 그것이 무엇인지도 모르고 마구 손을 저어 잡아보려 했다. 그때 화답이 있었다.

운녹산은 자신의 손을 보았다. 하얀 손 하나가 그의 손을 굳게 잡고 있었다. 수신은 '쳇!' 하고 운녹산의 발을 놓아주었다. 운녹산은 그때서야 안도하고 무거운 눈꺼풀을 내려놓았다.

이청수는 얇은 이불만으로 벌거벗은 육신을 가리고 있는 남자의 얼

굴을 빤히 바라보았다. 무려 한 시진에 걸쳐 힘겹게 끌고 왔을 때는 인
간인지 괴물인지 구분할 수도 없이 처참한 몰골이었건만, 옷을 벗기고
외상을 돌보고 전신 구석구석을 닦아놓고 보니 예상보다 훨씬 수려한
용모였다.

이청수는 자신도 모르게 손을 뻗어 사내의 얼굴을 쓰다듬었다. 반듯
한 이마를 지나, 뜨면 호목(虎目)이 될 것 같은 눈두덩을 훑고, 우뚝한
콧날을 더듬어, 얇게 느껴지는 파리한 입술을 쓰다듬었다.

이청수로서는 처음 보는 잘생긴 얼굴이었다. 그러나 그녀를 매혹시
킨 것은 잘난 용모가 아니었다. 십수 년 만에 처음 보는 다른 얼굴인
탓이었다. 그녀가 늘 볼 수 있는 얼굴이 아닌, 그녀 자신의 분위기와
흡사한 사내의 얼굴에서 친근감을 느낀 것이었다.

이청수는 늘 외로웠다.

이청수가 영혼의 이끌림을 받아 숲에 정착한 지도 벌써 십오 년이
지났다. 숲에는 그녀만이 사는 것은 아니었다. 생각보다 많은 사람들
이 살았고 그 누구도 그녀를 외면하지 않았다. 그래서 처음의 외로움
은 다른 말을 쓰는 탓이라고 생각했고 그래서 숲의 말을 열심히 익혔
다. 그럼에도 불구하고 그녀는 여전히 외로웠다.

그것은 사람들의 외면 탓이 아니었다. 오히려 숲의 사람들이 그녀를
경배하는 탓이었다. 이족임에도 불구하고 숲의 사람들은 그녀를 '딴뚜
사이난' 이라 부르며 무릎걸음으로 기어와 그녀의 발에 입을 맞췄다.

그녀가 아무리 몸을 낮춰 그들과 같은 높이로 마주 보려 해도 숲의
사람들은 언제나 그녀보다 낮은 자세를 취했다. 그들은 아예 그녀에게
말을 거는 것조차 어려워했다.

오직 한 사람, 스스로를 '사이난' 이라 칭하는 노파만이 그녀에게 말

을 걸었으나 노파 역시 극도의 존경심을 품은 채로 꼭 필요할 때 필요한 말만 했다.

이청수에게 편하게 말을 걸고 위안을 주는 이가 있기는 있었다. 스스로를 '할미'라 칭하고 이청수를 '아기'라 부르는 존재였다. 하지만 그녀는 실체가 없었다. 오직 이청수의 꿈에만 나타나 말을 걸고 숲의 사람들에게 전할 영언(靈言)을 들려주는 존재였다.

사람이 그리운 이청수였다. 할미의 이끌림을 당하기 전에 늘 그랬던 것처럼 입김을 나누고 체온을 느낄 수 있는 그런 존재가 그리웠다. 그것이 바로 이청수가 느끼는 외로움의 실체였다.

이청수는 이미 쓰다듬었던 사내의 이마로 다시 손을 옮겨 손가락 사이로 사내의 머리카락을 흘려보냈다.

이상했다. 이청수가 사내를 구한 지도 벌써 반나절이 지났건만 사내는 아직 의식을 차리지 못했다. 그럼에도 불구하고 그녀는 사내로부터 익숙한 기운을 느꼈다.

이청수를 늘 땀에 젖게 하고 지치게 만드는 할미의 기운에는 비할 수가 없이 약한 기운이었지만, 이상하게도 비슷하고 약해서 오히려 포근하게 느껴지는 기운이었다.

이청수는 직감했다. 사내가 깨어나면 그녀의 외로움이 크게 줄어들리라는 것을. 그랬기에 그토록 강한 느낌으로 구해달라고 외쳤으리란 것을.

"ㅇㅇㅇㅇㅇㅇㅇ!"
마구 도리질하던 운녹산이 갑자기 눈을 부릅뜨고 상체를 일으켰다.
"큭!"

전신 구석구석에서 바늘로 찌르는 듯한 통증이 일었고 뼈 마디마디가 모조리 부서진 것만 같았다.

운녹산은 어쩔 수 없이 눈을 감고 다시 목침에 머리를 기댔다. 그러나 생각해 보니 달콤한 고통이었다. 살아 있는 자만이 고통을 느낄 테니까.

운녹산의 입가에 실낱같은 미소가 어렸다. 바로 그때 그의 감겨진 눈앞에 나타난 얼굴 하나.

"그런 눈으로 웃지 좀 마! 미안하잖아."

운녹산은 낮게 외치고 보지 않기 위해 오히려 눈을 치떴다. 눈앞에 보이는 모든 것이 생소했다. 통나무의 형태를 그대로 유지한 들보며, 나무 외에는 어떤 재질도 사용하지 않은 집 안의 모든 것들은 중원의 그 어느 곳에서도 찾아보지 못할 소박하고 독특한 것들이었다.

그렇게 생소함에도 불구하고 그 기운만은 익숙하고 포근했다. 침상에서 등으로 올라오는 기운은 운녹산으로 하여금 기억하지도 못하는 모태의 편안함을 상상하게 만들었다. 그리고 방 안의 가구 하나하나에서도 은은한 목향이 흘러 운녹산의 취향에 어긋남이 없었다.

편안한 공간의 분위기와는 별개로 목이 타는 것만 같았다. 운녹산은 힘겹게 고개를 비틀었다. 그곳에 한 여인이 있었다. 앉으면 절로 기울어져 잠이 솔솔 올 것 같은 등나무 의자에 모로 웅크린 채 약하게 코를 골며 잠자고 있었다.

풀어헤쳐진 검은 머리카락이 얼굴을 대부분을 덮고 있어 확실히 알 수는 없었지만 젊은 여인인 것 같았다. 옷이라고 하기보다는 천으로 전신을 친친 감은 것 같은 느낌의 이상한 청의를 입었는데, 옷감이 중원에서는 쉽게 찾아볼 수 없는 까실거리는 느낌의 것이어서 무척 시원하게 느껴졌다. 드러나 있는 팔과 허벅지가 얇아 부실하게 보였지만 그 피부는 또 까무잡잡하여 부실한 느낌과는 대조를 이루었다.

운녹산은 자신을 구원해 준 이족의 여인을 깨워보려 했다. 그러나 갈증은 운녹산의 목소리를 풀어주지 않았다. 운녹산은 하는 수 없이 여인에게서 눈을 떼고 눈은 감은 채 한참 동안 혀를 굴렸다. 바짝 마른 입 안에 조금씩 침이 고이자 힘겹게 목으로 넘기고 다시 혀를 굴렸다.

말라붙는 느낌이 겨우 가시자 운녹산은 몸을 조금씩 흔들어 자신의 상태를 차근차근 점검했다. 잠시 후 그는 입술을 질끈 깨물었다.

벼랑에서 떨어지기 전부터 어깨의 상처와 내상은 심한 상태였다. 그리고 다른 곳은 대체로 온전했었건만, 지금 살펴보니 팔다리가 사이좋게 하나씩 부러진 듯했고 적어도 세 대 이상의 갈비뼈에 손상이 있었다. 어깨의 상처는 더 벌어질 수 없을 만큼 벌어진 것 같았고 오장육부가 제자리를 이탈한 듯 작은 흔들림만으로도 욕지기가 나오려 했다.

운녹산은 조심스럽게 운기해 보았다.

"큭!"

기운을 일으키려 하자마자 단전이 찢어질 것만 같았다. 운녹산은 자신이 완전히 무방비 상태가 되었음을 깨닫고서 힘없이 눈을 떴다.

'크크크! 무방비라? 이리되면 살아도 아직 산 목숨이 아닌가? 첩첩산중이라!'

*　　　*　　　*

무산을 어렵게 뚫고 천북에 이른 곽자렴에 의해 상자 하나가 전해졌을 때, 상자는 전해진 그 자리에 그대로 남겨졌다. 그리고 가주 운검정을 포함한 일백여 명의 장년인들과 초로인들이 지친 곽자렴을 앞세우고 세가를 나섰다.

산이 쪼개졌다. 세상 사람 그 누구도 발을 디뎌보지 못했던 천북고원과 무산, 그리고 의창을 잇는 일직선상에 폭우를 하늘로 되돌리는 검광이 충천하면서 길이 뚫렸다.

그들은 운가의 정예, 음양대가 아니었다. 아버지들이며 숙부들이었다. 누구도 말하지 않고 지휘하지 않았다. 그들은 전인미답(前人未踏)의 삼협 북안(北岸)을 묵묵히 돌파했다.

의창에 이르러 도강하는 동안 곽자렴은 단 한 번도 제대로 숨을 쉬어보지 못했다. 말없는 가운데 뻗쳐 오르는 살기와 절통한 심정이 하늘에 닿을 것만 같았기 때문이다.

의창의 강 너머에서 기다리고 있던 상초소이는 또다시 십 년은 늙은 듯한 곽자렴의 바짝 마른 노안을 안타깝게 바라보다가 그의 뒤를 따르는 살기에 놀라 인사조차 못하고 바로 길을 떠나야만 했다.

단 한 마디도 내뱉지 않고 길을 재촉한 지 사흘. 아버지들과 숙부들은 마침내 비후봉을 휘돌아 비후방의 폐허를 보았다. 계속된 비로 인하여 피비린내는 이미 가시고 없었건만 비후방을 훑는 아버지들과 숙부들의 눈에서는 줄기줄기 혈기가 뻗어 나왔다.

그들이 마침내 굳게 폐쇄된 비후방의 가장 큰 목옥을 열었다. 곽자렴은 숨을 멈추고 급히 몸을 돌렸다. 그 안에 무엇이 있음을 확인하기도 전에 무엇이 있는지 알 수 있었다. 피비린내, 그리고 부패한 시신이 풍기는 악취는 평생 염장이로 살아온 사람이라도 외면하고 말리라.

모두가 자신처럼 숨을 멈추고 고개를 돌렸을 거라 생각했던 곽자렴은 자신의 경솔함을 후회했다. 오직 그 한 사람만이 열린 문에서 눈을 떼고 몸을 돌리고 숨을 멈췄었다.

곽자렴은 미안함과 당황스러움으로 급히 고개를 숙였다. 그러나 누구도 곽자렴을 바라보는 이는 없었다. 오직 한곳에만 시선을 고정시키고 있었다.

아버지와 숙부들은 문 안쪽에 흘깃 보이던 그 녹의만으로도 그때까지 흘려내던 살기를 거두었다. 흘러내리려는 눈물을 눈을 부릅떠 멈춰 세우고, 터져 나오려는 오열을 입술을 깨물어 참아냈다. 바르르 떨리는 두 손을 피가 나도록 움켜쥐어 견뎌냈다. 그리고 지금까지 서두르던 그 기세를 거두고 가능하면 확인을 늦추려는 듯 천천히 아주 천천히 안으로 들어섰다.

우기에 열사흘이 지났다. 같은 피에 비슷한 성정을 지닌 아이들을 모아놓았기에 찢기고 부패된 시신의 신원을 밝히는 것이 쉬운 일은 아니리라. 그러나 아버지들은 분별이 쉽지 않은 그들의 얼굴을 쉽게도 알아보았다. 그렇지 못한 경우에도 검갑과 패옥 같은 소지품과 옷섶 안쪽에 놓아진 자수로 너무도 쉽게 그들이 누구인지를 알아냈다.

아버지들은 열한 구의 시신들을 부서질세라 조심스럽게 안아 밖으로 나왔다. 누구도 울부짖지 않았다. 오히려 시신을 안고 있지 않은 숙부들의 입에서 억지로 참는 듯한 끅끅거림이 흘러나왔다.

아버지들은 폭우가 쏟아지는 땅바닥에 시신들을 조심스럽게 내려놓고 그들의 고통으로 일그러진 얼굴을 쓰다듬어 펴고 옷을 벗기고 손발을 폈다. 그리고 등짐에서 새 옷을 꺼내 정성스럽게 갈아 입히고 다시 얼굴을 쓰다듬었다.

아버지들은 고개를 들어 떨어지는 빗방울에 눈을 맞추었다. 그들의 눈에 부딪친 빗방울들이 굵어져 뺨을 타고 흘렀다. 아버지들은 그렇게 소리없이 울었다.

일각이 지났다. 꺼이꺼이 터져 나오려는 울음을 억지로 참고 있던 숙부들이 비후방을 돌아다니며 가장 깨끗한 모옥을 다시 치웠다.

이각이 지났다. 아버지들은 하늘에서 쏟아지는 수천억 개의 빗방울에게 자신들의 심정을 대변케 하고 아들들의 시신을 삼촌들에게 넘겼다.

삼촌들은 아비들이 그랬던 것처럼 시신들을 조심스럽게 옮겼다. 그들 가운데 몇몇 장년인들이 결국 참고 있던 오열을 터뜨리고 말았다.

처음으로 운검정으로부터 낮은 질책이 터져 나왔다. 울음소리는 단번에 잦아들었다.

단지 운검정이 가주여서가 아니었다. 세 아들의 시신조차 발견되지 않은 상태였다. 지금 세상에서 가장 답답하고 아프고 불안한 사람이 운검정임을 아는 탓이었다.

시신들의 안치가 끝났다. 아버지와 숙부들이 일제히 운검정의 앞으로 모여들었다.

일백여 명이 모여도 단 한 마디 말소리조차 흘러나오지 않았다. 운검정은 아버지가 아닌 숙부들을 셋 추려 비후방에 남기고 다른 둘을 곽자렴과 함께 의창으로 돌려보냈다. 그리고 흔적을 찾아 숲으로 들어갔다.

장마철 열사흘의 시간은 길고도 길었다. 숲이 아무런 말도 해주지 않았기에, 아버지와 숙부들은 거의 사라져 버린 아들들의 자취를 겨우겨우 찾아가며 긴 시간을 숲 속에서 방황했다.

처음으로 아버지의 입에서 울부짖음이 터져 나왔다. 비후방의 시신들은 비록 떨어져 나갔어도 짝을 맞추어놓을 수는 있었건만, 숲에서 찾아낸 시신들은 온전한 것이 한 구도 없었다.

창칼이 만들어놓은 상흔은 아예 찾을 수도 없었다. 짐승들이 상흔에서부터 뜯어먹고 갉아먹었으리라. 아버지들은 시신의 반을 찾는 것으로도 감지덕지해야 할 판이었다.

운검정은 더 이상 아비와 숙부들의 울부짖음을 잠재우지 않았다. 가주이기에 앞서 아비인 그였기에 실성한 듯 숲을 헤치고 다녔다. 그러나 그는 끝내 아들이라 할 만한 시체 한 조각조차 찾아내지 못했다.

이틀이 지나고 사흘이 흘렀다. 조각난 시신들을 끌어안고 아비와 숙부들이 하나둘씩 비후방으로 돌아왔다. 그리고 나흘이 지나서야 마침내 모두가 돌아왔다.

숲에서 찾아낸 시신들은 음양쌍도를 마지막으로 모두 열 구 정도였다. 그러나 머리와 뼈만 찾아낸 것까지 합하면 열세 구. 비후방에 남겨진 시신 열한 구를 합하면 스물넷이니, 모두 죽었으리라 예상하면 아직 열한 구를 회수하지 못한 상태였다.

아비와 숙부들은 아무런 말도 없이 비 떨어지는 처마 끝에 앉아 있었다.

그들은 의창으로 긴 곽자렴 등이 운가에서 나중에 떠난 후위대를 이끌고 관과 함께 돌아오기를 기다리고 있었다. 그러나 곽자렴 등은 쉬 돌아오지 않았다.

날씨와 배, 그리고 사람에게서부터 여러 가지 변수가 있을 수 있었다. 그것을 이해하지 못할 아비와 숙부들이 아니었다. 그러나 그들의 이성과 감정은 같은 방향으로 나아갈 수 있는 성질의 것이 아니었다.

아비와 숙부들은 오직 한 사람, 한때 성정 급하기로 둘째가라면 서러웠던 운검정의 노안만을 뚫어지게 바라보고 있었다.

처음 시신을 발견한 그 목옥 앞 계단에 주저앉아 검을 두 다리 사이에 놓고 검파에 이마를 기대고 있던 운검정은 마침내 두 손으로 검두를 눌러 일어섰다. 그리고 왼손으로 검갑의 상단 부위를 세차게 비틀어 쥐었다.

며칠째 안내자 역할을 하며 그들의 행사를 지켜보던 상초소이는 머리카락 한 올 한 올이 모조리 곤두서는 공포감에 휩싸였다. 부끄럽지 않은 토가족의 전사라 자부했건만 비후방 구석구석에서 한꺼번에 일어나는 살기는 감히 감당할 만한 것이 아니었다.

그렇다고 그들이 의식적으로 그리한 것은 아닌 것 같았다. 단지 상초소이가 그들의 족장이라고 생각하던 운검정이 일어서서 철컥 소리가 나도록 검을 비틀어 쥔 것뿐이었건만, 한없이 침울한 기운만 내뿜던 일백여 명의 사람들이 일제히 일어나 폭발할 것만 같은 기세를 드러내며 운검정 앞으로 모여들었다.

범정산으로 간다는 한마디가 흘러나오는 순간 상초소이는 또다시 오금이 저리고 눈앞이 아득해지는 기운을 느끼며 할 수 없이 등을 돌렸다.

단 세 명의 장년인들만 남고 모두가 운검정을 따라 비후방을 나선 후에야 상초소이는 겨우 안도의 한숨을 내쉴 수 있었다.

*　　　　*　　　　*

잠에서 깨어났다. 그러나 운녹산은 눈을 뜨지 않고 느껴지는 것들을 음미했다. 맛있는 음식을 아껴 먹듯, 운녹산은 우선 느낌이 모호하고 먼 것부터 떠올렸다.

전체적으로 느껴지는 방의 분위기가 먼저였다. 장마철임에도 눅눅하지 않고 오히려 포근한, 어미의 품 안에서 잠자는 듯한 편안함이 느껴졌다.

이해할 수 없는 일이었다. 그가 지난 이십여 일간 지냈던 방은 모든 것이 나무로 이루어져 있었다. 심지어는 이불마저도 나무를 정성껏 쪼개고 빻아 불에 그슬려 습기를 없애고 다시 태양 빛에 말린 것으로 자아 만들었다 들었다. 그럼에도 불구하고 피부에 거슬리거나 기분 나쁜 습기가 느껴지지 않았다.

그뿐만이 아니었다. 특수한 처리법이 있을 수도 있으니 습기의 문제는 그냥 넘어간다 하더라도, 마치 생명력을 지닌 것처럼 향긋한 냄새와 더불어 항상 포근한 기운이 느껴지는 이유에 대해서는 더욱더 설명할 수 없었다.

그러한 집의 기운은 운녹산의 성정과도 적절히 들어맞아, 할 수 있으면 이 집을 통째로 운가로 옮겨놓고 싶었다.

운녹산이 다음으로 떠올린 것은 그가 등을 맞대고 있는 침상이었다.

아름드리 나무의 밑동을 잘라 세 치 정도를 파서 만든 침상.

운녹산에게는 길이가 조금 짧은 듯했지만 침상이 전해주는 온기는 지난 이십여 일 동안 그를 늘 상쾌한 기분으로 깨어나게 했다. 집을 옮길 수 없다면 나무 침상이라도 꼭 가져가고픈 심정이었다.

침상에 대한 생각을 지우고 막 또 다른 생각을 떠올리려던 운녹산이 오른쪽 겨드랑이 밑에서 꼼지락대는 작은 움직임을 향해 고개를 돌렸다.

운녹산은 코끝을 간질이는 무언가에 코를 박고 눈을 감은 그대로 흐릿한 미소를 지었다. 그때 왼쪽 어깨에서 아릿한 통증이 일었다. 운녹산은 잊고 있었던 그 통증으로부터 섬뜩한 한기를 느꼈다.

'하! 이런 포근함도 나름대로 즐거운데. 이대로 살아볼까? 크큭! 무슨 생각을……..'

운녹산은 자신과는 맞지 않는 꿈임을 깨닫고 눈을 감은 그대로 고개를 돌렸다.

'어떻게 살아남았는데. 돌아가야지. 마음 고생이 적지야 않겠지만 버릴 수 있는 것은 아니지. 암! 아니고말고. 하하! 생각해 보니 이제는 대공자가 아니구나. 홀로라? 그렇다고 소가주도 아니겠군. 곧 소가주가 될 비난받는 대공자라. 크크크, 암담하군.'

운녹산은 눈을 떴다. 그리고 조심스럽게 이불의 한쪽 끝을 젖히고 소리없이 침상을 빠져나왔다.

가슴 아래쪽 옆구리가 시큰거렸다. 운녹산은 부목을 댄 왼쪽 다리를 부자연스럽게 움직여 침상을 반 바퀴 돌았다. 그리고 오른팔을 뻗어 침상에 웅크린 채 자고 있는 이청수의 머리를 쓰다듬었다.

이청수를 바라보는 그의 눈은 아주 잠깐 동안 애잔함이 흘렀다. 요 며칠 운녹산이 이청수를 바라보는 눈빛이 가끔 그러했다. 사랑스러움, 안쓰러움, 미안함이 점철된 눈빛. 그러다가 이내 식어버리기도 했고 다시 살아나기도 했다.

'내가 미쳤나? 알 수 없군, 이런 감정에 휩싸이다니……..'

"흐음!"

이청수가 머리카락을 쓰다듬는 운녹산의 손을 향해 먼저 얼굴을 비틀고 또 전신을 비틀었다.

운녹산은 자신이 이청수를 깨운 것은 아님을 다행스럽게 생각하면서 드러난 그녀의 봉긋한 가슴까지 이불을 덮어주었다. 그리고 다시 머리로 손을 뻗어 얼굴을 가린 머리카락을 좌우로 쓸어 넘겼다.

묘한 얼굴이었다. 가녀린 골격과는 어울리지 않는 가무잡잡한 피부, 오목조목한 이목구비와 거기에 어울리는 귀여운 미소.

외양의 아름다움을 따지자면 운녹산의 아내 목추경에 비할 바가 아니었다. 차라리 귀엽다고 해야 적절한 표현이리라. 그러나 이청수에게는 목추경에게서 찾아볼 수 없는 천진난만함과 따뜻함이 있었다. 그것이야말로 지쳐 있는 운녹산에게 있어 최적의 치료약이었다.

운녹산은 이청수가 늘 앉던 침상 옆 등나무 의자에 앉았다. 이청수가 발을 들어 이불을 반쯤 걷어내며 모로 누웠다. 운녹산은 드러난 이청수의 봉긋한 가슴 한쪽과 반쪽 둔부와 한쪽 다리를 바라보면서 어쩔 수 없다는 듯 고개를 저으며 미소를 지었다. 그리고 이청수와 처음 말이 통했던 그때부터 엊저녁까지의 유쾌했던 기억들을 회상했다.

정신을 차린 이후 한동안 운녹산은 아프고 조급하여 먹지도 않고 말하지도 않고 늘 찌푸리고만 있었다. 그런 그의 옆에서 알 수 없는 말로 재잘거리는 여인은 대소변 수발까지 들어주는 생명의 은인임에도 불구하고, 짜증스러운 존재일 수밖에 없었다.

그러다가 사흘째가 되는 날, 운녹산은 자신의 조급함이 결국 감정의 소모일 수밖에 없음을 자각하고 냉정을 되찾았다. 그리고 당장 자신이 할 수 있는 최선의 선택은 자신의 상태를 정확하게 파악하고 귀가할 수 있도록 육체적 회복에 주력해야 하는 것임을 깨달았다.

우선 내상을 회복해야 했다. 공력의 대부분을 소진한 후에 얻어맞은 흑면인의 수편에는 가공할 경력이 담겨 있었다. 정통으로 맞았다면 그 자리에서 인사불성이 되었으리라. 거기에 더해진 오랑하에서의 표류는 내상을 크게 악화시켰고 즉각적으로 대처할 수 없었기에 상세는 더욱 깊어져 있었다.

약이 필요했다. 운가의 요상단이면 흩어진 진기의 끝자락을 어떻게든 부여잡을 수 있으리라. 일단 공력이 모인다면 내부적으로 뒤틀린 장부와 뼈를 맞추고 치유에 드는 시간을 최소한으로 줄일 수 있으리라. 그러나 운녹산은 가시 공간 그 어디에서도 자신의 소지품을 찾을 수가 없었다.

물어야 했다. 여인과 말이 통하지 않을 것을 알면서도 어떻게든 물어보아야만 했다. 그것이 손조차 편하게 놀리지 못하는 운녹산에게는 더욱 짜증스러웠다.

운녹산은 여인에게 고개를 돌려 입을 움찔거리다가 결국은 한숨을 내쉬고 홀로 중얼거렸다.

"후! 뭐 하자는 것인가, 말도 안 통하는 여자에게?"

그때였다.

"뭐가요?"

운녹산은 눈을 뚱그렇게 뜨고 여인을 응시했다. 대충 짐작하기로 묘족의 여인이라 생각했었다. 그런데 갑자기 자신이 알아들을 수 있는 말을 하니 당황할 수밖에 없었다.

"우, 우리말을 할 줄 아오?"

여인은 동그랗게 눈을 뜬 천진한 얼굴로 고개를 갸웃거렸다.

"우리말? 아! 한어! 할 줄 알아요. 우리말이죠."

틀림없는 한어였다. 오랫동안 사용하지 않은 듯 굼뜨고 발음이 조금 이상하기는 했지만 명료하기까지 한 사천 강남 지방의 특색이 담겨 있는 말이었다. 거기다가 그 내용을 더듬어보니 여인은 이족이 아닐 가능성이 컸다.

운녹산은 여인의 얼굴을 처음으로 뜯어보았다. 오판이었다. 가무잡잡한 피부에 가려 있는 그녀의 얼굴 생김생김은 남방계 한족의 특징을 그대로 가지고 있었다.

운녹산이 물었다.

"왜 처음부터 우리말을 쓰지 않았소?"

여인이 잠시 뜸을 들여 생각한 후에 방긋 웃으며 말했다.

"말을 하지 않아서 벙어린 줄 알았어요. 잘됐어요."

운녹산은 그럴 수도 있겠다 싶어 고개를 끄덕이면서 말했다.

"늦었지만 감사하오. 구해주신 은혜는 잊지 않겠소이다. 그런데 혹시 내게 남겨진 것이 아무것도 없었소?"

여인은 운녹산의 말이 정확하게 해석이 되지 않는 듯 갸웃거리며 침상 앞의 등나무 의자에 몸을 묻었다.

문득 미안한 생각이 들었다. 그가 침상을 빼앗은 탓에 여인은 등나무 의자에서 구겨져 잠을 잤다는 사실을 불현듯 떠올린 것이었다. 게다가 마음이 급한 탓에 생명을 구해준 사람의 이름조차 묻지 않고 먼저 보따리부터 찾고 있었다.

운녹산은 차분하게 심호흡하고 나서 다시 말했다.

"생각해 보니 이름도 묻지 않았구려. 결례했소이다. 뭐라 부르오리까?"

여인이 천진하게 웃으며 말했다.

"이청수."

그때서야 운녹산은 여인이 한인임을 확신했다. 여인이 이어 말했다.

"숲의 사람들은 딴뚜사이난, 으음, 무슨 말인지 잘 모르겠지만 호족선낭(護族仙娘)? 아무튼 그렇게 불러요. 근데 무슨 말이죠? 내게 남겨진 것?"

그 한마디로 운녹산은 정확하게 말하지 않으면 이해시키기가 쉽지 않다는 것을 이해했다.

"나를 구할 때 칼이나 행낭, 가죽 주머니 같은 것들은 없었소?"

이청수는 환하게 웃으며 고개를 끄덕였다. 그리고 방 한 구석으로 줄달음질쳐서 도갑도 없는 청룡의 도파를 거꾸로 쥐고 바닥에 질질 끌며 돌아왔다.

"이걸 이렇게 꼭 쥐고 있었어요."

이청수는 두 손으로 도파를 바로 쥐고 딴에는 무서운 얼굴 표정을 지어 보였다. 그것으로 끝이 아니었다. 이청수는 자신이 운녹산을 어떻게 발견했으며 어떻게 목욕까지 끌고 왔는지를 쉬지 않고 말했다.

동작까지 섞인 이청수의 구구한 설명을 모두 듣고 난 운녹산은 그녀가 상처를 다루는 데는 문외한이란 사실을 깨달았다. 만약 그 당시에 주의를 기울여 옮겼다면 지금처럼 부러진 뼈들이 과도하게 어긋나지는 않았으리라.

운녹산은 자신도 모르게 고소를 지으며 물었다.

"그것뿐이었소?"

이청수는 입술을 비쭉 내밀며 고개를 저었다.

운녹산은 지그시 눈을 감고 마음을 다잡았다. 없는 것은 없는 것이고, 안 되는 일은 안 되는 일이었다. 차라리 느긋하게 마음먹는 것이 요상에 도움이 될 것이라 생각했다.

운녹산은 이청수에게 그가 필요한 조치를 하나하나 세심하게 지시하여 행하게 했다. 부러지고 비틀린 팔과 다리를 바로잡고 부목을 대고, 가슴을 튼튼히 조이고, 어깨의 상처를 치료했다. 이청수는 기꺼이 운녹산의 지시에 따랐다.

서투른 그녀의 솜씨에도 운녹산은 아플 수가 없었다. 그가 신음을 뱉으면 같이 얼굴을 찡그렸고, 그가 입술을 깨물면 같이 입술을 깨물었으며, 벌어진 상처를 치료할 때는 운녹산보다 먼저 아픈 소리를 내뱉었다.

그날 이후, 이청수는 하루 종일 이야기를 해댔다. 처음에는 귀찮게 여겼던 운녹산도 차츰 그녀의 말에 귀를 기울였다. 그 내용이 흥미로워서가 아니었다. 듣고 있으면 원치 않는데도 어쩔 수 없이 떠올리게 되는 얼굴들을 보지 않아도 되는 탓이었다.

이청수의 말을 들어주는 것은 어려운 일이 아니었다. 어차피 달리 할 일도 없는 데다가 따로 길게 응대해 줄 필요가 없었던 탓에 운녹산이 할 일은 그저 얼굴을 바라보아 주고 고개를 끄덕여 주고 가끔씩 경청하고 있다는 뜻으로 짧게 반문해 주기만 하면 되었다.

그렇게 다시 십여 일이 흐르고 나니 운녹산은 이청수에 대해 속속들이 알게 되었다.

아비와 오빠가 함께했던 그녀의 어린 시절이며, 영혼의 이끌림이며, 숲의 사람들이 바로 묘족을 일컬음이라는 것과 그녀가 그들에게서 호족선낭이라 불리는 일이며, 나무 할미의 존재와 그 할머니가 두 달 동안의 긴 휴면에 들어갔다는 사실까지 이청수에 대해서는 모르는 것이 없게 되었다.

이청수의 음성에는 별다른 감정이 섞여 있지 않았지만, 듣고 보니 추억하기 좋은 기억들이 아니었다. 불우했던 어린 시절의 기억들은 차치하고라도, 현재의 생활 역시 그녀가 원하는 삶은 아니라고 느꼈다.

신의 말을 들을 수 있는 자, 그것을 부족민에게 전하는 영언의 전달자, 호족선낭이라는 지위는 한인에게 하잘것없이 여겨질지 모르나 묘족들에게는 떠받들어야 하는 정상의 지위였다.

정상의 위치라는 것. 그것은 바라는 자에게는 행복한 자리일지 몰라도 원하지 않는 자에게는 한없이 외로운 자리임을 운녹산은 알고 있었다. 이청수는 운녹산 자신과는 달리 원치 않는 편에 속해 있었다.

운녹산은 그녀의 담담한 말속에서 고독에 지친 이청수의 절규를 들었다. 그래서 함께 있어주고 들어주는 것만으로도, 자신이 그녀에게 도움을 받는 만큼 그녀 또한 위로를 얻고 있음을 깨달았다.

그런 그녀와의 만남은 운녹산에게 작은 변화를 가져왔다. 그 스스로도 놀랄 만큼 환한 미소를 종종 짓고 있다는 것이었다. 스물다섯이나 먹은 처녀면서 놀랍게도 때 묻지 않은 천진함을 간직하고 있는 이청수를 대하면 대할수록 웃음이 많아지는 것은 어쩔 수 없었다.

예전 같으면 길게 마주하지도 않을 존재가 하는 아무런 의미도 없는 말 한마디마다 미소 짓고, 웃기지도 않은 행동에 웃음을 터뜨렸다.

가끔씩 운녹산은 진심으로 이청수에게 보탬이 되고 싶다는 생각을 떠올리기도 했다. 운가의 교육대로 어렵고 힘든 사람을 돕는다는 차원이 아니라, 순수하게 운녹산 개인의 진심 어린 마음으로 이청수의 외로움을 덜어주고 싶었다.

금방 정신을 차리기도 하지만 어쨌든 놀라운 내면의 변화였다. 다리가 온전했다면 함께 숲을 거닐었을 것이고 팔이 온전했더라면 하다못해 무공이라도 가르쳤을 것이다.

그런 운녹산의 심정으로도 가끔은 이청수의 행동이 곤혹스러울 때가 있었다. 옴짝달싹 못하는 처지라 이미 이청수에게 못 보일 것 없이

다 드러내 보인 그였지만, 때때로 느껴지는 여인의 향기는 운녹산을 당혹스럽게 만들기에 충분했다.

이청수는 운녹산의 손을 만졌고, 가슴에 기댔고, 얼굴을 들이밀어 코를 비비기도 했다. 운녹산도 느끼고 있었다. 그러한 이청수의 신체적 접촉은 욕념으로부터 나온 것이 아니었다. 십수 년 동안 아무런 접촉도 없이 살아온 그녀가 드디어 실체를 만나 외롭다고 절규하는 것이었다.

그것을 이해하면서도 운녹산의 육체는 결국 이청수를 순수하게 받아들이지 못했다. 본능의 반응이 있었고 그러한 반응을 경멸했다. 그러면서도 이청수에게 손을 뻗었고 침상의 한쪽을 비워주었다. 그는 결국 손을 뻗어 이청수를 쓰다듬었고 움켜쥐었고 마구 비볐다. 그리고 결국은 선을 넘었다.

그날 이후 이청수는 운녹산에게서 떨어지지 않았다. 그의 가슴을 쓰다듬고 겨드랑이로 파고들고 하물을 매만지고 입술을 비볐다.

운녹산은 온전한 오른손으로 그녀의 머리카락과 가슴과 배와 사타구니 사이를 쓰다듬으며 스스로를 설득했다. 배은망덕한 일은 아니라고. 그녀의 천진함과 외로움을 사랑하노라고.

운녹산은 가슴에 안긴 이청수를 가볍게 밀어 침상에 앉혔다. 그리고 그녀의 두 어깨를 짚고 진지하게 말했다.

"지금부터 아주 중요한 일을 할 거야. 앉아서 눈을 감고 잠을 자듯 가만히 있을 거야. 그렇게 있는 동안은 내게 말하거나 날 건드리거나 내 주위를 뛰어다녀서는 안 돼. 청수가 그러면 아픈 게 빨리 낫지 않을 거야. 도와줄 거지?"

이청수는 대답없이 얼굴만 찌푸렸다. 운녹산은 그녀의 어깨를 두어 번 토닥이고서 바닥에 반가부좌를 틀고 앉았다. 그리고 다시 한 번 확인하듯 이청수의 얼굴을 바라보았다. 이청수는 꼼짝 않고 앉아 있었다. 그러나 그녀의 입술은 붕어처럼 튀어나와 꼼질대고 있었다.

운녹산은 씁쓸한 미소를 지었다. 할 수 있을 리가 없었다. 토라진 이청수의 얼굴을 앞에 두고 운공에 몰입할 수도 없을 뿐더러 시도해 본다 하더라도 만에 하나 이청수가 돌발적인 행동을 하는 날에는 자칫 돌이킬 수 없는 상황에 이를 수도 있었다.

운녹산은 할 수 없이 다시 일어나 이청수를 향해 두 팔을 벌렸다. 그 순간 이청수는 한 발은 나왔던 입술을 집어넣고서 환하게 웃으며 운녹산의 품 안으로 달려들었다.

운녹산은 얼굴을 찌푸렸다. 갈비뼈가 아직 완전히 아물지 않은 상태여서 찌르르한 통증이 일었던 것이다. 그러나 운녹산은 고통을 입 밖으로 토해내지 않고 대신 이청수의 뒷머리를 부드럽게 쓰다듬었다.

깊은 밤이 되자 운녹산은 이청수가 깊은 잠에 빠져든 것을 확인하고 조심스럽게 침상을 벗어났다. 청룡을 지팡이 삼아 방문 밖으로 나갔다.

목옥의 문을 열었다. 저녁나절까지 지겹게 쏟아지던 비가 어느 사인가 그쳤다. 운녹산은 벌거벗은 그대로 질척거리는 땅을 밟았다.

팔과는 달리 다리에는 여전히 부목을 대고 있는 탓에 절뚝거리는 걸음으로 진창을 걷는다는 것은 쉽지 않았다. 그러나 운녹산은 애도 청룡의 도움을 얻어 숲으로 들어섰다.

생명수를 마음껏 빨아들인 숲의 기운은 맑고 생동감이 넘쳤다. 그 기운이야말로 운녹산의 성정과 가장 잘 동화되는 기운이었다.

이러한 기운은 단지 숲이 무성하다고 생기는 것이 아니었다. 나무가 뿌리박은 토양의 질이 좋아야 하고, 그 토양이 모여 이루는 산세가 좋아야 하며, 풍부하게 물을 머금어야 만이 비로소 지금처럼 강한 영기가 느껴지리라.

운녹산은 이청수가 말한 나무 할미의 존재를 부인할 수 없었다. 이 정도 기운이면 틀림없이 수령신이 머물 것이라고 확신했다. 단지 그가 확신하지 못하는 것은 이청수가 과연 그 수령신의 대리자임에 틀림없는 것이냐는 것뿐이었다.

운녹산은 숲의 영신에게 감사하면서 오른 손바닥으로 건강한 나무들을 하나하나 짚어 나갔다. 몇 개의 나무들을 거친 후에 그는 생명력이 가장 왕성하게 느껴지는 나무를 골랐다. 그리고 두 팔을 뻗어 나무를 감싸 안고 눈을 지그시 감았다.

운가의 독문심법인 금련오엽진결은 목, 화, 토, 금, 수의 오기를 각각의 지엽으로 삼아 고루 단련하고 접붙여 하나의 금련으로 완성시킴으로써 대성을 이룰 수 있는 것이었다.

시작은 어디에서부터라도 상관없다. 목기에서 시작해도 좋고 수기에서 시작해도 아무런 하자가 없다. 단지 시작한 기운으로부터 상생하는 기운으로 기를 변화시켜 종국에는 오엽을 이루면 될 일이었다.

운녹산으로서는 행운이었다. 그가 타고난 천성 가운데 목성이 가장 강했다. 이런 경우 시작은 상극의 기운을 먼저 단련하는 것이 보통이나 이미 진경에 가까운 성취를 이룬 운녹산이라면 그의 성정에 맞는 목기를 먼저 취하는 것이 상세를 치료하는 데는 더욱 빠른 방법이 되리라.

운녹산은 두 장심을 통하여 나무로부터 생명력 넘치는 목기를 빨아

들였다. 그리고 그 기운이 약해지는 순간 또 다른 나무를 찾아 자리를 옮겼다. 그렇게 여섯 개의 나무를 전전하고 나자, 이틀 전부터 운녹산의 요구에 약하게 반응하던 단전이 꿈틀대기 시작했다.

운녹산은 나무에서 떨어져 나왔다. 그리고 강한 기운이 느껴지는 숲의 한가운데 서서 눈을 감고 두 손을 부드럽게 움직였다. 손의 움직임에 따라 단전의 기운이 전신을 휘돌기 시작했다.

운녹산의 전신에서 우두둑거리는 소리가 연달아 터져 나왔다. 그렇게 운녹산의 움직임은 반 시진 이상 지속됐다.

운녹산의 움직임이 점차 느려졌다. 마침내 두 손이 내려오는 순간 운녹산은 가늘고 긴 숨을 내쉰 후에 천천히 눈을 떴다. 서늘한 정광이 숲을 밝히는 듯하더니 서서히 가라앉았다.

"됐군. 이제 이 다리만 나으면……."

그때 나무 사이사이를 뚫고 애절한 목소리가 들려왔다.

"운 가가, 어딨어요? 운 가가, 어디 갔어요? 운 가가!"

운녹산의 눈동자가 미약하게 흔들렸다. 운녹산은 할 수 없다는 듯 고개를 흔든 후에 청룡을 집어 들고 할 수 있는 한 가장 빠른 속도로 소리가 들려오는 방향으로 움직였다. 그리고 마침내 정신없이 숲을 헤매는 이청수를 발견했다.

"왜 나왔니? 더 자지 않고?"

이청수는 눈물 그득한 눈으로 운녹산을 바라보다가 진흙을 튕기며 달려들었다. 운녹산은 가슴의 울림을 예감하고서도 이빨을 질끈 깨물고 두 팔을 벌렸다.

이청수가 그의 품 안으로 꽂히듯 안겼다. 운녹산은 두 팔로 그녀의 뒷머리와 등을 부드럽게 쓰다듬었다. 격렬한 떨림이 느껴졌다. 비 맞은 참새처럼 바르르 떨고 있었다.

"말도 없이 어딜 갔었어요? 가버린 줄 알았단 말이야."

운녹산은 혼란스러웠다. 이청수의 울먹이는 목소리에 가슴으로부터 아릿한 감동과 통증을 동시에 느꼈다. 그런 감정을 느껴서는 안 된다고 다짐했건만 자꾸만 약해지고 있었다.

운녹산은 내심 한숨을 내쉬며 이청수의 머리카락에 얼굴을 묻고 비비며 말했다.

"내가 가긴 어딜 가? 이렇게 곁에 있잖아. 울지 마. 뚝!"

운녹산은 이청수의 떨림이 잦아들 때까지 하염없이 그녀의 머리와 등을 쓰다듬었다.

운녹산의 두 눈에 알 수 없는 기광이 흘렀다. 운녹산은 여전히 이청수의 등을 어루만지면서도 자신도 모르게 보이지 않는 오랑하를 보고 있었다.

운녹산이 이청수의 목옥에서 거한 지도 벌써 달포는 지난 것 같았다. 숲의 영기에 힘입어 내상을 치료했고 어깨의 상처와 부러진 왼팔도 완전히 아물었다. 남은 것은 오직 하나 부러지고 심하게 비틀렸던 왼쪽 다리뿐이었다.

이청수는 눈빛 가득 호기심과 기대를 담아 등나무 의자에 엉덩이만 걸친 운녹산을 주시했다. 운녹산은 이청수에게 싱긋 웃어주고 허리를 접어 부목을 묶은 끈을 풀어냈다.

뻣뻣하고 뻐근한 느낌은 있었지만 힘을 주어도 통증이 오지는 않았다. 운녹산은 의자에서 일어나 이청수가 가부좌 틀고 앉아 있는 침상의 주변을 천천히 걸었다.

여전히 어색한 느낌은 있었지만 운녹산은 조금씩 속도를 더했다.

"됐다아."

이청수가 자기 일처럼 기뻐하며 소리 지르고 박수를 쳤다. 운녹산이 미소를 지으며 왼발로 마루를 찍었다. 그의 신형이 이청수의 머리를 훌쩍 뛰어넘었다. 그것도 모자라 구름을 탄 듯 느릿하게 방을 가로질러 방문 앞까지 이르렀다.

이청수의 즐겁고 놀란 눈을 바라보며 문기둥을 가볍게 찍은 운녹산은 다시 침상으로 돌아와 이청수의 맞은편에 가부좌를 틀고 앉았다.

이청수는 활짝 웃으며 박수를 보냈다. 운녹산은 고개를 비틀어 활짝 열려 있는 동창을 바라보았다. 옅게 낀 먹구름 사이로 오랜만에 붉은 기운이 감돌고 있었다.

운녹산이 문득 흥이 돋아 이청수의 팔목을 붙잡고 말했다.

"가자."

집 밖으로 나서자 운녹산은 이청수의 왼팔로 자신의 목을 잡게 하고 그녀의 허리를 잡아 몸을 날렸다.

"캬아아아아!"

이청수는 비명을 지르면서도 환하게 웃었다. 운녹산은 이청수가 놀라지 않도록 최대한 속도를 늦추면서 부드럽게 허공을 누볐다. 나뭇가지를 밟고 숲 위쪽의 세상을 보여주었다.

한없이 뻗은 나무들, 그 위로 낮게 깔린 먹구름들, 그리고 그 사이로 장마철 내내 억눌렸던 기운을 뿜으려고 안간힘을 쓰는 붉은 태양이 장관을 이루었다.

운녹산은 밟고 있던 나뭇가지에 무게를 실었다. 활처럼 휘어졌던 나뭇가지는 운녹산이 신형을 가볍게 함으로써 다시 활개를 쳤다. 운녹산과 이청수는 다시 허공을 날았다.

계속되는 나무들의 도움을 받아 허공을 맘껏 부유하던 두 사람은 숲을 끊어놓는 오랑하의 물줄기 앞에 이른 후에야 멈췄다.

"하아, 하아, 하아!"

이청수는 안겨 날아다니는 것만으로도 거친 숨을 내쉬면서 운녹산의 목에 감겨 있던 팔을 풀고 대신 두 팔로 그의 허리를 감고 얼굴을 가슴에 기댔다.

운녹산은 이청수의 머리를 안아 쓰다듬다가 불현듯 오랑하의 상류 쪽을 바라보았다.

그때 이청수가 운녹산의 가슴에 볼을 비비며 물었다.

"운 가가, 지금 어디 있어요?"

운녹산의 눈망울이 흠칫 떨렸다.

"무슨 말이야? 여기 이렇게 함께 있잖아."

이청수는 운녹산의 가슴에서 볼을 떼고 운녹산을 올려다보며 말했다.

"그렇죠? 나와 함께 있는 거죠? 그런데 이상해요. 멀리 있는 것만 같아요. 차고 아프고 슬퍼요. 왜 이렇죠?"

운녹산은 대답없이 이청수의 머리를 감싸 안았다. 그리고 다시 오랑하의 상류 쪽을 바라보았다.

잠에서 깬 운녹산은 이청수의 머리 아래서 팔을 빼는 대신 목침을 괴어놓고, 허리를 감고 있는 그녀의 다리를 조심스럽게 내려놓았다.

조용히 침상을 빠져나온 운녹산은 방금 이청수의 머리와 발을 만졌던 두 손을 맞잡아보았다.

"웬일이지? 이런 적이 없는데 웬 식은땀을 이렇게······."

운녹산은 땀에 젖은 이청수의 머리카락을 좌우로 걷었다. 늘 평온하던 그녀의 얼굴이 조금 일그러져 있는 것 같았다. 운녹산은 그런 그녀를 안쓰럽게 바라보다가 두 손을 뻗어 그녀의 두 볼로 가져갔다.

운녹산은 그녀 볼 앞에서 갑자기 손길을 멈췄다.

'펴주고 싶다. 네 얼굴에 웃음만 심어주고 싶다. 진심이 아니어야 하는데 진심이야. 하지만······.'

운녹산은 손을 거뒀다. 그리고 침상을 돌아 탁자 위에 널린 하의를 입고 방구석의 탁자 위에 곱게 개어진 상의를 입었다. 이청수와 함께 생활하면서 처음으로 입는 상의였다.

깨끗이 빨린 옷이긴 하지만 찢어지고 구멍이 뚫려 너덜거렸다. 운가에서라면 걸레로도 쓰지 않으리라. 운녹산은 개의치 않았다. 다만 혹시라도 이청수가 깰세라 옷자락 펄럭거리는 소리조차 나지 않도록 세심한 주의를 기울였을 따름이었다.

옷을 다 차려입은 운녹산은 한동안 집 안 구석구석을 살폈다. 그러나 결국 다시 탁자로 돌아와 이청수를 바라볼 수 있는 자리에 앉았다.

운녹산은 잠시 망설이다가 결국에는 오른손 검지를 세웠다. 수많은 말들이 떠올랐다. 운녹산은 오른손을 거뒀다. 그리고 다시 이청수를 바라보았다. 떨리는 눈망울이 그의 복잡한 심사를 대변하고 있었다.

'휘유! 내 마음을 나도 모르겠군. 이런 이상한 기분이라니······.'

그렇게 이청수를 한참이나 바라보다가 운녹산은 다시 검지를 세워 탁자 위에서 휘둘렀다.

기다려. 반드시 데리러 올게.

운녹산은 자신의 몸을 뒤적였다. 그러나 가진 것이 아무것도 없음을 깨닫고는 다시 이청수의 등을 바라보았다. 운녹산의 시선이 탁자 옆에 세워진 청룡에 이르렀을 때, 그의 눈빛에서 다시 갈등이 일었다.

운녹산은 결국 도두 끝에 달린 수실을 뜯어냈다. 수실에는 작은 금 패가 달려 있었다. 운녹산의 이름 석 자가 음각되어 있고 반대 편에는 청룡이 조각되어 있는 한 치가량의 금판이었다.

운녹산은 그 수실을 글 옆에 내려놓고 청룡을 들고 일어섰다. 그리고 발소리를 죽여 문 앞에 이르렀다. 문을 열고 나가려던 운녹산은 다시 한 번 이청수의 등을 바라보고서 마침내 밖으로 나왔다.

집 밖으로 나선 운녹산은 뒤돌아보지 않고 오랑하를 향해 몸을 날렸다. 강변에 이르자 방향을 틀어 상류 쪽으로 움직였다. 올라가면 올라갈수록 강폭은 좁아지고 강과 강변의 높이가 달라졌다.

백여 장을 움직이니 처음에는 옆에서 볼 수 있던 오랑하가 삼십여 장 아래쪽에 위치해 있었다.

"멀지 않으리. 기다려라, 현산. 네 공이 작지 않으니 영혼만은 거두어주리라."

운녹산은 발끝에 힘을 가했다. 바로 그때 멀리서 울부짖는 소리가 들렸다. 통곡이라 해야 할 울음소리와 애타게 부르는 목소리.

운녹산은 발끝에서 힘을 뺐다. 바위처럼 굳어 움직이지 못했다. 왼쪽 발목이 뒤를 향해 비틀렸다. 몸이 움찔거렸다. 운녹산은 비틀린 발목을 바로 하고 이청수가 앞에 있는 듯 슬픈 눈빛을 하고 중얼거렸다.

"청수, 이해해 다오. 동생과 수하를 산중고혼(山中孤魂)으로 만들고 홀로 돌아가는 처지다. 무슨 염치로 여인을 데리고 갈까? 조금만 기다려 다오."

운녹산은 몸을 세차게 휘돌려 바로 허공으로 튀어 올랐다.

제 9 장

분노의 신이 깨어나

분노의 신이 깨어나

무거운 눈꺼풀을 힘겹게 들어 올렸다. 낯설었다. 온통 푸른색의 차갑고 날카롭고 축축한 기운이 느껴졌다. 이청수는 가슴을 저미는 한기에 오한을 느끼며 힘겹게 몸을 일으키려 했다.

할 수 없었다. 갑자기 전신이 쓰라리고 갑갑증이 일었다. 이청수는 고개를 숙여 몸을 살폈다. 침상에서 솟구친 수백만 개의 가는 나무뿌리들이 그녀의 팔과 다리, 몸통과 목을 얽매었다. 심지어는 머리카락 한 올 한 올마저 잡아당겨 옴짝달싹 못하게 만들었다.

이청수가 놀라 눈을 부릅떴을 때 갑자기 집이 살아 움직였다. 벽이 꿈틀대고 마루가 일렁이며 문짝이 들썩였다.

"ㅇㅇㅇㅇㅇㅇㅇ."

안 된다고 소리를 질러보려 했지만 혀가 구르지 않았고 입술이 벌어지지 않았다.

바로 그 순간 천장이 비틀리며 뭉클대다가 이청수의 코앞까지 늘어졌다. 커다란 얼굴이었다. 백 년이 넘도록 세월의 풍상에 시달린 노파의 얼굴처럼 쪼글쪼글 주름살이 세로로 얼굴 가득 메우고 있었다. 찢어진 눈에서는 금방이라도 뚝뚝 떨어질 것만 같은 선혈들이 좌우로 쉬지 않고 구르고 옹이 같은 뻥 뚫린 두 개의 구멍은 냄새라도 맡으려는 듯 쉬지 않고 벌름거렸다.

벌름거리던 두 개의 구멍이 축소되어 조그만 점들로 화하는 순간, 선혈 같은 눈망울이 커져 혈안으로 돌변하여 이청수를 노려보았다.

이청수는 보지 않으려고 눈을 감았다. 그러나 몇 가닥 나무뿌리들이 그녀의 눈꺼풀을 잡아 위아래로 당겼다. 이청수의 두 눈이 찢어졌다. 눈의 좌우에 핏방울이 맺혀 눈물과 함께 귀로 흘러내렸다.

큰 얼굴의 아래쪽에 그어져 있던 긴 선이 덜컥 열렸다. 끝을 알 수 없는 시커먼 동혈이 드러나자마자 그 속에서 거칠고 날카롭고 붉은 혓바닥이 이청수의 눈앞까지 흘러나와 날름거렸다.

이청수는 고개를 좌우로 비틀어 붉은 혀를 피하려 했다. 바로 그 순간 검은 동혈에서 칼날 같은 음성이 흘러나와 이청수의 귀를 찌르고 머리를 뒤흔들었다.

이녀어언!

너를 귀여워하여 내 몸을 잘라 편히 잘 자리를 마련해 주었고, 내 팔을 잘라 편히 쉴 집을 마련하여 주었다. 양식을 주고 옷을 주고 평안을 주었다.

이 할미가 뭐라 일렀더냐? 오직 하나, 이슬처럼 순결하게 살아달라 했었다. 그것 하나 지켜달라 했었다.

이것이 이 할미의 사랑에 대한 보답이더냐? 네 몸 가득 더러운 사내놈의 악취와 정액을 묻히고 추악한 숨결을 채우고 심지어는 살기 가득한 피마저 뿌렸다. 그것도 모자라 더러운 씨앗을 품고 있어?

배은망덕한 년! 네년이 정녕 나를 거역하고도 살아남기를 바라느냐?

오냐. 이제 이 할미, 네년에게 쏟았던 사랑과 자비를 거두리라. 그리고 저주하리라.

너 이제 나무처럼 살아가리라. 대지는 너의 발을 옭아매고 산은 네 입을 내리누르고 사람은 너를 증오하리라.

네 아이 또한 무엇이 다르랴? 축복을 내려주마.

네가 그러했던 것처럼 아이 또한 귀신을 보리라. 그러나 너와는 또 다르리라. 자비의 신은 없으리라. 칼끝에 피 뿌린 원념이 쌓아 가둔 귀신들을 볼 것이다. 평생을 따라다니리라. 누구도 풀어주지 못하리라.

이청수는 그때서야 자신의 눈앞에서 흉광을 뿜어대는 것이 그토록 자애롭던 나무 할미임을 깨달았다.

이청수는 하염없이 눈물을 흘렸다. 그녀가 원했던 것은 나무 할미가 주지 못했던 실체의 손길뿐이었다. 그것이 그리도 큰 죄가 되리라고는 생각지 못했었다.

용서해 달라고 소리치고 싶었다. 그러나 침상에서 돌아난 촉수는 그녀의 눈만이 아니라 그녀의 입술마저 지배하고 있었다.

"ㅇㅇㅇㅇㅇㅇㅇ아아!"

이청수는 더 이상 자비를 기대하지 않았다. 다만 약간의 아량을 구하고 싶었다. 따뜻한 접촉을 원했던 것이 죄라면 벌은 자신에게만 국한되기를 소원하고 싶었다. 존재조차 모르고 있던 아이에게까지 벌을 준다는 것은 너무나 비정하다 항변하고 싶었다.

나무 할미는 무자비했다. 단 한 마디 변명조차 용납하지 않았다.

이청수는 스스로의 의지로 나무 할미를 직시했다. 눈으로 애원했다. 그러나 나무 할미의 반응은 변함이 없었다.

"으아아아아— 안 돼요!"

절규가 터져 나왔다. 입술을 얽어매고 있던 가는 나무뿌리들 탓에 입술이 찢어지고 피가 튀었다.

"끄아아아아아아!"

팔을 옥죄고 있던 나무뿌리들이 후두둑 끊어졌고, 그녀의 팔도 새빨갛게 물들었다. 이청수는 피투성이가 된 두 손으로 배를 가리고 피눈물을 뚝뚝 흘리며 나무 할미를 응시했다.

"안 돼요, 할머니. 아이만은 안 돼요. 제발!"

나무 할미는 자신의 힘을 거부하는 이청수의 본능에 놀라 치뜬 두 눈을 움츠러뜨렸다. 그러나 이내 원래의 기세를 회복하고 다시 분노를 더해 이청수를 노려보며 소리쳤다.

요망한 것!

분노한 나무 할미의 얼굴이 천장으로 빨려 들어갔다.

훼르르르륵!

방 안에서 돌풍이 몰아치고 가구들이 부서져서 침상 주변을 휘돌고 나무 바닥이 통나무 조각으로 부서져 바람을 따라 돌면서 벽을 부수고 천장을 무너뜨렸다.

이청수는 돌풍의 한가운데 앉아 귀를 막고 눈을 감았다.

"아아아아아아아!"

이청수는 눈을 뜨고 침상에서 벌떡 일어났다. 방 안은 별다른 변화가 없었다. 있다면 한 가지, 어둡고 음습하여 예전 같은 포근함을 느낄 수 없다는 것이었다.

이청수는 식은땀이 홍건한 나무 침상을 손바닥으로 확인하고 불현듯 아랫배를 감싸 쥐었다. 아무것도 느낄 수 없었다.

이청수는 문득 천장을 올려다본 후에 급히 침상을 벗어났다.

허겁지겁 옷을 입었다. 그리고 두 손을 목으로 가져가 거기에 달랑거리는 금패의 존재를 확인하고 주변을 두리번거렸다.

그때였다.

쾅!

굉음과 함께 문짝이 떨어져 나갔다. 창을 꼬나 쥔 건장한 청년 둘이 먼저 방으로 들어서고, 그 뒤로 색색이 화려한 옷을 입고 괴장을 든 노파 하나가 따라 들어왔다.

이청수는 소스라치게 놀란 눈으로 노파와 청년들을 바라보았다. 이러한 일이 벌어진 적은 한 번도 없었다.

이청수의 집은 금남의 지역이었다. 청년들은 감히 집은커녕 근처의 흙조차 밟지 못했고, 어린 처녀들만이 옷과 음식과 기타 생필품을 전달하기 위해 출입이 허락되었다.

한때 이청수는 처녀들과 친해져 보려고 노력했으나 그녀를 대하는 처녀들은 오체투지도 모자라 무릎에서 피가 나도록 급히 무릎걸음질치며 물러섰다. 그들이 힘들어한다는 사실을 깨달은 이청수는 친구로 삼겠다는 생각을 포기하고 가급적이면 그들과 마주치지 않도록 배려했었다.

그나마 사이난이라고 불리는 노파는 조금 나았다. 부족의 중대사를 묻거나 이청수가 받은 나무 할미의 영언을 전달받기 위해 자주 들렀고, 오직 노파만이 조심스럽게나마 이청수의 얼굴을 바라보았다. 그러나 노파마저도 감히 이청수의 방 안까지 들어온 적은 지금껏 단 한 번도 없었다.

당황하여 어찌할 바를 모르는 이청수를 향해 노파가 괴장을 뻗으며 울부짖었다.

"배덕한 년! 수령신께서 그토록 사랑해 주셨건만 신덕(神德)을 저버렸으니, 네 발로 독사 굴에 들어간다 해도 그 죄를 사하지 못하리라! 네년 덕에 이 늙은 것이 할 수 없이 신언(神言)을 이어받으니, 감히 몇 번이나 수령신의 음성을 감당해 낼 수 있을까? 죽일 년 같으니라고!"

이청수가 놀란 눈으로 살펴보니, 겨우 두어 달 전에 만났던 노파의 얼굴이 십 년은 늙은 것 같았다.

이청수는 노파의 절규에 찬 한마디를 잘라 돌이켜 생각해 보았다.

몇 번이나 감당할 수 있을까?

결국 이청수만이 나무 할미의 음성을 많은 노고 없이 감당할 수 있었다는 말이리라. 그랬기에 울부짖듯 소리쳤으리라.

노파가 다시 갈라지는 목소리로 외쳤다.

"수령신의 뜻에 따라 저년을 내쳐라! 영생토록 대지를 방황할 것이로다. 죽음보다 힘겨운 삶을 살아가게 될 것이로다. 끌어내!"

사내들이 다가섰다. 감히 얼굴도 바라보지 못하고 오체투지하던 그들이 무서운 눈빛으로 이청수를 붙잡았다.

이청수는 처음 깨달았다. 숲의 사람들은 자신을 두려워하거나 경배하지 않았다. 다만 그녀를 통해 수령신을 대하였을 따름이었다. 스스로도 알지 못하는 사이에 원치 않는 호랑이 흉내를 내며 살았던 이청수는 수령신이 그녀를 내치는 순간 세상에서 가장 천한 여인이 되어버렸다.

이청수는 저항하지 않았다. 눈을 지그시 감고 전신에서 힘을 뺐다. 두 발끝이 바닥에 질질 끌렸다. 발톱이 깨지고 피가 흘렀다. 썩은 나무 토막처럼 다루어져서 마침내 질퍽거리는 땅에 내팽개쳐졌다.

이청수는 힘겹게 일어섰다. 그리고 흐느적거리며 걸음을 옮겼다. 어디로 가야 할지 알 수 없어서 무작정 걸었다.

두 발을 질질 끌어 한참을 걷고 난 후에 멈춰 서보니 오랑하의 앞이었다. 야속한 운녹산과 몇 번이나 함께 왔던 곳이어서 무의식 중에 오랑하로 발걸음을 잡은 것이리라.

이청수는 멍한 눈으로 좌우를 둘러보았다. 세상천지 그녀가 아는 곳이 한 군데라도 있던가? 이청수는 주르륵 눈물을 흘렸다.

"여기 있어야 되는데……. 운 가가가 데리러 오겠다고 했었는데……."

이청수는 문득 오랑하의 상류 쪽을 바라보았다. 운녹산이 늘 그 방향을 바라보며 복잡한 눈빛을 드리웠던 것을 기억해 낸 것이었다.

이청수는 걸었다. 강변을 따라 운녹산이 갔을 그 벼랑길을 하염없이 걸었다.

외로움에 어두움을 접붙이면 무서움이 피어난다. 세상에 홀로 버려진 느낌 속에서 무작정 걷기만 하던 이청수는 눈앞의 땅거미가 짙어지자 불현듯 몸을 떨었다.

좌우를 둘러보았다. 우측으로는 세상보다 더 어두운 숲이 드리워져 있고 좌측으로는 수십 길 낭떠러지였다. 이청수는 급히 주변을 훑어 가슴까지 오는 굵은 나뭇가지를 집어 들었다. 그리고 조금이라도 더 밝은 벼랑 쪽으로 바싹 붙었다.

파스스스스스!

이청수의 발끝에 밀린 흙더미들이 벼랑으로 떨어졌다. 그 소리에 깜짝 놀라며 한 발짝 숲 쪽으로 다가갔다.

오우우우우우!

멀리서 들려오는 늑대 울음소리에 다시 벼랑 쪽으로 한 걸음 물러섰다.

파스스스스스!

흙더미가 떨어지면서 눈물도 왈칵 흘러나왔다.

이런 적이 있었던가. 한밤중에 숲을 돌아다녀도 무서움에 몸을 떨었던 기억은 전무했다. 가끔 길을 잃고 이청수의 집에 이른 동물들은 그녀의 손짓 한 번에 길들인 짐승처럼 온순해졌고, 맹수들마저도 꼬리를 내리고 그녀의 시야 밖으로 사라졌었다.

경험도 없는데 갑자기 무서워졌다는 것, 그것은 이청수로 하여금 세상에 홀로 버려졌다는 것이 느낌이 아니라 현실이라는 것을 깨닫게 했다.

이청수는 나뭇가지를 버팀목 삼아 힘겹게 일어섰다.

"난 혼자가 아냐. 운 가가가 있고, 여기에……."

이청수는 문득 자신의 배를 내려다보았다. 그리고 다시 중얼거렸다.

"내게도 이제 가족이 있어. 가야지. 찾아야 해."

이청수는 후들거리던 다리를 진정시키고 힘차게 걸음을 내디뎠다. 가고 또 가다 보면 틀림없이 도와줄 사람이 있을 것이고 틀림없이 운녹산이 있는 곳에 닿을 수 있다고 확신하고 걸었다.

이청수는 배수진(背水陣)을 쳤다. 한 발만 더 내디디면 바로 벼랑으로 떨어질 수 있는 위험한 길을 택했다. 본능이 있다면 그 어떤 맹수라도 근처에 오지 못하도록, 함께 죽을 수밖에 없다고 느끼도록.

밤이 되었다. 그래도 이청수는 걸었다. 소경처럼 나뭇가지 끝으로 한 발 한 발 앞길을 짚어가며 걷고 또 걸었다. 낮과 밤이 교차하여 다시 밝음이 찾아올 때까지 걷고, 뙤약볕 아래서도 쉬지 않고 걸었다.

목이 타 들어가는 것만 같았다. 배가 고픈 것은 참을 수 있었지만 갈증만큼은 견뎌낼 수 없었다. 세차게 흐르는 강물이 바로 아래에서 흐르고 있는데 마실 수 없었기에 더 더욱 견딜 수 없었는지도 몰랐다.

이청수는 처음으로 진로를 바꾸어 숲에서 가장 그늘진 곳으로 들어갔다. 아직 장마의 여운이 가시지 않은 축축한 땅을 발견하고 무릎을 꿇었다.

그녀는 옷자락을 넓게 펴서 땅 위를 덮었다. 두 손으로 땅을 내리눌렀다. 땅이 토해낸 물기가 옷자락을 적시자 그 위로 혀를 대고 수분을 얻었다.

짜고 핥고 짜고 핥고…….

옷을 적신 물에서 흙 냄새 가시지 않는 것처럼 갈증도 쉬 가시지 않았다.

배가 고파서 그러하리라. 물로 배를 채울 수만 있다면 좋으련만 그것이 되지 않으니 갈증은 여전할 수밖에 없으리라. 겨우 목이 말라붙는 것을 면하는 것으로 물 핥기를 포기한 이청수는 자포자기한 듯 나무에 기대어 앉았다.

숲에서 기어나온 화사 한 마리가 이청수의 두 다리를 넘어 반대쪽 숲으로 들어가도 그녀는 아무런 감흥도 없이 가만히 보고만 있었다.

늘어져 있던 이청수가 문득 자신의 아랫배에 두 손을 얹고 중얼거렸다.

"아이야, 넌 정말 있는 거니? 아무것도 못 느끼겠는데, 정말 있는 거야? 그래, 있을 거야. 나무 할미가 있다고 했으니 틀림없이 있을 거야. 그런데 넌 세상을 보고 싶니? 외롭단다. 전에는 몰랐지만, 힘들기도 할 것 같아. 그런데도 보고 싶니? 왜 대답이 없니? 하기야 여기까지 왔는데 세상 문 앞에서 그만두긴 그렇지? 알았어. 조금 더 힘을 낼게. 네가 세상을 보고 결정할 수 있도록 노력하겠어."

이청수는 야무지게 입술을 다물고 어렵게 일어났다. 이상했다. 진이 빠질 정도로 지친 건 틀림없지만 그렇다고 해도 발 떼기가 너무나 힘들었다. 마치 수십 개의 징이 박힌 쇠 신발을 신은 것처럼 발이 무거웠다. 그래서 발을 끌어도 보았지만 발과 땅 사이에 질긴 끈이 달린 것처럼, 끄는 것도 쉽지 않았다.

이청수는 입술에서 피가 나도록 힘겹게 걸었다. 각 발로 한 발씩 떼고 나니 조금은 나아진 것 같았다. 하지만 잠시 멈추었다가 다시 걷노라면 힘겹기는 처음과 마찬가지였다.

"아! 나무처럼 살리라?"

이청수는 눈을 공포로 물들인 채 무작정 앞으로 걸었다. 뛰다시피 걸었다. 발바닥에서 내려온 기운이 땅에 뿌리박히기 전에 서둘러 걸었다. 지치고 갈증나고 힘들었지만 걷지 않으면 땅에 뿌리박혀 버릴 것만 같아서 한없이 걸었다.

어느새 다시 어둠이 깔리고 있었다. 이청수는 더 이상 걸어갈 수 없는 지경에 이르렀다. 그때 우측의 숲이 끊겼다. 벼랑을 제외한 나머지 지역은 낮은 풀과 황토가 대부분을 차지한 넓은 고원이었다. 그 앞으로 멀리 또 다른 숲이 있었다.

이청수는 힘겹게 눈을 치뜨고 고원 너머 숲을 바라보았다. 그곳으로 가야 할 것만 같았다. 고원만 지나면 나무 할미의 손길에서 벗어날 수 있을 것만 같았다. 그래서 비명을 질러대며 발을 떼었다.

이청수가 고원의 반 정도를 가로질렀을 때였다.

크르르르르르!

소리를 듣는 순간 등에서 차가운 한기가 느껴졌다. 보지 않고 뛰었다. 아니, 뛰려고 했다. 그러나 발은 여전히 천근만근. 그녀 스스로는 뛴다고 생각했지만 발가락에서 뭉클뭉클 피가 터져 나오도록 빠르게 발을 옮겼을 따름이었다.

등골 서늘해지는 느낌이 점차 강렬해졌다.

쉭!

왼쪽 귀에서 낮은 파공음이 들렸다. 그 순간 칼날 같은 바람이 머리카락을 흩날리게 만들었다. 이청수는 본능적으로 우측을 향해 몸을 날렸다. 그 결과 그녀와 벼랑 사이가 일 장 가까이 벌어져 버렸다.

바닥을 뒹굴던 이청수가 고개를 들어 전면을 바라보았다.

크르르르르!

이빨을 드러낸 늑대 한 마리가 이청수를 노려보고 있었다. 이청수는 급히 일어나 벼랑으로 고개를 돌렸다. 그러나 이미 그쪽에도 또 다른 늑대가 그녀를 향해 입맛을 다시고 있었다. 우측과 뒤를 보았다. 거기에도 각각 한 마리씩이 더 있었다.

모두 네 마리. 평소의 이청수라도 감당할 만한 숫자가 아니었다. 게다가 늑대들은 미물로 치부하기에는 너무나 똑똑했다. 바로 덮칠 수 있었음에도 일부러 이청수의 좌측을 위협하여 벼랑으로부터 떨어지게 만들었다.

이청수는 물기 고인 눈에 독기를 품고서 나뭇가지를 굳게 쥐었다.

그리고 고통이 가득한 비명을 지르며 한 발씩 앞으로 나아갔다.

슬금슬금 눈치를 보던 늑대들이 점차 간격을 좁혀오고 있었다. 그리고 마침내 전면의 늑대가 허공으로 솟구쳤다.

이청수는 있는 힘을 다해 나뭇가지를 휘둘렀다. 무엇인가와 부딪치는 느낌이 있었다. 이청수는 손바닥에서 느껴지는 강한 진동 탓에 나뭇가지를 놓치고 말았다. 고개를 돌려보니 덤벼들었던 늑대가 입에 물고 있던 나무를 옆으로 팽개치고 있었다.

이청수는 공포에 질린 채 무작정 앞으로 뛰었다. 그러나 단 두 발을 움직이는 순간 왼발 허벅지에서 격통이 일었다.

"아악!"

이청수가 비명을 지르며 앞으로 고꾸라졌다. 뒤에서 덮친 늑대가 이청수의 허벅지를 깨물어 좌우로 계속 비틀어대고 있었다. 그 순간 그녀의 좌우에서 두 마리 늑대가 동시에 달려들었다.

쉐엑!

케켕!

날카로운 파공음이 들리고 늑대 두 마리가 동시에 죽창을 옆구리에 꽂은 채 울부짖었다. 이청수의 다리를 물고 있던 늑대는 그녀로부터 떨어져 나와 전면에 있던 늑대와 함께 크르르거리며 이청수의 앞쪽을 노려보았다.

이청수도 고개를 들었다. 십여 장 앞쪽에서 겨우 하물만 가린 네 사람이 이청수를 향해 달려오고 있었다. 앞의 두 사람은 허리춤에서 박도를 빼어 들었고 뒤의 두 사람은 죽창을 든 채 바람처럼 빠른 속도로 다가오고 있었다.

처음에는 대항할 기색을 보이던 두 마리 늑대가 수적 열세와 달빛에

반사되는 금속의 차가움을 발견하고는 결국 이빨을 숨겼다. 그리고 곧장 꼬리를 내린 채 슬금슬금 뒤로 물러섰다가 몸을 돌려 사라졌다.

이청수는 자신의 바로 코앞에 사람의 발이 보이는 순간 안도의 숨을 내쉬면서 정신을 잃었다.

느안카이와 상초소이는 여인을 새로 생긴 듯한 무덤에 기대어 놓고 길게 한숨을 내쉬었다.

"이상하군, 느안카이. 무슨 사연일까? 한족이라기엔 장소가 이상하고, 묘족이라고 하기엔 생긴 게 묘하군."

느안카이는 상초소이의 의문에 답하는 대신 이청수의 발 앞에 쪼그리고 앉아 그녀의 발을 주의 깊게 살폈다.

"이것 봐! 발톱이 다 까졌어. 발바닥엔 상처투성이고. 고운 발등을 보면 이렇게 다닐 여자가 아닌데, 정말 이상하군?"

상초소이와 나머지 두 사람도 느안카이가 가리키는 것을 보고서 동감을 표했다.

안쓰러운 눈빛으로 이청수를 바라보던 상초소이가 박도를 빼어 들어 이청수의 희의 끝자락을 찢었다. 그리고 그것으로 이청수의 허벅지를 친친 감으며 말했다.

"어쨌든 다행이야. 그 사람 부탁을 받아 할 수 없이 이곳을 살피고 있었으니 구했지, 안 그랬다면 젊은 여자 하나 늑대 밥이 될 뻔하지 않았나?"

느안카이도 고개를 끄덕였다.

그때 이청수가 눈을 떴다. 이청수는 흐릿한 눈빛으로 느안카이 등을 둘러보았다. 그리고 어렵게 입을 열었다. 그런데 말이 나오지 않았다.

혀가 굳어버린 것만 같았다.

느안카이는 이청수의 말라붙은 입술을 바라보며 수통을 들어 여인의 입에 기울여 주었다. 입술이 젖고 혀가 젖고 목구멍이 젖었다.

이청수는 만족하지 못하고 한없이 물을 원했다. 마시고 또 마셨다. 느안카이가 되었다 싶어 수통을 거두려는 순간에도 애절한 눈빛을 보내 그로 하여금 다시 수통을 기울이게 만들었다.

상초소이가 말했다.

"배가 고팠나 봐."

상초소이는 가슴에 사선으로 멘 가죽 가방을 열어 그 속에서 구운 감자 두 알을 꺼냈다. 그것을 본 이청수는 상초소이가 내밀기도 전에 손을 뻗었다.

상초소이가 우호적인 미소를 머금고 감자를 건네자 이청수는 빼앗듯이 받아 들고 급히 먹기 시작했다.

느안카이는 수통을 흔들어 물이 바닥에서 찰랑거린다는 것을 확인하고는 상초소이에게 쓴웃음을 지어 보이며 수통을 이청수의 옆에 내려놓았다.

감자 두 알을 게 눈 감추듯 먹어치운 이청수는 다시 수통을 들어 남은 물을 모조리 마셔 버렸다.

상초소이가 그때서야 이청수에게서 눈을 떼고 멀리 이청수가 나섰던 반대쪽 숲을 바라보았다.

"여기는 묘족의 영역, 괜한 오해를 살 수도 있으니 오래 있을 곳이 못 돼. 숲으로 들어가자고."

"음! 안 그래도 오늘은 기분이 이상해. 낮에 햇살이 그리도 좋았는데 여기 오니 이상하게 축축한 것 같아."

느안카이가 얼굴을 찌푸리며 대답하고 나서 이청수를 내려다보았다.
그리고 다시 어찌할 것인가 묻는 듯한 눈빛으로 상초소이를 응시했다.

상초소이는 난감한 표정으로 이청수를 바라보았다.

힘없는 눈빛에는 지친 기색이 역력하고 발은 상처투성이에다가 입
주변에는 피가 잔뜩 묻어 있는 연약한 여인을 남겨두고 갈 수 있는 용
기를 지닌 자 몇이나 될까.

상초소이는 다시 쪼그리고 앉아 이청수의 얼굴을 응시하며 천천히
말했다.

"어떻게 이런 지경이 되었나?"

말이 통할 리 없었다. 이청수는 그저 멀뚱멀뚱 상초소이를 바라볼
뿐이었다. 상초소이는 기대도 하지 않았다는 듯 쓴웃음을 짓고서 다시
한어로 물었다.

"무, 무슨 일?"

그 순간 이청수의 눈이 반짝였다. 그녀가 입을 열려 했다. 순간 그녀
의 눈빛에 당황한 기색이 어렸다. 분명 입술을 꼼지락거리는데 나오는
소리는 절망에 찬 신음밖에 없었다.

이청수는 주르륵 눈물을 흘렸다.

'산이 네 입을 옭아매리라?

이청수는 절망에 차서 고개를 떨어뜨렸다. 그러나 상초소이와 다른
사람들은 그 반응을 보았다. 더듬더듬 한어로 물으니 눈빛이 달라졌다
는 것을 분명히 보았다. 그래서 이청수가 원래 벙어리인지는 확신할
수 없었지만 한인이라는 데에는 이견이 없었다.

상초소이가 슬픔과 절망에 가득 찬 이청수를 외면하고서 사람들에
게 말했다.

"어쨌든 돌봐줘야겠지? 우리 집에 데려다 놓고 몸이 회복되면 그때 갈 길로 가라 그러자구."

모두들 동의하자 상초소이가 다시 말했다.

"그러면 느안카이와 나는 여기에 남아 이 무덤을 지키고 있을 테니까, 자네들 둘이서 이 여자를 데리고 먼저 돌아가. 가서 우리 안사람에게 사정을 설명하고 맡기라구."

조금 더 젊은 두 사람이 동시에 고개를 끄덕였다. 상초소이의 지시를 받은 두 사람은 이청수의 지친 기색을 읽고 그녀를 좌우에서 부축하려고 다가갔다.

바로 그 순간, 난데없이 이청수와 사람들 주변에만 차가운 한기가 감돌았다.

"흐윽!"

이청수가 숨넘어가는 소리를 내뱉으며 두 발바닥을 땅에 붙인 채 활처럼 등을 들었다. 그녀의 하복부가 꿈틀거렸고 다시 둔부가 땅에 닿았다.

사람들이 놀라 눈을 치떴다. 바로 그 순간에 다시 같은 일이 반복되어 무려 여덟 번이나 이어졌다. 횟수가 거듭될수록 이청수의 신음은 더욱 고통스럽게 변했고 그녀의 얼굴은 하얗게 탈색되었다.

산통을 연상케 하는 여덟 번째 고통을 호소하고 난 이청수는 이마에 송골송골 맺혔던 식은땀을 흘리면서 겨우 눈을 떴다. 파랗던 입술이 서서히 제 색을 되찾아가고 있었다.

이청수의 눈은 지친 기색 속에서도 공포로 물들어 있었다. 이청수는 문득 고개를 돌려 자신이 등을 대고 있는 것이 아직 땅도 마르지 않은 무덤이라는 사실을 깨닫고 다시 눈을 감았다. 눈물이 주르륵 흘러내렸다.

'내 아이에게 무엇인가가 붙었어. 그것도 여덟이나. 귀신을 보리라 했었지? 평생을 따라다닌다 했었지? 누구도 풀지 못한다 했었지? 아가야, 어쩌면 좋으니?'

이청수는 아이의 운명을 생각하면서 하염없이 눈물을 흘렸다.

한편 기이한 광경을 목도한 네 사람은 할 말을 잃고 이청수를 바라보았다. 그때 이청수가 다시 눈을 뜨고 물기 그득한 눈에 미소를 지어 보였다. 그리고 고개를 끄덕였다.

미소에 정신을 차린 상초소이가 물었다.

"같이 가?"

이청수가 다시 고개를 끄덕였다. 상초소이는 젊은 사내들에게 고개를 끄덕여 보였다. 그러자 그들이 이청수의 겨드랑이에 손을 넣어 그녀를 들었다.

작고 연약한 이청수는 번쩍 들려 일어났다. 그러나 거기까지였다. 발이 떨어지지 않았다.

두 청년이 의아한 눈빛으로 이청수의 두 발을 바라보았다. 그리고 다시 힘을 주어 당겼다. 두 발바닥이 아교 칠을 한 듯 달라붙어 땅에서 떨어지지 않았다.

이미 상황에 익숙해진 이청수는 상체를 흔들어 두 사람을 떼어냈다. 그리고 상초소이의 허리춤에 달랑거리는 박도를 가리켰다. 상초소이는 처음에 영문을 모르고 어리둥절해하다가 겨우 뜻을 알아차리고 박도를 건넸다.

이청수는 다시 바닥에 주저앉아 땅과 두 발 사이에 박도를 찔러 넣었다. 모두가 놀라 눈을 치뜨는 사이에 박도는 피가 번지는 땅과 이청수의 두 발바닥 사이를 거의 다 지나가고 있었다. 잠시 후 발가락 밑으로 들어갔던 박도가 발꿈치 뒤로 나왔다. 이청수는 급히 일어나 발걸음을 떼었다.

네 사람은 걸음을 옮긴 이청수를 바라보는 대신 그녀의 두 발바닥이 조금 전까지 붙어 있던 그 자리를 바라보았다. 약간의 피가 번져 있을 뿐 그 자리에는 오로지 황토뿐이었다.

영문을 몰라 다시 이청수를 보는데, 겨우 되찾은 안색이 다시 하얗게 된 그녀는 늑대에게 물린 자리가 아플 텐데도 한 자리에 머물러 있지 않고 계속해서 제자리를 맴돌고 있었다.

모두의 눈길이 자신에게 닿아 있다는 것을 느낀 이청수는 박도를 상초소이에게 건네고 고개를 끄덕였다. 그리고 두 청년에게도 고개를 끄덕였다.

이심전심이랄까? 말이 안 통하는데도 모두가 그녀의 마음을 느낄 수가 있었다. 상초소이에게는 감사의 뜻이, 그리고 두 청년에게는 가자는 뜻이 마음 그대로 전달되었다.

두 청년이 이청수의 좌우에서 그녀의 팔을 붙잡았다. 이청수는 상초소이와 느안카이에게 고개를 숙여 보이고 청년들이 이끄는 대로 따라갔다.

상초소이의 아내는 즐거운 고양이라는 뜻의 상메오라는 이름을 가졌다. 멀지 않은 과거의 상처를 대부분 잊은 듯, 항상 유쾌한 웃음을 달고 다녔다.

이청수가 상메오의 친절하고 부담없는 이틀 동안의 보살핌으로 기운을 차렸을 때, 상초소이가 부족의 다른 사람들과 임무를 교대하고 마을로 돌아왔다.

상초소이는 상메오와 이청수에게 얼굴도장을 찍자마자 우선 마을의 최고 어른이며 현자이며 토지신과 조상신의 제사를 주관하는 부룬카 노인을 찾아갔다.

상초소이는 부룬카 노인에게 그 기이한 경험을 자세히 이야기했다. 기대와는 달리 부룬카 노인은 얼굴을 찌푸리면서도 확실한 대답을 하지 못했다. 다만 상초소이에게 이청수를 격리하여 돌보라고 권고했을 따름이었다.

상초소이는 느안카이를 찾아갔다. 격리라는 말에 느안키이는 즉각적인 답변을 내놓았다.

"내 집이 마을의 끝에 있으니 그 여자를 거기에 두세."

상초소이는 눈을 둥그렇게 떴다가 이내 미소를 지었다.

"이 기회에 합치게?"

느안카이가 멋쩍게 웃으며 고개를 끄덕였다.

"음! 부룬카께서 재촉하시는 것도 있고, 조금 이른 것 같기도 하지만 탄흐츄이와 나에게도 함께 사는 게 나을 것 같아. 세월이 약이라는 말도 있지만, 슬픔을 오래 간직하면 병이 되기도 하지."

죽은 사람에게는 매정하게 여겨질 일이었지만 그것은 너무나 당연하게 받아들여지는 토가족의 전통이었디. 미밍인이 있고 홀아비가 있어서 짝을 지워줄 만하다 싶으면 마을 어른이 월하노인이 되어 재혼을 시켰다.

그것은 '젊음이란 과거를 돌아보지 않는 힘'이라는 토가족의 오래된 금언과도 관계가 있지만 결국은 힘없고 작은 부족을 이어가려는 본능의 소산이리라.

느안카이와 탄흐츄이의 경우가 그에 속했다. 느안카이가 아내를 비후방에서 잃었다면 탄흐츄이는 그 복수를 위해 나섰던 남편을 잃었다.

두 사람은 마을 사람이 나서서 짝을 지워줄 만했고 두 사람도 동병상
련의 아픔을 서로에게 위로받을 수 있을 것이라 기대하고 있었다.
　느안카이의 결심으로 그렇게 간단하게 토가족의 마을 안에 이청수
의 거처가 마련되었다.

　이청수는 저주받은 자신의 인생이 과연 불행한 것인지 의문이 일었
다. 자신을 저주받게 만든 운녹산이라는 존재는 짧으나마 그녀의 인생
을 가장 행복하게 만들었다. 그래서 저주를 받아 한동안 슬프고 불안
했지만 지금은 아니었다.
　나무 할미의 말을 믿음으로 해서 그 존재를 느끼게 된 아기는 그녀
의 굳건한 의지처가 되었다. 이청수는 붙박이가 되기로 작정했다.
　잘라내야만 움직일 수 있다는 것을 알지만, 잘라냄으로써 그만큼 쇠
약해지는 것도 알아차렸기에 불편을 감수하기로 한 것이었다. 이제 나
무처럼 살리라는 저주는 더 이상 저주가 아니었다. 단지 불편함일 따
름이었다.
　다른 불편함도 없지는 않았다. 늘 남도록 먹을 수 있었던 맛난 음식
들은 이제 기대할 수도 없었다. 그렇지만 몸이 요구하는 음식물의 양
이 줄어들고 있다는 것을 자각하는 이상 오래갈 불편이 아니었다.
　그녀가 원하는 것은 다만 깨끗한 물이었다. 그럼으로 해서 그녀의
배설량도 차츰 줄어들고 있었다.
　물론 말하지 못하는 것 또한 불편했다. 하지만 토가족과 사는 한 말
이란 의미가 없었다. 말은 있고 글이 없는 토가족과는 어차피 입으로
의사 소통한다는 것이 불가능했다. 그렇지만 느낌으로 통하는 것은 가
능했고 그림으로 통하는 것 역시 이족(異族)이 상동(相同)이었다.

이제 이청수에게는 저주가 저주로 여겨지지 않았다. 저주받음으로써 그녀는 진정으로 원하던 것을 얻었다. 작고 누추하지만 누구나 들어설 수 있는 집을 얻었고, 같은 눈높이로 마주하여 외로움을 덜어줄 수 있는 사람들을 얻었다.

이른 아침임에도 불구하고 밖은 왁자했다. 이청수는 생각에서 깨어나 흐릿한 미소를 지었다. 왜 그런지 그녀도 대충 짐작할 수 있는 탓이었다.

이제 그녀가 주인이 된 집의 원주인인 느안카이가 어제 함께 인사하고 갔던 여인의 집으로 들어감으로써 혼인이 성사되었다는 것을 상메오의 그림과 느낌으로 알고 있었다. 엊저녁에도 한바탕 주연이 벌어지는 것 같더니 오늘 아침의 분위기도 별반 다르지 않았다.

이청수는 까닭을 알기에 아무도 자신을 찾아오지 않는 것에 불평하지 않았다. 오히려 마음속 깊이 느안카이의 행복을 빌었다. 그때 작은 동창으로 한줄기 햇살이 스며들어 이청수의 얼굴을 쓰다듬었다.

이청수는 햇살처럼 환하게 웃으며 일어나 앉았다. 그리고 햇살을 음미하듯 지그시 눈을 감으며 아랫배를 쓰다듬었다.

'내 아이야, 기분 좋지?'

그때 또다시 왁자한 소리가 들려왔다. 이청수는 가만히 눈을 뜨고 그녀의 옆에 있는 나무통에서 물 한 바가지를 퍼서 두 발에 부었다. 그리고 다시 한 사발을 떠서 마셨다.

햇살과 물과 사람들의 목소리는 이청수를 평안하게 만들었다. 이청수는 다시 아랫배를 쓰다듬으며 따뜻한 눈으로 활짝 열린 문밖을 바라보았다.

뭔가 이상했다. 분명히 어제의 혼사 분위기가 오늘까지 이어진 것이라 생각했는데, 살펴보니 집 앞으로 오가는 사람들은 하나같이 박도와

죽창까지 챙겨 든 장정들뿐이었다.

이청수는 귀를 기울이고 의아한 눈으로 사람들을 살폈다. 그때 집 앞으로 일단의 사람들이 나타났다. 그들은 토가족 사람들과는 달랐다. 하나같이 침통한 표정들이었는데 그 얼굴에 어울리게 옷마저 흑면경장을 입었다.

나이 든 세 사람이 지나갔고 그 뒤로 관을 든 청년들 두 사람이 지나갔고 또 다른 청년 일곱이 사람 상반신만한 목함을 들고 지나쳤다. 그리고 마지막으로 한 사람이 이청수의 시야에 들어섰다.

'운 가가!'

이청수의 눈이 찢어질 정도로 커졌다. 틀림없이 운녹산이었다. 예전의 그 넝마 같은 옷에 산발한 머리가 아니라 단정하게 차려입은 말쑥한 모습이었지만, 달포 이상 살을 맞대고 살았던 그 운녹산을 못 알아볼 이청수가 아니었다.

'운 가가!'

이청수는 목이 터져라 외쳤다. 그러나 소리는 입 밖으로 터져 나오지 않았다.

이청수는 제정신이 아니었다. 미친 여자처럼 주변을 두리번거려 나무 바가지를 집어 들었다. 그리고 그것을 이제 막 그녀의 시야에서 사라지려는 운녹산을 향해 집어 던졌다.

딱!

나무 바가지가 문기둥에 부딪쳐 바닥에 떨어졌다. 이청수는 앞으로 고꾸라졌다. 두 팔로 바닥을 긁어 앞으로 나아가려 했다. 두 손으로 오른발을 붙잡아 뽑아내려 했다. 그러나 그녀의 두 발은 요지부동이었다. 그것은 불편함이 아니라 저주였다.

이청수는 손톱에서 피가 나도록 바닥을 긁었다. 그리고 자신에게 저주를 내린 나무 할미에게 저주를 퍼부었다. 눈물을 줄줄 흘리며 피가 터지도록 '운 가가'를 외쳤다. '나 여기 있다' 고 외쳤다.

드문드문 보이는 사람들을 불렀다. 그러나 아무도 이청수를 바라봐 주지 않았다. 이청수는 바닥에 엎드려 자신의 목에 걸린 운녹산의 금 패를 주먹으로 쥐고 그대로 정신을 잃었다.

이청수는 운녹산을 보고도 만나지 못한 그 비통함에 결국 반미치광 이가 되어버렸다. 그녀가 근 보름이나 넋을 놓고 있다가 다시 정신을 차린 것은 다른 어떤 외부의 자극에서 기인한 것이 아니라 그녀의 내 부에서 일어난 꿈틀거림 때문이었다.

성심껏 이청수의 수발을 들어주던 동정심 많은 상메오와 탄흐츄이 는 그녀의 회복에 뛸 듯이 기뻐했다.

그들은 감탄했다. 아랫배를 쓰다듬는 이청수의 눈빛이 너무나 영롱 하고 포근하여 두 여인마저도 그 품에 뛰어들고 싶을 정도였다.

세월이 흘렀다. 토가족의 삶을 힘들게 만드는 겨울이 지나고 만물이 소생하는 봄이 찾아왔다.

세월이 흐른 만큼 이청수에게도 변화가 있었다. 작은 동산만하게 부 풀어 오른 배가 출산을 알리고 있었다. 그것을 직감한 상메오와 탄흐 츄이는 이청수에게 더욱더 신경을 썼다.

이청수를 옆에서 돕는 그들은 늘 감탄했다. 아이를 가진 어머니는 성녀가 된다는 것을 알고 있었지만, 퍼석거리는 피부와 회색 빛 도는 푸석푸석한 머리카락과는 달리 이청수의 전신에서 풍기는 자애로운 기 운은 너무나 눈이 부셔서 보기가 부담스러울 지경이었다.

하지만 이청수의 변화는 좋은 쪽으로만 이루어진 것이 아니었다. 발바닥 아래로만 변화할 줄 알았는데 나무껍질 같은 딱딱한 기운이 보드라운 이청수의 다리를 서서히 잠식해 나가기 시작했고 겨울을 거치자 그녀의 허벅지까지 침범했다. 아무리 물을 부어도 경화되어 가는 속도를 늦추지 못했다.

상메오와 탄흐츄이의 걱정은 거기에서 기인한 것이었다. 출산 때가 되면 경화는 그녀의 허리까지 침범하리라. 그렇게 굳은 하체로는 도저히 아이를 출산할 수 없으리라.

한편 그런 데까지는 신경조차 쓰지 않는 이청수는 굳은 다리 탓에 앉지도 눕지도 못했다. 그래서 상초소이와 느안카이는 그녀가 편히 쉴 수 있도록 '서 있는 침상'을 만들어주었다. 이상하게도 별달리 불편을 느끼지 못하는 이청수는 두 사람의 호의에 환한 미소를 지어주었다.

마침내 출산의 시기가 다가왔다. 이청수는 얇은 나무 막대기로 그림을 그리고 한편으로는 손짓을 이용하여 상초소이에게 나무판자와 비수를 부탁했다.

여전한 얼굴이었음에도 상초소이는 이상한 느낌을 받았다. 그러나 상초소이는 이청수의 요구에 응했다.

이청수는 나무판자에 비수를 사용하여 글을 새기고 나서 그것을 상초소이에게 넘겼다. 그리고 비수를 서 있는 침상에 꽂아두고 나무 막대기로 바닥에 그림을 그리기 시작했다.

먼저 배부른 여인의 모습을 그렸다. 그리고 그 배 안에 아이를 그렸다. 또 그 옆에 하체가 나무인 여자의 모습과 그녀의 손을 잡은 아이와 그 아이의 다른 손을 잡은 남자의 모습을 그렸다.

상초소이는 순식간에 모든 것을 이해했다. 그때 이청수가 상초소이에게 목걸이처럼 차고 있던 금패를 건넸다. 그리고 다시 사내의 목에 목걸이를 그렸다. 상초소이는 그것도 이해했다.

이청수는 다시 사내의 뒤에 집을 그렸다. 그리고 나무 막대기로 상초소이가 들고 있는 나무판자를 가리켰다. 이청수는 간절한 눈빛으로 상초소이의 눈을 바라보았다.

상초소이가 이청수에게 나무 막대기를 건네받아 그림을 그렸다. 벌거벗은 남자가 판자와 아이를 이청수가 그린 목걸이 남자에게 건네는 그림을 그렸다. 그때서야 이청수는 간절한 눈빛을 거두고 환한 미소를 지었다.

이틀이 지났다. 토가족 사람들이 모두 걱정스런 얼굴로 이청수의 집 앞에 모여들었다. 그들이 나무여인이라고 부르는 이청수의 진통이 시작된 탓이었다.

이청수의 진통은 여느 여인들과는 달리 조용했다. 그래서 더욱더 처절했다.

이청수는 나무였다. 양수가 경화된 두 다리를 타고 흘러내리고 진통의 간격이 점차 짧아지는데도 신음성 한 번 뱉어보지 못했다. 창백한 얼굴에서는 식은땀이 줄줄 흘러내리고 상제는 부들부들 떨리는데도 아픔을 호소하지 못했다.

혹시나 하는 마음에 상초소이를 비롯한 부족의 장정들이 모두 동원됐다. 그들은 쉴 사이 없이 물을 길러 날랐다. 아낙네들이 연신 물을 퍼서 이청수의 전신에 퍼부었다. 그러나 굳은 하체는 풀릴 기미를 보이지 않았다.

그때 이청수가 '서 있는 침상'에 꽂혀 있던 비수를 뽑아 들었다. 여인네들이 깜짝 놀라 본능적으로 뒤로 물러섰다. 이청수는 서슴없이 비수를 배꼽 아래에 꽂았다. 비수는 그대로 그녀의 음부까지 가로질러 나갔다.

이청수는 나무가 아니었다. 붉은 피를 흘리는 사람이면서, 아이의 탄생을 기다리는 성스런 어머니였다.

이청수의 뜻을 알게 된 아낙네들이 주르륵 눈물을 흘렸다. 상메오와 탄흐츄이는 목을 놓아 통곡했다. 이청수는 그들에게 힘겨운 미소를 보여주고 나서 피가 나도록 입술을 깨물고 상체를 내리눌렀다.

뿌드드득!

"으아아아악!"

놀람과 기적이 동시에 일어났다. 아무리 물을 뿌려도 굳게 잠겨 있던 이청수의 두 다리가 고사목 부러지는 소리와 함께 활짝 열렸고, 동시에 토가족 사람들이 아는 한 처음으로 이청수의 입에서 비명이 터져나왔다.

피를 철철 흘리며 주저앉은 이청수는 힘겹게 손을 까닥여 상메오와 탄흐츄이에게 손짓했다. 두 사람은 두 팔로 연신 눈물을 훔치다가 비장한 몸짓으로 이청수의 다리 사이를 헤집었다.

"응애, 응애, 응애!"

마침내 아이가 태어났다. 상메오는 이청수에게 보통 아이와 하등 다를 바 없이 우는 아이를 들어 보였다. 이청수가 희미하게 미소 지었다.

상메오는 다시 눈물을 흘리며 아이에게 입을 가져가 탯줄을 끊었다.

상메오는 탄흐츄이가 들이미는 물통에 아이를 담아 정성스럽게 씻겼다. 그리고 누렇게 빛 바랜 마포에 싸서 이청수의 품 안에 넣어주었다.

이청수는 하얗게 웃음 지었다. 어떤 이상한 조짐도 보이지 않는 평범한 아이의 얼굴을 뚫어지게 바라보았다. 그리고 본능적으로 아이의 입을 자신의 가슴으로 가져갔다. 그녀의 눈빛에서 힘이 사라져 가고 있었다.

상메오와 탄흐츄이는 급히 이청수에게 달려가 그녀의 등을 받치고 있는 서 있는 침상을 치우고 그녀를 눕혔다. 이청수는 다시 한 번 감사의 미소를 보낸 후 한 팔로 아이를 지탱하고 다른 한 팔을 바닥에 뻗어 힘겹게 청산이라는 두 글자를 썼다.

이청수가 아이에게 말했다.

"사람의 마음까지 지배하는 저주는 없단다. 내 아기, 삶이 조금 힘들더라도 늘 푸른 산처럼 맑고 꿋꿋하게 살아다오. 내 아기, 청산(淸山)."

그랬다. 저주는 풀렸다. 이청수가 말을 함으로써 풀렸고, 토가족과 같은 순박한 사람들을 만난 탓에 사람이 싫어하리라는 저주는 아예 효력을 발휘하지도 못했다. 이제 죽음으로써 영원히 저주의 속박에서 벗어나리라.

이청수.

스물여섯의 꽃다운 나이로 세상을 등졌으나 그 강한 모성은 토가족 사람들의 가슴에서 영원히 살아남았다. 훗날 토가족 사람들의 입에서는 성스러운 어머니의 노래가 자장가처럼 구전되었다.

〈1권 끝〉

미주(尾註)를 대신하여

1. 도량형(度量衡)

무협이라는 장르의 특성상 독자들이 이미 인지하고 있다고 판단하고 설명 없이 반복적으로 사용하는 것이 몇 가지 있습니다. 척(尺), 관(貫)으로 대표되는 도량형이 대표적인 예가 되겠지요. 혹시 이 도량형 때문에 답답한 독자분이 있을까 봐 그 대강을 씁니다. 단, 제 이야기의 이해를 돕기 위해 쓰는 것이므로 정확히 알고 싶은 분은 따로 찾아보시기 바랍니다. 시대와 나라에 따라 다르니까요.

척:30㎝(고종이 제정한 대한민국 법률1호의 도량형 규칙에 따르면 30.3㎝가 맞습니다만 그냥 30㎝로 하겠습니다)

치:3㎝

장(丈):3m

리(里):대강 0.392㎞ 정도라는데, 보통은 발병 나는 거리인 10리를 4㎞라고들 하지요. 거리 혹은 길이를 따지는 도량형에는 이외에 척과 같이 쓰는 자가 있고 치와 같이 쓰는 촌이 있습니다.

관:3.75㎏

근(斤):600g(원래 600g이라고 하면 육류를 잴 때 씁니다. 야채를 잴 때는 400g이 한 근이 된다는군요. 다른 기준도 있습니다만 그냥 600g으로 통일하지요)

냥:16근 혹은 37.5g

이왕 도량형을 쓰는 김에 시간과 화폐에 대해서도 대강의 기준을 정하지요.

시간을 나타내는 말은 많습니다. 가장 많이 쓰는 각(15분)과 시진(2시간)을 비롯해서 분(오늘날과 달라서 십 분을 일각으로 하여 90초가 됩니다)과 세 분의 의미가 없이 그냥 짧은 시간을 뜻하는 촌각, 찰나 등이 있고 그 외에도

일 다경(一茶頃), 한 식경같이 두루뭉술한 반면 운치가 느껴지는 시간 개념
이 있습니다.

　무협에서 주로 쓰는 화폐는 대체로 은입니다. 오늘날은 조금 세분화되어
수표의 의미로 전표도 쓰고 구리 동전을 뜻하는 문을 쓰기도 합니다만, 시대
에 따라 그 가치가 달라졌기 때문에 의미가 없습니다. 제 경우는 은 한 냥에
구리돈 천 문 정도로 씁니다.
　재미있는 것은 '은 두 냥이면 사 인 가족이 한 달 산다' 혹은 '은 두 냥이
면 쌀 한 섬 값' 이라는 표현이 자주 보인다는 것입니다. 너무 자주 사용해서
거의 공식화되어 있습니다. 그럼 대략 가격이 나오겠죠.
　원래 섬이라면 석(栢=열 말[十斗])과 같은 뜻으로 쌀이 아니라 벼 한 섬의
부피(180L 정도)를 의미합니다. 그러니까 겨를 포함한 부피지요. 하지만 대
체로 쌀 두 가마니, 즉 160kg 정도로 통하지요. 요새 쌀 10kg에 얼마나 하는
지는 잘 모르겠네요. 쌀 사본 지 오래라… 어쨌든 품속에 은 몇 냥 가지고 있
다면 현찰 기백만 원 들고 다니는 셈이니 엄청난 부자겠지요. 이거 따지면
골치 아파지니까 그러려니 하는 게 좋을 것 같습니다.

2. 갈홍(葛洪)

　진대(晉代) 사람으로 별명은 치천(稚川), 호는 포박자(抱朴子)를 썼습니
다. 불로장생(不老長生)의 술(術)을 집대성한 사람으로, 81세에 죽었으나 후
에 신선으로 추앙받습니다.
　그가 그의 호를 따서 포박자라 이름 붙인 책은 내편20권, 외편50권으로
이루어진 불로장생술의 방대한 내용으로 이루어져 있는데, 오늘날까지도 그
부문의 교전처럼 다루어지고 있습니다.

누구나 신선이 될 수 있다고 설파한 갈홍은 불로장생술에 대한 많은 이론들을 집대성한 사람입니다만, 특히 연금술(연단술)의 교조(敎祖)로 추앙받고 있습니다.

3. 탁탑천왕(托塔天王)

탁탑천왕은 보탑을 지키는 신이라는 뜻으로 불교의 색채가 강합니다. 불교에서는 이 탁탑천왕을 수미산(須彌山)의 북쪽을 지키는 사천왕 다문천왕(多聞天王=毘沙門天)의 화신이라고 합니다.

탁탑천왕은 불교 경전 외에도 많은 곳에서 모습을 드러내는데, 서유기에서는 옥황상제의 명을 받고 손오공을 제압하려 하지만 혼쭐이 나고, 봉신연의에서는 나타태자의 아비로 우유부단한 면을 많이 드러내어 미움을 받는 캐릭터이기도 합니다.

그러나 도교에서의 탁탑천왕은 거령신(巨靈神), 이랑진군(二狼眞君), 순풍이(順風耳) 등과 함께 옥황상제의 8대 무신 가운데 하나로, 중국인들에게 많은 사랑을 받는 신입니다. 야차와 나찰을 지배하며 사람들의 복덕(福德)을 관장하는 무신인 탓입니다. 복, 덕, 수는 중국인들이 희구하는 덕목이니까요.

4. 도교의 불교 색채

불교가 성한 우리 나라에서는 쉽게 와 닿지 않지만, 사실 중국에서는 불교다 도교다 하는 구분은 별로 의미가 없어 보입니다. 도교가 현세구복적인 민중 신앙으로 발전하면서, 유불선 삼 교의 전설과 실존 인물들이 모두 도교의 신으로 떠받들어지고 있는 현실이니까요.

명나라 때 출간된 도교신 계보서인 〈三敎源流搜神大全〉을 살펴보면 유씨원류(儒氏源流), 석씨원류(釋氏源流), 도가원류(道家源流)를 구분하여 유교와 불교의 인물들을 모두 도교의 신으로 만들어놓았습니다. 이름 역시 모모[禪師]와 같이 불교 색채를 드러내 놓고 썼습니다. 불교 색채가 짙은 탁탑천왕이 도교신으로 탈바꿈하는 것도 같은 맥락이겠지요.

5. 재초(齋醮)와 제(祭)

본문에서 하신제, 용신제라는 표현을 썼습니다. 원래 도사가 주관하는 제례이니 재초, 정확히 하자면 초를 써야 합니다만 쉽게 이해할 수 있도록 일반적인 제사의 의미를 지니는 제를 썼습니다.

도교의 재의는 원래 재초라 부릅니다. 재는 도사들끼리 행하는 수행 방법으로 시작되었으나 후에 선조의 공양을 위한 재가 성하고 정권과 연관되어 국가의 안녕을 비는 목적으로도 행해졌다 합니다.

초는 재와는 조금 달라서 우리가 일반적으로 알고 있는 무당을 불러 행하는 제사의 의미와 아주 흡사합니다. 이른바 소재도액(消災度厄), 즉 재앙을 물리치고 액막이를 하려는 목적으로 행해졌다 합니다.

어떻게 보면 재와 초가 별다를 바 없는 것 같습니다만 스케일 면에서 따진다면, 도사들이 수행 목적으로 자발적으로 나서거나 권력의 요구로 행하는 재와 특정한 사람들이 특정한 목적을 위하여 노사를 청해서 하는 초는 비교를 할 수가 없겠지요.

6. 수궁사(守宮砂)

근래의 무협소설에서는 흔히 볼 수 없는 것 같습니다만, 90년대 이전의 무협에서는 빠지지 않고 등장했었지요.

정확한 유래를 찾기가 어렵습니다만 김용의 천룡팔부에서는 붉은 점으로 표현되었습니다. 뜻으로 보자면 궁, 즉 자궁을 수호한다는 뜻이니 피부에 새

긴 처녀막 정도로 이해하시면 되겠습니다.

재료를 만드는 방법으로는 단사(丹砂)를 먹여 키운 도마뱀을 말려 가루로 빻아서 기름에 섞는답니다. 그것을 처녀의 피부에 바르면 붉은 기운이 남는다 하네요. 처녀성을 잃기 전에는 씻어도 사라지지 않는다 하는데 믿거나 말거나지요.

원래는 수궁이라는 동물이 있답니다. 용과 같이 전설에나 존재하는 동물인데 그 모양이 도마뱀과 비슷하여 못 구하는 수궁 대신 도마뱀을 사용하는가 보지요.

7. 경면주사(鏡面朱砂)

부적을 보면 노란 종이에 붉은 글씨나 그림이 그려져 있습니다. 노란 종이는 닥나무로 만든 괴황지이고 붉은 글씨나 그림은 참기름이나 들기름 혹은 백설탕 녹인 물에 경면주사를 탄 것입니다. 주사유 혹은 부적유라고 부르지요.

중국의 경면산 근처에서 나는 주사 혹은 단사라 하여 경면주사라 부른다 하고, 혹자는 유황과 수은이 일 대 일로 혼합된 경면주사의 원석이 유리면처럼 매끈하고 반짝인다 하여 경면주사라 한다고도 합니다.

제대로 정제된 경면주사는 부적을 쓸 때뿐만이 아니라 정신이 혼란스러울 때나 간질에 먹이는 약재로 쓰인답니다. 이때 복용법은 비수(飛水)해야 한다는데, 무슨 말이냐 하면 곱게 빻은 경면주사를 물에 풀어 뜨는 것만 먹는다는군요.

어쨌거나 부적의 효험을 제대로 보려면 반드시 경면주사를 써야 한답니다.

본문 안에서 따로 쓰지 않은 것만 대충 썼습니다. 매 권마다 쓸 계획은 없습니다만, 모이면 또 쓰지요.